与时代同行

我的创业之路

张晋兴 著

春风文艺出版社

· 沈阳 ·

图书在版编目（CIP）数据

与时代同行：我的创业之路 / 张晋兴著．—沈阳：春风文艺出版社，2024.1
ISBN 978-7-5313-6591-4

Ⅰ．①与…　Ⅱ．①张…　Ⅲ．①散文集—中国—当代
Ⅳ．①I267

中国国家版本馆CIP数据核字（2023）第247849号

春风文艺出版社出版发行
沈阳市和平区十一纬路25号　邮编：110003
辽宁新华印务有限公司印刷

责任编辑：平青立　　责任校对：张华伟
封面设计：黄　宇　　幅面尺寸：155mm × 230mm
字　　数：233千字　　印　　张：17.5
版　　次：2024年1月第1版　　印　　次：2024年1月第1次
书　　号：ISBN 978-7-5313-6591-4
定　　价：78.00元

自　序

长久以来，我就有一个愿望，想书写一下自己的人生经历。这个愿望埋藏在我心底，越是到了晚年越是强烈。我是草根出身，人生却也波诡云谲，起伏跌宕，经历过政治的混乱，迎接过时代的洗礼，沐浴过改革开放的春风，享受过创业成功的喜悦。我坎坷与变幻的人生，如同大海里的一叶扁舟，始终与时代的浪潮紧密地缠绕在一起，其中的伤痛与喜悦、波折与欢愉、教训与欣慰，属于我，也属于这个时代。我觉得在我力所能及的晚年，有必要拿起笔，给自己留下一份自传，给家族留下一纸回忆，给企业留下一笔遗产，给时代留下一个记录。

这个时代，曾经几乎毁灭了我。但是，今天，我感谢这个时代，它给了前行者前行的动力；我感谢这个时代，它给了幸运者幸运的机会；我感谢这个时代，它给了自强者自强的坚韧；我感谢这个时代，它给了奋斗者奋斗的勇气。

这是我不揣浅陋，书写自传的初衷与动力。

因为我深知，这是我的自传，也是时代的“公传”。

他序：好一个“84岁的花季”！

——写在《与时代同行——我的创业之路》前面

邓　刚

张晋兴先生是非常有魄力的成功企业家。第一次到他的办公室，见他一脸的慈祥，却透出精明。他端坐在办公室正中，声音并不洪亮，然而有着司令官的威严。我之所以到他的办公室，是他写了篇小说，要与我切磋。开始我以为他仅是个文学爱好者，可当我得知他已经书写了数十万字的文章，不禁大吃一惊，但紧接着又大吃二惊，因为他此时是84岁高龄！

一个84岁、饱经风霜的成功企业家，事业如此兴旺，已经在全国发展了九个初具规模的分公司，硕果累累，却能挥笔写作，这令我对他肃然起敬。

张先生是我山东的老乡，贫苦出身。半个多世纪前，在无论是经济和文化都相当落后的农村，他却能勤学苦读，有着超人的学习智力，18岁时走上人民教师的岗位，是家乡年轻人的楷模。但随即而来的艰难岁月，他却因为直言农民的艰苦而被打成“右派”，在

20岁的青春年华却背负着可怕的政治压力。然而，不仅有政治上的打击，经济上也愈加艰难，他的工资降到每月只有20来元，使他无法维持正常的生活。但在那个严酷的年月，大多数遭受政治打击的人只能默默承受。但张晋兴却不然，他敢于大胆地挣脱枷锁，迈开双脚闯天下，用他的话说，其实就是"逃亡"。

不过，张晋兴的"逃亡"并非真正的逃亡，他是要到新地方，重新奋发图强，好好工作，证明自己的无辜。然而在严酷的岁月，哪里能让他"重生"呢？于是他选择了偏僻的西部城市。迎着凛冽的西北风，他到包头、兰州、西宁，一路拼搏。但很快就发现，他无论走到哪里，都面临暴露他的"政治身份"的危险，尤其在举目无亲的环境中奔波，怎样出力流汗，也无法摆脱不安全的恐惧。于是他想到东北。东北是山东人一代代闯关东的热土，那里到处都有乡亲们的足迹。这使他又萌生新的希望，结束了在西北的闯荡，马不停蹄地"逃亡"到东北。

张晋兴首先来到吉林浑江（今白山市）焦化厂打工，焦化厂烟尘滚滚，工作条件艰苦。但他能吃苦能出力，而且还有着文化人的智慧，干起活来风风火火，在工人中间起着积极带头的作用，所以只干了两个月的力工，就被破格提升为记录员和管理员，这使他更加认真肯干。领导看到这个积极向上的青年这样肯干，决定重点培养，四个月后他一跃成为炼焦厂最年轻、最有文化、炼焦成绩最优秀的国内最先进的红旗二号炼焦炉炉长。这时，张晋兴还是一名22岁的临时工。

领导更加喜欢如此年轻勤奋有文化的张晋兴，要培养他入党提干，这令他又惊喜又惊恐。惊喜的是他的奋斗他的努力终于让人们认识到他是真正的革命青年；惊恐的是他背负着沉重的"政治包袱"，哪敢暴露自己的"真实身份"！入党的第一条件是政审，那张晋兴的"右派"身份会立即"原形毕露"，一切辛苦付出全都完蛋了。于是他只好恋恋不舍地离开他热爱的工作岗位，再次"逃亡"。

是金子在哪儿都闪光。张晋兴无论走到哪儿都干得出色。他到一家工厂当学徒，立即就被师傅们喜欢，被领导重视。然而这种杰出的优点却是麻烦，因为他只要“闪光”，就会被上级重用，这就有暴露“政治身份”的危险，为此他只能不断地惊喜，又不断地在惊恐中勤奋工作。优秀的人无法掩饰优秀，可优秀竟然会给他带来麻烦，这真是艰难啊！他的身体在流汗，他的心里在流泪，一个正当青春年华，积极向上的年轻人，竟然越优秀越危险，这是多么可怕的肉体与心理的伤害！

20世纪60年代初，随着国家开始工业调整的潮流，张晋兴又来到泉阳林业局服务站打工。前面说过，金子在哪里都会闪光，张晋兴的工作热情和业务水平立即闪现出光彩来，不但得到大家的赞同，又很快被领导重用。他被提升到领导岗位，管理着机关、森铁、储木场三个食堂的总务工作，干得风生水起，井井有条。党总支书记非常欣赏这个又勤奋又智慧又有管理水平的张晋兴，因此决定发展他为入党积极分子。

然而，让张晋兴忧心忡忡的事终于发生了，党组织派专门人员到山东威海他的老家外调，大为惊讶，原来张晋兴是“逃亡的右派分子”！这不但不能发展为入党积极分子，反而惹下大祸，在他第二次入党的机遇中，却遭了大难。张晋兴被批斗并开除出职工队伍，遣送回原籍山东农村劳动改造。

张晋兴即使有着三头六臂的能耐，也难逃一次又一次的打击。但此时倍受打击的张晋兴开始成熟，增加了相当的抗打击能力。他对人生开始有了深刻的认识，在挫折面前只要勇敢向前，什么样的坎坷都会迈过去。他坚定地认为，他的汗水和热血终有一天会洗清自己的冤屈。

一个优秀的、积极向上的人才，反复被折腾，被冤枉，就是一块钢梁也会断的。但张晋兴却是折不断的钢梁，而且百折不挠，越折越坚强。他在日记里写下："面对苦难，我投入全部的热情和努力，或许永远不会被理解，但我不会退缩。在痛不欲生的哀伤中放弃了自己，那就等于被自己打败，那就是投入了阎王的怀抱。"所以他下定决心，只有不屈不挠，才会拼出未来的光明。

张晋兴对我说："我真就像在狂风巨浪的缝隙中追寻着每一根救命稻草，但只要我抓住了，就牢牢地抓住，死也不放松！"为此，他在被押送回原籍劳动改造的痛苦环境下，经过深刻而缜密的思索之后，又再次勇敢地选择"逃亡"。

张晋兴真就勇敢面对，又"逃亡"回到浑江，进第八中学校办工厂当临时工。当然，身经百战的张晋兴又大放光彩。他从钳工干起，很快就成为技术员，并当选为厂长，为学校创收，改善教学条件，做出令人称赞的贡献。

噩梦醒来是早晨，天终于晴朗了！1978年中央55号文件发布，对错定右派全部给予改正的政策。张晋兴平反了，恢复了原有的管理干部身份。1981年他被调入通化糖业烟酒公司（以下简称"糖酒公司"）。那是大张旗鼓进行改革开放的年代，面对汹涌的经济大潮，人们充满喜悦却又充满恐惧，多年"大锅饭"的体制下，人们大都思维落后，无法接受工厂倒闭、亏损的现实。但张晋兴却心明眼亮，看到了改革开放的机遇，看到了创业的大好时机，面对糖酒公司的亏损，在人们惊慌失措、惊恐不安的时候，他挺身而出，承包了这个亏损严重的烂摊子。由于他的智慧，他的干劲，他卓越的领导能力，糖酒公司第一年就扭亏为盈，这杰出的业绩使市委领导大感惊奇，给予他全市英模荣誉的表彰。

随着改革开放的更加深入，张晋兴乘胜前进。他高瞻远瞩，看到当时处于改革开放前沿的大连，可以成就他的雄心壮志，让他大展宏图。他雄赳赳气昂昂地来到大连。经过考察大连的市场状况，他一度创立了当时最大最有名望的商业批发企业。他的智慧和精力总是鼓励他向前，更加向前，决不满足以往的业绩。十几年以后，他又转战“桶装水”行业，创造出今天杰出的业绩和辉煌。

更令人们赞叹的是，在张晋兴人生奋进的过程中，在他的精神、智慧、勇气的影响下，儿孙两代共六人也都非常优秀，如今都是大学本科以上学历且五人拥有研究生学位。

今天，84岁高龄的张晋兴从企业家又成为作家，并将要出版书写他自己艰难困苦创业经历的人生感悟的长篇著作——《与时代同行——我的创业之路》。开篇第一章“82岁的花季”就使我惊叹不止，仅这个题名，就令我激动万分，热泪盈眶。通观全篇，你会看到一个人的奋斗经历，你会在感受着痛苦同时感受着喜悦；在某种程度上这又是一个杰出创业者的记录，这是一部时代的档案。

一般人总是这样认为，一个相当成功的企业家，会给儿孙留下丰厚的物质财富。但我感到张晋兴留给后代的最大财富是这部著作，因这里有他的心血、他的汗水、他的奋斗、他的精神、他怎样越过坎坷的足迹……儿孙有了如此宝贵的精神财富，以后的岁月无论怎样风云变幻，纵有千艰万难，他也会勇敢向前……

读张晋兴先生的《与时代同行——我的创业之路》，由于感动和激动，特地写下以上文字，且为序。

2023年8月于大连

邓刚，原名马全理，山东牟平人，当代著名作家。中国作协全委会名誉委员，《人民文学》编委委员，中国海洋大学驻校作家。发表长、中、短篇小说及散文数百万字。《迷人的海》等作品曾获全国及省市优秀奖。

目录

CONTENTS

第一章　2021年，82岁的花季

2021年10月23日，82岁的我来到成都公司，站在公司门前，拍下了这张公司的大门。“成都汉泉饮品有限公司”这十个大字，镌刻在3米高、13米长的大理石上，蓝天白云下面，显得格外凝重庄严。

2021年，成都公司大门。

想必全集团各位员工都清楚我站的位置。2018年，我在这里参与建厂，从筹备到开业，殚精竭虑，对这座工厂倾注了很深的感情。这几年某些因素的影响以及年老的原因，三年后，我才重游此地。

伫立在院内广场，环顾四周，首先看到的是一棵树冠有100多平方米的硕大的芙蓉树，根深叶茂，红莹莹的多层花瓣密密匝匝地开满枝头。1983年芙蓉被定为成都市的市花，开业这三年，这棵树年年8月到11月末开花。高大雄奇的它，花都开在顶端，争相向阳，艳丽无比，也为我们厂工增加了美的享受。三年来我厂院内又增加了不少品种的花卉绿植，院内仅芙蓉树就增加了几十棵，几年后芙蓉花树更会欢畅地开满整个院落。

芙蓉花耐阴喜温暖湿润环境，不耐寒，成都的气候是最适合它的。它的奇特在于一树开两色花，初开时是浅红色和白色，每天到了下午会变深，这种可变的魅力，被人们称作“三醉芙蓉”。唐朝诗人谭用之诗曰：“秋风万里芙蓉国，暮雨千家薜荔村。”

在整个占地15000平方米的厂区内，除了不到5000平方米的建

厂区的栀子花。

厂区的绿化带。

筑用地和少量的通道占地，绿化占据了厂区最大的面积。特别是走进大门后的厂内通道，在标准的交通标识线的两旁，是修剪成80厘米高、50厘米宽的栀子花，整齐得像刀切的界方，一年四季都郁郁葱葱地整齐排列，特别是春天，洁白无瑕的花朵盛开，醉人的花香熏染着所有人。

栀子花的特点是枝叶繁茂，四季常绿，花瓣洁白，芳香四溢。唐代诗圣杜甫在《栀子》里咏叹道："栀子比众木，人间诚未多。于身色有用，与道气伤和。红取风霜实，青看雨露柯。无情移得汝，贵在映江波。"

院内有近百棵参天大树，还有月季、杜鹃、紫薇、海棠、秋菊等十几种名花名草，还有枇杷、柚子、樱桃、李子、石榴、桃子等多种水果。它们如此茁壮成长、开花结果，离不开公司领导的重视，离不开园丁王长海的精心护养。我们欣赏花卉的美丽和品尝水果的香甜，不能忘记他们的辛勤劳动。

我又平行向西移动5米，还是站在大门口留影，拍下了公司的厂房。

2021年，桶装水生产基地厂房。

厂区的三角梅。

厂区的金桂树。

顺着大门，向我身后厂区望去，进入眼帘的先是左面那簇花开正艳的红色三角梅。这是三年前张红经理花10元钱买来很小的一枝花，而今它花朵茂盛无比。密密实实的花朵覆盖它的枝叶，还有一枝直冲10多米高，在桂花花冠丛中蹿出，在与众花争艳中卓尔不群。三角梅原产巴西，是赞比亚共和国的国花，也是我国海南建省后的省花，又是深圳、西昌、珠海、惠州等城市的市花。近代诗人张力夫曾在《客玉溪》中对三角梅如此咏叹："空中缥缈荡音符，三角梅开缀满途……足迹神州千万里，当嗟气象此间殊。"

在三角梅的左边，有一棵树冠巨大、枝叶茂盛的金桂树，树叶婀娜多姿，叶片青翠欲滴。每逢8月，叶片中心都会满满开放那小米般的金色花粒，一簇簇一串串地挂满枝头，散发浓郁诱人的清香，随风飘洒在院内的每个角落。浓郁的香味正是金桂树的名贵所在，掩盖它平淡无奇的形象，每当人们伫立或走过树下，都会情不自禁地深深呼吸。所以当地人皆曰：“三月桃花红，八月桂花香。”

桂花是中国传统十大名花之一，是集绿化、美化与香气于一体的优良园林树种。桂花清香绝尘，浓郁远溢，堪称一绝。我们厂院内植有金桂、银桂多种桂花树。

古代诗人多有咏桂的赞美诗，白居易的《忆江南》里有“江南忆，最忆是杭州，山寺月中寻桂子，郡亭枕上看潮头，何日更重游”。李清照在《鹧鸪天·桂花》里咏叹道：“暗淡轻黄体性柔，情疏迹远只香留。何须浅碧深红色，自是花中第一流。”

三角梅、金桂树和升旗台中间，是一塘不大不小的养鱼池。三米多高的人造瀑布从假山上喷泻而下，形成的水幕和雾气，笼罩着小小的假山。垂柳和地衣类的蕨类原始植物装饰着山体。假山怪石嶙峋，池水碧波粼粼，几十条一斤多重的红色、青色、黄色的锦鲤鱼，在盛开着的水莲花下自由地游动，或三个一伙或五个一群地嬉闹不停。这样的一个山、水、池、花、草、鱼的美境，在庄严的、随风飘扬的旗帜下，恰似画龙点睛，呈现优美、安静与和谐的企业文化追求。

厂区的养鱼池。

再往后看，在厂房旁边，有一排伞形的铁树。铁树在四川是野外露天生长的植物，也是四季常青的植物。这个品种是苏铁，养护好的话，十年树龄的苏铁会年年开花，花期长达半年之久。铁树在传统的语汇里，象征着坚贞不屈、坚定不移、长寿富贵与吉祥如意，极具观赏与审美价值。在北方的高寒地区，公园、酒店、家庭也多有这种名贵的铁树，只是冬天不能放在露天。铁树尽管每年也发一层新叶，但是长得很慢，少有开花，于是人们都把铁树花开比作一些难成之事，一旦开花，如若神佑。我在吉林通化工作时，20世纪80年代，市内玉皇山公园唯一的铁树开花被当作一则新闻被媒体报道了，许多市民都涌来与开花的铁树拍照留念，沾沾喜气。如此推想，我们院内的十几棵铁树年年争奇斗艳，是不是也在证实我们企业的兴旺发达和祖国的繁荣富强呢？这种落地就生长的吉祥花树，三年前建厂时我们已在厂院栽下近百棵，未来几年，它们成材开花时，祥运每年都降临在我们这花园工厂。

苏铁在攀枝花国际苏铁自然保护区内，有25万株，堪称世界一

我们厂区的铁树开花了。

厂区花园化。

绝，它生长甚慢，喜爱湿润的环境，寿命约二百年，盛产于亚热带。明人王济在《君子堂日询手镜》里记载：“吴浙间尝有俗谚云，见事难成，则云须铁树开花。”

环顾厂院的四周，是我厂自有不动产的三米高围墙，除南面的围墙之外，其他三面的围墙里面，都生长着直插云霄的柏松。200多棵十多米高的参天大树，雄伟耸立围墙内，像200多位坚强的卫士在牢牢守卫着边界，它的庄严坚如磐石，不可动摇地长年矗立，又给工厂增添了另一个景观。这当然要感谢当年建厂的澳大利亚人精美的设计了。

我们是生产水的企业，生产安全与安全生产，永远是企业最高的宗旨。而厂区花园化、园林化和果园化，正是我们企业精神的集中体现。

第二章　2018年，我的国际标准的企业

2002年，当地政府引进了一家澳大利亚国内排名第二的钢铁企业来成都投资建厂。当时厂区的规划设计都是按发达国家标准执行的，这个15000余平方米的厂区规划和建设，处处都是按“百年大计，质量第一”的标准完成的。该企业由于经营问题，2014年停产，2015年与我们集团签订了转让协议。由于多种原因及涉内涉外的诸多政策需明晰和落实，转让与交易工作耗时两年多才得以完成。

总览厂区，13米高的雄伟厂房和两层办公楼连接成一个庞大的整体。园区的广场和通道都是用钢筋和高标号混凝土打造的，坚硬无比，二十多年无一破损。广场平整，通道笔直，都出自精心的设计和严谨的施工。高起点设计与高标准施工，给成都公司奠定了一个良好的物质基础。

原有的3000多平方米的厂房，现今是我们的成品仓库，一层净高13米，宽敞明亮，阳光透过屋顶的采光板，映照着整个光滑平整、经打磨固化得像不锈钢似的平整地面，其光洁和坚硬的属性，百年不易。看着如此明亮的存储空间，欣慰与自豪之情油然而生。

成品库。

活动室。

二楼办公室专门设计了可观看生产过程的4米高的观景台。俯瞰成品仓库码放整齐方正的产品，一分钟之内，即可计算出每个方阵的准确数量及总库存。这样整齐排列的方阵，恰似经过严格操练的阅兵方队，这就是我们插车工习以为常的过硬技术，是他们长期熟练工作、严格自律形成的近乎本能的操作技能。优秀的企业离不开优秀的员工，正是这些优秀的员工，创造性地完成了本职工作，让我们的企业在同行业里成为标杆与楷模。

1000平方米的两层办公楼，楼上是办公区、会议室、活动室和隔离出的员工宿舍。整个办公区包括总经理、销售经理的办公室和会议室都是二十多年前建厂时原有的设施，没有动过，现在使用起来，并没有落后之感，还是崭新的原样，特别是图片显示的蓝白相间的通道毛绒地毯，还是鲜艳如昨，看似新铺不久。敞开的办公区主要给车间主任、维修部长和保管员使用。这里卫生间、厨房和大库的每个角落都是一尘不染，洁净明亮。这当然离不开公司领导的

办公区。

重视，离不开员工的勤勉与努力，特别是一个专职收拾卫生的残疾工人，他认真勤恳和不懈努力的工作态度，值得表扬。

按照车间要求和规定，进入生产区必须更衣换装，然后在车间负责人带领下，方能进入参观通道。

通道笔直，浅绿色的地胶一尘不染，通道右边竖立着一排排高大崭新的不锈钢缸体和雪白的排列整齐的反渗水处理设备，组成横竖有序的群体，加上中间多个竖起的蓝色水泵体形成了水加工车间特有的视觉形象。这样一套每小时水处理50 ~ 60吨的设施，业内同行人看了都要竖起大拇指称赞的，表示参观后要按此标准改造和提升自己厂里的设备。外行人只会惊讶地讲，没想到制水设备竟然有如此规模，做桶装水还要下这么大的投资。

这一套设备是新九州专业制水设备厂设计加工的水处理设备。我们做了二十多年桶装水，新购设备也有二十多套。这套设备应该是同类产品中最优秀和最完美的。

参观通道左边是整个桶装水的灌装生产线。从空桶的上桶开始，嗅味、灯检、割膜、检漏、外洗、内洗、冲涮、消毒、灌装、套封、激光喷码、套袋、码垛、搬运，十多个全自动的工作程序，从空桶上线到成品下线与成品入库，都是自动化设备自动运行的，日复一日，年复一年，时时刻刻在循环有序地生产。近3000平方米的仓库，可达四万桶存储量，这也是我们控制内的指标。每天都要保证三天以上的销量，生产出的成品存放48小时以后要经过检验，合格后才能出库。

灌装生产线。

水处理设备。

三年前我指挥建厂时，设计和安装了两条刷瓶灌装线，当时的设计理念是，当一条线出现故障时，还有另一条可用。现在看来，这是不正确的，运行起来成本高，费水费人，每年需额外支出20多万元工人工资。这次我看到，在总经理带领下，由车间主任和技术部长牵头，将两条线合并改造成为一条线，运行正常可靠，大幅度降低成本，维修和控制都省了好多麻烦。这点使我感触颇深，技术改革就是不能墨守成规，许多时候标新立异才可能达到日臻完善的高度，他们的创造性远远超过了我这个专业的老钳工。

成都公司的各种管理规范、工作制度一律上墙，设备维护光亮如新，车间厂区地面、办公区素洁整齐，加之厂区的花、果、树、绿化，构成了一幅和谐的美丽图画，这都是总经理带领全体管理干部和优秀职工每天努力工作的结果。一个成功的企业，必须有一个意气风发、兢兢业业、聪明能干的管理者和在其带领下的优秀团队。成都公司已经达到这种高度，几年来，公司在当地获得诸多管理部门颁发的各类奖项。成都公司成为同行业里的标杆企业。

我这次成都之行的目的，是带领集团财务总监和片区财务经理进行每年例行的财物查验和资产管理审核。两天的清点查账，证实了在公司财务负责人的带领下，收款员和三位财产保管员的工作是很完美的，各项财务管理制度的执行和钱款物的管理也准确无误。当时，我们的财务总监和片区经理在总结会上给予成都公司高度的赞誉。

我今年已经84岁了，不亲自介入企业管理总是放心不下。但是，通过这次成都之行，我最大的感受是我应该彻底退下了。成都公司的管理已全面达到应有的高度，硬件、软件的管理水平都远远超出我的预期，说明没有我企业也会健康发展下去了。我这个创业者交班的时间已经很成熟了。

我用了这么多的笔墨描写成都的厂区和企业的现状，不仅因为这是至今我人生奋斗的一个缩影，更是因为由此我又一次想到了我的来路与过往。

往事如烟，透过波诡云谲的时代风云，我又一次感受到了人生的起伏与跌宕。

我还想做另一件事情。

也许，这是更有意义的一件事情。

那就是书写我的自传。

第三章　1960年，从威海出走

1960年8月28日，星期日，按照惯例，又是小学教师去乡里集中学习的日子。当时，每月四个休息日，两个周日放假回家休息，两个周日集中学习。小学教师几乎都是住校，家属多是住在离校20公里内的农村。每逢放假的两个周日，教师都是骑自行车回家与妻儿团聚，帮助家里干些农活，把繁重的农活都集中在这两个周日完成。当时小学教师的工资很低，不足以养家糊口，农田的收成对每个家庭来说都是重要的收入。

2022年清明，我偕长子张伟（右）、长孙张文宣（左）回乡祭祖。

这一天，我学区十几名教师都去汪疃乡（今汪疃镇）政府学习业务。我在前一天已请好假，骑着自行车去乡卫生院看腿。这是我出走前的准备和借口。也就是在这一天，我在乡里把心爱的自行车卖掉了，卖了180元，大约便宜了20元出手。卖车可以算是件大事，但晚上回学校时，其他教师都不曾留意。这时候，我积攒了40元钱，加上卖车的钱，我兜里揣着220元。这在当年，可是一笔不少的资金。

这是我出走的费用。

28日，早饭后，我对校长说脑袋迷糊，不能参加学习。校长说："好吧，你留在学校看着学生勤工俭学吧。"老师们都走了，约莫半小时后，我背上了我的黄书包，里面放着洗漱用品、一双凉皮鞋、一条单裤、一件上衣，外加手表、眼镜以及我那220元巨款。此外，我还装上一本新疆民间故事和一本地图册。鼓鼓囊囊的黄书包，装着我全部的家当，再加上我21岁的青春年华和对未来的迷惘，陪着我走上了人生中一段全新的未知旅程。

就在我准备离开学校的时候，部分勤工俭学的学生已经到校，他们是来浇花和喂兔子的。学生于日传问："老师您去哪儿？"我说："再见了，回来再告诉你。"当时我们并不知道，此生再见，已是相隔半个世纪以后的事了。

走出校门，我直奔汪疃村，坐车去文登县城（今文登区）的长途客运站。我谋划好的出走路线是这样的：从文登直奔桃村火车站，再坐车去济南，而后奔包头找工作。因为我听说包头钢铁厂需要大量人员，好就业。那时的山东，在1959年和1960年间，十七八岁到50多岁的农村人，几乎都外出打工。有80%的人去了东北谋生。

我在两年前就想离家去东北，并在1959年春节假期去了趟吉林临江我的二伯父那里探亲。说是探亲，其实也是为外出务工做的前期考察。走时和回来，我妈都掉了眼泪。母亲生气地说，我家两代人（是指我爷爷那代和我父亲那代），在东北都没发财，我家在东北没有财运，不能去。其实，这只是我母亲的一个说辞，我要去哪

2008年回老家，从左至右依次为我、长子、长孙、弟弟。

都不行。她不同意我离开家，离开她。

因为我是她一生的骄傲，是她在家乡炫耀的资本。

我1939年1月30日（出于历史原因，书中图片上的一些表格所写的出生日期与实际不符，以此为准）出生于山东威海南上夼村，父母都是大字不识一个的文盲，但我却是村里低年龄孩子中第一个考入威海中学的，后来又在文登师范“深造”，毕业做了小学教师。母亲认为南村北庄周围十几里地，也就我一个是有大出息的。母亲不知道我已经被打成“右派”的处境，哪舍得我离她出走。

当年，我并不知道我的出走行为会给母亲造成那么大的伤害，使她郁悒成疾，并因常年思念我而加重，不到60岁就去世了。要知那样，我就不会做出离家出走的决定。现在想来真是此生最大的遗憾！

母亲说不能去东北，却也迎合了我的想法，我怕真去了那儿，政府也一定猜想我去了东北，再从东北把我抓回来。所以我主意拿定，反向思维，不去东北去包头。

从学校步行两公里，到了汪疃乡，坐上长客，到文登县城汽车客运站已是中午12点多了，想坐长途车马上离开文登，一问无车。去莱阳的车早晨8点已经发走，想坐长途车只能等到明天早晨。

我不能等，这里是我的伤心地，我要迅速离开文登。

时间过去了六十多年，当我写下"从威海出走"这五个字的时候，我知道我已经在"升华苦难"了。"出走"，多么轻飘飘的两个字，带着从容与淡定，像一次没有目的地的旅行，还有那么一丝浪漫。但是，事实不是这样的。告别故乡，告别父母，告别带给我荣耀与悲伤的学校，不知前程在何方，不知未来在哪里，这不是出逃是什么?!

当年，山东严控人员私自外流，即使是出身贫下中农的青壮年，未经当地有关部门批准，自行外出务工，被抓到后也要劳教六个月。文登县设立了几个收容站，威海海港、烟台海港、火车站、长途客车站，对出省的船票、车票都要凭介绍信和有关证件购买，无故出走者一经查获严格处理。我一个"右派"想往外跑，这简直是天方夜谭，抓到后一定要被处理的。

在文登县境内，我不能停留，中午吃点便饭，便看地图，距离桃村火车站有100多公里的路程，我一天半要到达。当天晚上，我走到冯家，天黑了，在饭店吃饭时，来了两个背着枪的民兵。他们就是抓私自外流人员的，问我是干什么的，我讲是去莱阳上学的。他们上下打量着我——那时的我戴着眼镜和手表，脚上穿着皮凉鞋，是个学生模样，不像是农民外流的，于是就放过我了。当天晚饭后，我就在饭店的旅店里住下，旅店实际就是个临街民房，一个大土炕，挂着蚊帐，每宿5角钱。晚上也只我一个人，空旷得有些瘆人。

我早晨5点起床，无人打招呼，也无人收款，虽然下雨，我也要赶路，急赶路。这一天，我早上5点起床赶路，中午只在乳山县（今乳山市）崖子村的集上吃了一碗3角钱的茄子面片汤。面片汤下肚，从早晨5点开始的饥饿感顿时消除了。晚上8点，我走到了桃村火车站，9点有通往省城济南的火车，我马上买了一张火车票。当时省内的火车票随便买，但出省需要介绍信或者工作证，船票都是离开本省的，所以控制得更严格。我心想到省城看看情况，省城距离我们县很远，隔着这么远的距离，我应该是安全的吧。火车票买好了，心情稍微平复，肚子又开始饿了。我随便吃了点饭，查看地图才发现，崖子村到火车站的距离，比一上午走的路还要长，虽然雨从早晨开始就没有停过，但好在是8月份，温度不低于25℃，即便是淋成落汤鸡，还是可以继续步行前进的。我虽然是有所准备地走，内心也是恓惶的，我总是用“前面是光明的”这样的字句来激励自己，就也不觉得疲劳了。

雨不停地打在我的脸上，泥泞的路上留下我坚定的脚印。思绪也在这片茫茫的雨雾中飘荡。我在雨中行走了20个小时，再查地图，从文登的冯家到桃村火车站是70公里，而且当时的路况很差，泥泞湿滑，从昨天上午11点，我从文登县步行60公里，晚8点到冯家，今天早晨从5点到晚8点，步行70公里到达。在我的阅读经验里，这几乎是解放战争期间部队强行军的节奏啊！

我的身体终于坐在了火车硬座上，又困又累的我酣睡了整整一晚，次日上午顺利到达济南。我无心闲逛，马上开始研究购票规定。这里也是只能购买省内车票，出省购票必须持有介绍信或工作证。查看地图，只有平原县离河北省最近，我计划先到平原县，然后再想办法离开山东省，出省之后的政策肯定会有不同。

我购买了抵达平原县的车票。待火车顺利驶过平原县，继续前行，进入河北境地之后，我立即去找列车员补票，说原本想到平原县姨家去，因睡着了，火车过站，现在改去天津舅舅家。列车员告诉我，去十车厢找列车长办理。我初坐火车，而且是外逃，不敢因错票而出现问题。到了十车厢一看，这里扣留了一车不买票的人，每个车厢有108个定员，这里有150多个无票登车的人，而且还不时往里塞人。这时乘警又送来两个人，说是扒火车的，挂在车门外面。两个人灰头土脸，衣衫褴褛，一看就是农村青年。车厢里也有几个女的，无钱也只能扒火车，应该就算是逃荒吧。

我跟列车长讲了我的情况，说我需要补票。列车长忙着训斥那些逃票的，无暇顾我。我耐心等了一会儿，生怕他们把我打入逃票的一伙处理。我又大声地理直气壮地找列车长，说天津站要到了，我要下车，于是列车长不情愿地给我补了票。

这时候我又想到了我的表哥。他在北京，由首都出发向全国各地出行肯定会方便点吧。我觉得北京该是最好的出发地。

第四章　1958年，落难

我清楚地记得，1958年的春节是2月18日。正月初七这天，全县中小学教师2000多人，集中在文登一中和文登师范，开始了整风运动。

整风的第一阶段，是学习整风运动的重要性。党为了把各项工作做得更好，主动整风并让民主党派和群众给提意见，以便更好地领导全国人民建设社会主义。通过整风看你的表现，好的可吸收到党组织来，提意见的范围可以放宽，不管是新中国成立前还是成立后，党的政策，党群关系，党的作风，都可以提。

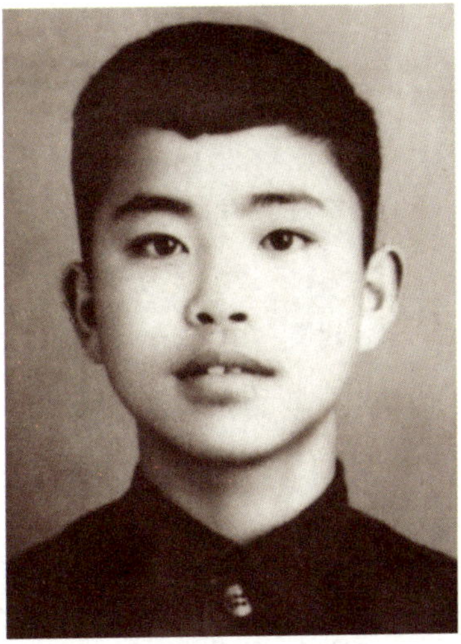

1957年，我的师范毕业照片。

我是刚参加工作半年的19岁年轻人，第一次遇到这种运动，内心自然无比欣喜，跃跃欲试，我要通过此次运动，努力表现，争取入党。

经过两天的政策学习，解除了思想负担，第三天整风开始。早晨起来时，我发现铺天盖地的大字报、小字报、漫画、诗歌贴满了我们住所院内的几面墙壁，其文字水平、漫画水平和文化素质都是上乘的，让亲临现场的人增强了信心和勇气。

我也贴出了大字报，内容是农村“七七四十九少”，是写农村与城市对比，农村的电话少、电灯少、楼房少、粮食少、肉少、蛋少、白面少、大米少、学生少、新衣服少、自行车少等等，总共凑了四十九个少。我当时提出的这些事都是客观存在的，将真实问题向党提出，我认为自己是真诚的。

我们整风小组是由两个完小区（大英完小、山马于完小。完小是完全小学，有初小一、二、三、四年级，高小五、六年级）的30多个老师组成的。忽然，有一天晚上，大家被召集开会，领导讲：大部分同志给党提意见是真心帮助共产党整风运动，但有一小撮右派分子，借整风之机向党进攻……

几天后的一个下午，大字海报贴出了对我的决定。

> 关于张晋兴定为右派分子的决定。
>
> 张晋兴，男，十九岁，土改父亲被斗，怀恨在心，借整风之机向党进攻，反动言论是，一、农村七七四十九少，污蔑社会主义新农村；二、苏联四五年进东北军队纪律不好，破坏中苏关系。

贴就贴了吧，被定成“右派”也不止我一个人，组织上也说了，这不是敌我矛盾，要按内部矛盾处理，我肯定还能回去教学。只是这大字报贴在墙上面，明天一中就要开学了，这不丢人吗？好在贴了不到一个小时就揭掉了。

我的“右派分子”帽子是戴上了，这与地主反革命分子同类，从此要接受无产阶级专政，这一戴就是二十二年。

第五章　1958年，磨难

我的出走，是无路可走的不得不走。

1957年，我从文登师范中专毕业，被分配到大英完小教学。那时我本人是不喜欢教师这个职业的，当时社会上也流传一句话，“家有半斗粮，不当小孩王”。可我就读的是师范学校，学习期间由国家提供免费吃住，供出来的学生必须是无条件服从分配并从事教育工作。在被师范录取后，我曾跟父亲讲，我不想去师范读书。父亲说必须去，供我三年中学，不去接着念书，回家种地太丢人了。未成年阶段，父亲就是我的主宰，他的话不能违背，我必须去。

2023年的山东省文登师范学校。

刚到学校报到时，抬眼望去，都是一些30岁以上的老师。有的小学也没毕业，就连识字水平都很差，有的人连文理数学基础都没有，竟然还在任教。当时推广拼音方案，教师里也没有一个懂的。旧社会教育落后，80% 以上的农村成年人都是文盲，大众文化基础很差。新中国成立才八年，国家在大力推进初级小学义务教育。一年级到四年级是义务教育，五年级和六年级就需要通过考试择优入学了。在我们完小区，20 多个教师中，我的文化程度最高。国家免费供我完成师范教育，我是新中国第一批正式教师，我应该挑起这个重担。这个完小区，就我一个是师范毕业，特别是汉语拼音，我通过初中、师范两次系统学习，已是熟练掌握。因此，我成为这些老师的老师。我也真的这样做了。我年轻气盛，可能显得有傲气了，我教的班级在整个完小区，统考时成绩总是排名第一。

当时的小学教育，重视政治，每隔一周的星期日，教师都要去汪疃乡政府所在地学习政治，主要是社会主义教育，有国家专门编辑的四五百页的社会主义教育书册。我们小学区的学习组长是只有两年文化程度的教师张某某，他是转业的残疾军人，贫下中农。我文化程度自然高于他们，又是新中国培养的第一代教师，我想我有责任把教育工作做好，以此感谢党和人民对我的培养。比起我父母及多数没有文化的农村老百姓，我是多么幸运，我热爱共产党，热爱社会主义，愿意为中国教育事业的发展献出我的一生，这是我从内心迸发的幸福感与责任感。

18 岁的我，精力旺盛，白天午休时与村里年轻人打篮球，晚间又给 30 岁以内的文盲进行识字教学。我所在的大英村几百户的青年男女，晚间都来听我讲课。村里的年轻人称我老师，上了年纪的都称我为张先生。在大英村工作的半年，我愉快、奔放、进取，感受到老师这个职业的尊严，享受到了快意人生。因此，我产生了要更加努力付出并扎根这里的想法，想在这里安家立业，贡献自己的一生（小学教师多数在所在村成家）。可仅仅工作四个多月，一场风暴，把我打入深渊，所有的信念和美好的愿望都化为泡影，刚刚燃起的青春之火被浇灭了。

文登县抓了许多“右派”，教育队伍占的人数很多，组织上把这些人按人民内部矛盾处理。这是一个原则，内部处理即是以教育为主，划定右派的人有六类处理办法，最后第六类是降职降薪。我是中专毕业，还在试用期，工资全国最低级别，每月工资21元，对我的处理显然是无职也无薪可降。文登县有关部门，创造性地推出了第七类处分：做出结论，免予行政处分。

免予行政处分，也是一种处分啊！当时的我还是幼稚，我认为免予处分就没有事了。回到学校后，学校领导把所有的课外重担——以前是全体老师共同分担的，现在都压给了我。学校的写文件、总结报告、钢版印刷的刻字、除“四害”、上报数字、“大跃进”的总结报告、晚间的农民夜校，所有的杂务，都由我承担。我每天都忙个不停，天天睡眠不足，而我的工资待遇，应该工作满一年转正上调工资，可这三年不给涨工资。

工作的压力对我来说，是一个锻炼，特别是抄写文件、刻钢字对我写字水平有很大提高，可精神上的侮辱却是我无法忍受的。一个不到20岁的青年，三年里受到的精神折磨，可称之为“身陷苦海”吧！

在那样的境遇中，我决定出走，哪怕被抓回去投入监狱，我也不想忍受这非人的精神折磨。不出逃，我就会精神崩溃。

我是五年级的班主任，我教的是五六年级的高小，学生懂事多一点。我教学质量好，他们对我还不错，有的甚至为我打抱不平。多年后，学生们给我讲，我走后的第二天是星期一，学校看到我没了，知道我逃了。但学生不能停课，于是教导主任替我上课，没有几分钟，就在黑板上写了一个错字，有个学生提出说：“老师，这个字错了。”主任说：“哪错啦？”全班学生集体大声喊“错了”，主任把课本一扔走了，闹出了一个大笑话。我虽然不得不出逃，但是因为我的出逃，耽误了孩子们的学业，让我觉得自己对不起我亲爱的学生。

第六章　1960年，逃亡之路

1960年8月28日开始逃亡，两天后，我到了北京姨家表哥那里，打算在他那里休息几日再走。表哥大我三岁，儿时他家离我家五公里，春节去姥姥家，我们总是能在一起玩几天。姨家共六个儿女，我家五个，我们当时都是各家唯一的男孩儿，姥姥没有孙子，姥姥和舅舅都喜欢我俩，也只有我俩能在姥姥家长住。住在姥姥家是欢乐的，因为有他，他总是带我到处玩。

表哥没考上中学，1952年随村里的人去了北京第二机床厂学徒。见到他时，他早已不是儿时的样子了，他在机床厂是技术骨干，钳工五级，工资每月63元，达到工人技师级别了，这比起我每月21元的工资，已有天地之差的感觉。

当时表哥还是独身，住厂工人集体宿舍。他个子不高，模样一般，不算魁梧英俊，但下班以后，他便开始修饰化妆，认真打扮自己。留着八字胡，大背头抹上发蜡，梳理得乌黑铮亮，像一顶大盖帽扣在头上，脑袋后面像留个尾燕，两鬓留着大鬓角，和头发一样流向耳后，身着白衬衫，外面套着薄薄的毛料马甲，料子裤的裤线像尺子一样笔直，脚上穿着一双铮亮的、长长的铁红色尖头皮鞋。

我看他的样子，就像小说里描写的地主富豪家中的公子哥。

我在那里待了半个月，他几乎天天简单吃过晚饭后即去舞厅，去跳男女二人舞。记忆最深的是，在北京陶渊明公园水上露天舞厅，音乐一响，红男绿女迅速搂抱在一起，伴随着优雅的、抑扬顿挫的舞曲翩翩起舞。音乐随着迅速旋转的球形彩灯，不停地变换着节奏，灯光映射下波光粼粼的湖水也变得五光十色，闪闪发亮的舞池宛如仙境，这是多么让人陶醉的绚丽美景啊！可我坐在舞池边的长条凳子上却无心赏景，虽然起舞前，偶尔也有美女伸手相邀，我只能微笑拒绝。我心情沉重，美景美女对我都是近在咫尺却又遥不可及的。几个小时的舞会，我与表哥的徒弟从来都是板凳上的观众。

暂住北京半个月，表哥也领我看过电影，逛过故宫与动物园，还在国家体育馆看过中国国家兵乓球队与罗马尼亚国家队的友好比赛——当时罗马尼亚国家队可是世界高水平队伍。15天的时间，我看起来像是游客，其实心中无时无刻不在谋划自己的未来。临行时，表哥说："你要是1958年之前来，我就能给你留在北京了。"他哪知道，此行我不是奔他来就业的。我的"右派"身份他当然不知道，他从心里也想不到他的表弟是"右派"，是"逃犯"，而现在正在逃亡的路上。

再次见到表哥，是二十四年后的事了。1984年春天，我带队参加全国糖酒会，回程路过北京，参会人员一致要求在北京游览一天，这也正中我下怀。当时什么都短缺，旅店紧张，我求助表哥，他把我们安排在他们北京第二机床厂的地下招待所。招待所是由人防工程改造的，虽然潮湿，但我们总算有了安身之所。我给表哥送了点样品酒，他也很高兴。他有了家室，表嫂是近郊农村的，两个儿子。一家四口住在广安门外，房子是工厂分配的，40多平方米，一间卧室隔成两间，小间给两个儿子住。表哥的居住条件代表了那时京城技术工人的整体情况。从1956年到“文革”结束后，二十多年，表哥的工资只调整了一级，每月不足70元。这在首都北京是一般的生活。我在通化边陲小镇的工资收入早已超过他了。原来舞厅里潇洒王子的形象已无影无踪了。

现在看起来，我是幸运的，从青年到中年，随着社会变化，我们也都变了。我已由一个“逃犯”变成了通化市糖业烟酒公司（以下简称“糖酒公司”）经理。过去，我对他是仰慕的；现在，他对我是羡慕的。人生真是三十年河东，三十年河西！

2012年，表哥和表嫂都是70多岁的老人了，应我的邀请来大连旅游。我尽全力热情招待他们。他们看到我已成型的企业，很是高兴。临走时表嫂说，他们一辈子的福，这四天在我这都享了。

当年，要离开北京的时候，我告诉表哥，我想去东北找工作，实际上我已买好去往包头的车票了。东北我不能去，山东人自古以来碰到灾年，都是千辛万苦地去往东北谋生，也就是闯关东。我爷爷闯关东，我的两个伯父也都闯关东，现在还有两位在东北。我妈

我的表哥与表嫂。

妈怕我去东北，常说：“咱家在东北没财运，你爷爷70多岁时是你爹去给接回来的，你的两个大伯到东北都没娶上媳妇。”

东北我也不能去。那年春节，我千辛万苦去看二伯父，二伯父正在病中，几乎不能自理，我在临江桦树的农村只待了四天就返回山东，直接回到学校。结果已经开学了，晚回来了一天，被记一条罪。夏天放假，我们这些“右派”到县里集中受训，我被专门批斗，追究我是不是想逃亡，并告诫我跑到天涯海角也给抓回来，与人民为敌，是死路一条。东北，我是不敢想了，我真跑到那里，文登县公安局肯定会到东北把我抓回来。几年来我都是谋划去东北，向往东北，现在想起东北，真是不寒而栗。

这几年都在想跑出去，离开这苦难之地，也搜集了些谋生的消息。我获悉内蒙古包头成立了大型钢铁公司，国家“大炼钢铁”运动时常报道，山东当地也有去谋生的。我想这是一个出路，所以从北京出发，我就坐上去包头的火车。火车是直达的慢车，车票价格是16元5角，快车票要贵出三分之一。快车比慢车早到半天多，却要多花六七块钱。我这次出逃坐的一律是慢车，时间是漫长的，但只要是省钱，快与慢对我来说是无所谓的。

包头在我心中是一座大城市，可是下车一看，满目荒凉，相比起我的家乡威海文登，这里几乎就是落后的农村了。偌大的城市没有整齐的楼房建筑，土马路坑洼不平，很少见到机动车，到处都是尘土飞扬，垃圾遍地。原先的大城市的梦想瞬间被击碎，我慌乱的心更沉重了，我知道这里不是我的求生之地。

离火车站不足500米的地方，有个民政大院，大院周围是平房，大院宽敞，有几千平方米的样子。民政大院是一个类似收容站的地方，有几千人滞留在这里，大部分都是男女青年，都是从荒芜的农村跑出来找工作的，也有拖儿带女的一家人，还有不少六七十岁的老人。他们都是衣衫破烂，甚至是衣衫褴褛，肮脏不堪。因为这里缺水，好多人很长时间没有洗手洗脸，几乎都是蓬头垢面，吵闹声与哭喊声充斥大院，也不时发生争执与打闹。嘈杂的人群把院子占得满满的，坐着的，躺着的，真不知碰到雨天和炎炎烈日这些人该怎么办。大院早晚有两顿饭供应，每人二两稀粥，一到开饭就排出几条长龙，也只有这时大院才会安静片刻。置身这样的环境，足以使人精神崩溃。

听说包头劳动局也不时来招人，身强力壮的年轻人也有机会被招去录用的。在这大院里，我待了一上午就离开了，出去游览市中心。包头没有商业区，也没有像威海那样热闹的城中区，也不知道市政府在哪里。我到了市中心邮电局门口，在门前的广场上，有两个摆着笔墨纸砚的桌子，桌子上还有一个“代写家信”的字条，两位戴着眼镜、留着胡子的老先生坐在那里。这可是邮电局门前唯一的景观了。出门在外，哪有不思念家乡的？游子与家乡的唯一联系就是邮局和邮差了，邮差自古以来就受人尊敬，就连杀人越货的土匪也不劫邮差，因为有了他们，亲人们才能保持联系，维系思念。所以邮电局一般都占据着城市最中心的位置，也是城市的门面。逃亡的路上，在济南，我在邮局门前坐了半天。在离开北京的前一天，我也是找到邮局，把写好的两封信，一封寄给父母，一封寄给我的学校。给学校的信里，我的最后一句话是：飞机马上要起飞了，我马上要奔赴祖国的边疆了。这句话，在“文化大革命”时被挖出来了，成了一条罪状，批斗与审查时反复让我老实交代：“你想飞到哪儿去？”

谁能想到，年轻气盛的我的一句浪漫的吹牛话，十年后变成罪恶。

晚间我找到澡堂子，花1角钱住宿。这里只有板床，而且是男女混住，灰暗潮湿，但对于疲劳的我来说却好像进入天堂，倒头就睡。可半夜我又被吵醒，有一对男女在亲热，被更夫抓到，遭到驱逐。我又继续睡觉，一直到天亮被喊醒，出了澡堂子。简单地吃过早饭，我又回到民政大院，接近9点，分发米粥，还是排着很长的队伍。有人因站队发生争执，动起手来了，一个警察模样的人前来维持秩序，于是人们又与警察发生了冲突……嘈杂的大院，一片混乱，噪声胜似纺织厂的挡车车间。我狠狠心，离开了这里，也彻底离开这个被称为“有鹿”的地方（包头是蒙古语“包克图”的谐音，意思是有鹿的地方）。

包头，我这一生再也没有去过。

在包头的两天里，我听说甘肃兰州好找工作。这机会不能错过，于是我花上16元5角，购买了去兰州的火车票，也是慢车。上车一看，满车厢座无虚席，真难想象中国在这个时期，火车厢里总是满满的人。从山东到北京，从北京到包头，从包头到兰州，所有火车都是人满为患，热闹非凡。即使在大西北这般人烟稀薄的沙漠地带，火车上也很拥挤。从包头到兰州，我也真正见识过火车在沙漠上行走的景观，不时看到如苞米秆子编织的挡沙护栏防护着铁路，但是铁路沿线的荒凉是一目了然的，一点掩盖也没有。

火车开动十几分钟后，列车员来到我面前，问我到哪里去。看到我的车票后说：“请你当旅客代表。”我想这又重复了我从北京到包头的路段上列车员请我当代表的事了。每个硬座车厢108个座位，列车员太忙，都有旅客代表协助工作。这是那个年代的惯例。这个工作，我已是轻车熟路了，接过旅客代表袖标，即刻套上。这个车厢里，除了列车员，我的“官”最大了。我知道我确实不是为了当“官”，只是为吃饭不花钱。

旅客代表不但吃饭不要钱，只要餐车一开饭，随时可以吃，不限量，不限时，与列车工作人员待遇相同。我接住了天上掉下的馅饼一样高兴，此刻真忘记了自己还是在逃亡的路上。在学校受管制，又被侮辱，在这里“一人之下，百人之上”，一天一宿的车程，心情无限美好，暂时忘记了逃亡的苦楚。非常有趣的是，在以后的生涯中，凡是坐火车，我大多数时候都是当旅客代表，我爱人与我同坐火车时，此事也时常发生，她都感到奇怪，可能我就是有这个命。其实，只有我自己知道，年轻，举止得体，看起来斯文，而且一进车厢，我就对列车员笑脸相迎，这样的“优秀旅客”，不当旅客代表都难吧。

兰州火车站的规模与繁华远超包头，市内的公共交通发达，街道整齐干净，建筑古朴，门牌标示清楚，真有一个大城市的景象。最引起我注意的是遍布市内的茶馆茶店，我在威海文登就从来没有见过。茶馆里摆放着整齐的茶砖，垛得像砖头一样，标价两元，和现在炒作到几千元甚至几万元的茶砖毫无二致。在兰州，我去了一家高级理发馆，花6角钱理了个头。理发在山东家乡是5分钱或者1角钱的价格，在东北，到了改革开放时期也是统一的3角钱。1985年我来大连，国营的长春路理发馆里的工作人员还发牢骚说，理发3角，从不涨价。

兰州是西部重镇，历史上就是重要的商埠和西部交通中心，也是个重要的石油城，传说中，唐玄奘西去印度，马可波罗探险都经过此地。

我无心赏景和旅游，还是走自己的路。晚间睡在火车站候车厅里，实际上就是抢坐在长条椅子上，候车厅里的水泥地上躺得满满的都是旅客，其中好多不是当晚上车的。其间碰到一位从新疆回来的河南小伙，年龄、个头都和我差不多少，他告诉我，好不容易才从新疆返回。新疆工作好找，但是条件艰苦异常。

我的背包里只有两本书，一本是新疆民间故事，一本是地图册，听了他讲的话，我查阅了新疆地图。是的，新疆占中国整个面积的六分之一。本来我的第二个目的地就是新疆，但他的信息击碎了我去新疆的梦。

那个河南小伙当时还要找工作，去西宁市找他在邮局的叔叔安排工作，并说也能帮我安排工作。我碰到他，感觉像是遇到救星，也随他而往。兰州到西宁的火车票5元5角，火车几乎是沿着黄河边开到西宁的。滚滚黄河水翻滚着黄泥，长长的黄龙不见头尾，与火车逆向而行。火车车轮与轨道撞击发出清脆的声音和黄河水咆哮轰鸣的声音，交织在一起，是美声还是噪声？我一心想的就是下火车以后的情景，憧憬着未来。

铁轨是沿黄河边上的峻岭铺设的，中间很少有车站，记得其中有个小站叫锦程。火车停靠，就一个站长在摆旗，没有一个旅客下车的，这就是大西北人烟稀少的特色吧！我为什么对这个站名记忆这么深刻呢？因为我内心想的就是奔向一个锦绣前程吧。

第七章　落荒西北

西宁火车站比包头站规模大，倚靠在大山脚下。那山笔直高耸，陡峭狭长，本来建筑和设施不错的火车站，便显得渺小了很多。这里到市内比较远，并且被一条大河隔开，省城唯一的公共汽车通到这里。坐车通过大桥进入市区，马路还算笔直，市内道路两边建筑稀少而零星，多是杂乱的野草填满路旁的空缺，很难想象这是偌大青海省的省会。城市缺少厕所，随时随地可看到一些人在路边方便。女同志头上都戴有缝制好的纱罩，已婚的是黑纱，未婚的是暗绿色的，从头顶披到肩上，谁也看不到她们的面目，脸部前开有一个小“窗户”，“窗户”也有帘，她们可以随时掀开，你却无法看到她们的容颜。

西宁市是个有着两千多年历史的古城，历史虽悠久，但城区并不繁荣。青海是中国按地域面积大小排在第四的大省份，有将近五个山东省大，西宁这般荒凉，与省会的名号实不相配。

河南小伙找到他叔叔家，叔叔很平淡地接待了他，婶婶却表现出很不欢迎的样子，随即讲了家里粮不够吃的情况，并说青海省对无工作的市民粮食供应是每月22斤。当年粮食定量供应，中国大部分省份都是27.5斤，而这个27.5斤的供应在辽宁省直到1992年也没有改变。我在一旁听着，觉得太可怜了，我在学校，教师供应是每月36斤。西宁的每月22斤，可能是全国的最低标准了。

离开小伙的叔叔家，也离开了我这两天的旅伴，从此再也没见过他。我又坐上公交车，在市里逛了一圈。我凝望着车窗外，也无心赏景，来时满怀希望的心情蒙上了一层厚厚的冰霜。一个多小时后，我又回到车站。中午吃饭时间到了，想去饭店吃，可每个饭店门口都有站岗的，没介绍信进不去，这是西宁饭店的规定。我只能饿肚子。

中午我饿了肚子，下午看出门道了，饭店门口站岗的也不是那么认真，也可趁他不注意的时候在一旁溜进去。饭店里的粮食也不多，最多的是清蒸湟鱼，这可是全国最大内陆盐水湖的特产。多数的饭店挂的牌子也是鱼餐馆，也只有这一道菜，没有粮食。一铁盘鱼两条，大约不到二斤。湟鱼暗黄发绿，无鳞无刺，吃起来感觉很肥，味道还可以，但比起海里黄花鱼的鲜味，那可是差了很多。两条鱼足以让我吃饱充饥，在西宁的几天，我记得吃过三四次。湟鱼现在是国家二级保护动物。

无奈之下，我又回到离火车站大约一千米远的挂着“职业介绍所”牌子的帐篷群那里了。这里的帐篷有十个以上，每个帐篷里，地面铺着席子，可睡30人左右，晚上随便住宿，每天三顿饭，每顿半斤米饭，是可以吃饱的。但是，吃是有条件的，必须去帐篷旁高山上的石膏矿干活，山高约300米，现在到西宁火车站的原址肯定也能看到，就是车站旁的同一座高山。干活主要是搬石膏矿石，上午上山去干活，发中午餐券，下午干活，发晚饭餐券，晚饭后上山干三个小时的活，就发明早餐券，规定认真，执行也认真。这可是按劳取饭，想吃饭就得干活，晚间住宿随便，无固定床位，有地方随便躺下。在西宁的一星期，我上山干了约四天活，三天不干活的时间，只能去吃湟鱼了。

招工单位或劳动局招人，都是午休时候来。我碰到两次，一次是省机床厂招学徒工，因为我戴眼镜不招我；另一次是柴达木来招人，也曾有艺术中专学校和技术学校招生的，有初中毕业证就可以入学。

西宁比我想象的落后，语言与生活习惯我都很难适应，这里不是我理想的谋生之地。我想，我还是返回东北吧。

西北之行教育了我，知道也体会到为什么山东人和我的前辈都去东北谋生。自古以来，闯关东形成了移民潮，我也不能违背。结束了这半个多月的“走西口”，我买了直通吉林临江的火车票。

第八章　家族往事

前一年，1959年春节假期，我去临江看望二伯父。

二伯父住在临江桦树。正月初一，我还住在离临江三公里的旅店里，初二，森林小火车把我载到他家。从浑江的八道江到临江桦树，经过四天多的寻找，好容易在初二下午才见面。在全国人民都欢乐过节时，大年三十我一人独住旅店。见到伯父，映入我眼中的是一个大高个子却骨瘦如柴的老头，站起来大长腿几乎刚刚能支撑起他弯腰的身体。听到我的介绍后，伯父很高兴，消瘦的爬满皱纹的脸上露出笑容，在他的脸上也依稀能看到我父亲的模样。他是个最典型的木把，也就是旧社会的伐木工人。

二伯父很兴奋，告诉我，他这一冬痛得卧床不起，刚刚可以下地了。我的到来唤起了他儿时的记忆，唤起了他对家乡的思念，唤起了他的亲情与怨恨。我成了他山东老家的活字典，他挂念家乡一辈子的事，都要从我这查阅，他甚至忘记我的年龄了，我没出生时发生的事也拿出来问。他异常兴奋，打开了记忆的长河，搜索到每一件老家的往事，像是在寻找宝藏一样认真，不想错过任何一点回忆。和伯父从白天说到黑夜，彻夜长谈，20岁的我都感到疲劳时，他还是兴奋得很。离开家乡五十多年的他，家乡情感缺失得这么可怜，这也是摆在我面前的思考。

和二伯父相处的那几天，二伯父显得非常亢奋，他晚间很少睡个囫囵觉，他好像要把他为什么这一生都不想回山东家的来龙去脉，都倾诉给我听。

从他那里，我也了解到了我家族的历史。

那一年春天，5月份收麦时节，二伯父当时只有11岁，他赶着驴从山上往家里运小麦，走到村头，一个邻居说："你嫂子吊死了。"二伯父气愤地说："你嫂子才吊死呢。"邻居毫不示弱地说："你不信回家自己看。"二伯父急匆匆地赶回家，嫂子真的上吊死了。

就这样，二伯父打开了他尘封的记忆，不断地跟我述说当年发生在老张家的往事。

二伯父说："当时，我哥才18岁，刚结婚不久。"二伯父问其嫂子上吊的原因，他哥也说不知道。他只说："早晨我上山干活的时候，从外屋地隔着小窗窝（小窗窝是农村两间房中间留的一个小窗，放一盏油灯能使两间屋都得到照明）往里看，看我新婚不久的媳妇长了一脸的毛，自己上山干活心里也疑惑这怎么了。结果她就吊死了。"二伯父继续讲："嫂子娘家是隔村窑村的，离我家两公里，听闻嫂子吊死，她家来了几十口人，闹了好多天，还说要去打官司，我家发生这事，在村里也引起不好的舆论，我哥因为压力大，人也有些精神恍惚。这年春节，母亲领着神情抑郁的我哥走娘家，我姥姥家是离我村八公里的羊格村，母亲和大哥是正月初三去的，在姥姥家住到了正月十五也没有回来。我姐姐比我年长三岁，我身下还有两个弟弟，一个6岁，一个3岁，就是你爹，家里每天里里外外的家务活，自然都落在姐姐一个人身上。正月十五母亲虽没在家，姐姐张罗着，我们也算过了一个好节。"

“春节回娘家走亲是老家习俗，但都是住上一两天就返回，可这次母亲和我哥一直住到正月底才回来，不但他俩回来，还把舅舅家的表妹带回来了——我应该叫表姐。回来后，我哥说要和表妹成亲，舅舅家听闻，来了一帮人，坚决不同意这门亲事，理由是大哥的前妻因为受到虐待才上吊的，坚决要领表姐回去。可表姐又表示坚决不回，宁死也要跟着八一哥（乳名叫八一），舅舅家人也不敢再硬逼着闺女回去，闹着说是我家拐走他家闺女，要去打官司。就这样，虽说我哥和表姐还是成亲了，但是我家又因为我哥惹了一场官司。”二伯父说。

“前面丧妻正惹上官司，这边又因拐骗妇女再次被告，咱家在村里本来是个大户人家，有地五十多亩，闲暇时节还在农村回收牲畜的皮张进行熏制，被称为张家皮铺。这两场官司打到最后，全输了，卖了三十多亩土地，补偿两家的损失，日子没法过了，我拿着小板凳，上了三个月的私塾也不能上了。”二伯父继续讲道。

“大哥大嫂在村里待不下去了，去烟台市谋生，先去给人家淘大粪，挣点工钱，后来发现大粪晒干后可以卖钱，就租粪场晒干，收集起来卖干粪。当时还没有化肥，这是个好生意，我哥雇了好多伙计挑粪，后来我也奔去挑粪，他说也给钱，留着以后回老家娶媳妇，结果我干了三年，准备回家，跟他要钱，他却说没钱。我知道他挣了不少钱，就是不给我，从此我就恨我哥，他把咱张家搞破产了，不反思自己犯下的过错，还这样对自己的亲弟弟，太没良心了。”二伯父气愤地说。

“家庭破产后，父亲就闯关东到这临江来了，我在烟台不干了，也和三弟来到这里，三弟在临江六道沟花皮甸子给地主家做长工，我和父亲在这临江林场伐木，父亲70多岁时，我四弟也就是你（指我）父亲，来这里把他领回去了。当时让我也回去，我嘴上应了下来，当回山东家的船马上要开走时，我跳船跑了。”二伯父说。

关于二伯父当年跳船跑的事，我父亲也和我讲过。父亲说："你爷爷和你两个伯父走了十几年，没有向家里捎过一分钱，考虑到你爷爷年龄大了，你奶奶不放心，天天在家哭，我当时也长大了，就奔东北去把他接回来了。你爷爷看到我很高兴，他当时已经有病不能再干活了，你二伯父过得也不好，但他还是不想回来，大伙都劝他，我们走的前一天晚上，他勉强同意了。我去买了一些大刺花炮，准备开船时庆祝一下。结果船刚启动，离岸还不到一米的时候，你二伯父跳了下去，朝着我大声说，回去告诉大哥，因为他，我一辈子也不回山东了。船开了，我也掉下眼泪，大刺花炮我自己点着，扔在江里，咕噜咕噜地炸开，水花四溅，也仿佛炸开了我的心。你爷爷回家两年就因病去世了，去世时72岁，是当时村里活得岁数最大的了。"

二伯父讲了很多当年的家事，可能是讲累了，还会停下来跟我打听家里这些年发生的事情。他问我："现在家里还有多少地？"我告诉他："大伯父与我父亲分家时，每家分了九亩地，大伯父没有子女，就夫妻两个人，也就一直种这九亩地。我家七口人，父亲后来又买了六亩地，土改时，我家和大伯父家都划为了中农。"二伯父说："我走时家里也没有十八亩地，应该都是以后你爹买的，你大伯父在烟台不挣钱了，又回家与你爹分土地。"

我父亲兄妹五人，每人相差三岁。我父亲最小，也只有我父亲留下我们姐弟六人。社会与家庭诸多原因导致婚姻不美满。后来，我每每跟家里父母姊妹讲起这段家史，都不禁感叹，也感到新奇。父亲说他最小，当时还不记事，只记得7岁时因家里过不下去了，随他的二伯父到远离家乡的威海，住在西门外的破屋里，白天拿着一根打狗棍随伯父在威海讨饭为生，也没念过书，一个字不识。

从山东来东北时，我就想找到二伯父了，就让二伯父给我安排工作，绝不返回山东。我也是下了很大决心，在东北就业，自己解放自己。现在看看二伯父这一生闯荡的结果，无儿无女，孤身一人，对家乡思念的巨大创伤已无法抚平，实在是可怜，此路我还是止步吧。

二伯父住的房子是个小窝棚，在一个向阳的山坡上，前不着村，后不着店。一块大约有30平方米的平地上，一座用土和泥搭起的不足30平方米的矮矮的草房，冬天只看到下雪形成的蘑菇圆顶，矮矮的房子只能在房山头开门，房内分割成两部分，外屋做饭，里面住宿，土炕也只能睡三个人，屋内很矮，刚能站起人来。可能认为室内高了，空间浪费，有一平方米的窗户贴的毛头纸，大白天也只是透进来刚刚看清人的微弱光线。这是二伯父一生唯一的固定资产，他的后事办完以后，这个遗产也就结束它的使命了。

在二伯父那里住了四天后，我要返回老家，告诉他我要开学了。他掉眼泪了，但是也并没有挽留我，可能他知道自己也无力帮我吧。他问我这一趟花了多少钱，我说40元，二伯父找出40元钱给我。四天的亲情交流之后，我直接返回学校了。

伯父有一句话重复了好多遍："1956年你初中毕业时，我独身一人，攒了2000多元，叫你来东北读高中，你怎么不来呢，那时你来就好了，我也没退休，在八道江粮食加工厂。"这事是真的，当时没去是因为我妈不同意，妈妈是当家的，我说了不算。二伯父的感情是真的，1953年我考入初中时，二伯父还给邮来了50元钱，那可是我在初中一年的饭钱，我全家为此欣喜万分。

我回到学校的一个多月以后，接到吉林的来信，二伯父与世长辞了。这个不到20岁就去闯关东的海南丢儿，就这么可怜地走了。

1962年6月，我在浑江机械厂当学徒时，因工作调整，我也被工厂精简调整到临江林业局工程队。工程队驻地的帐篷就在临江桦树，离我二伯父最后工作的粮店和最后养老的地方不足一千米。星期天休息时，我带着我的未婚妻何发英去祭奠过他，再看看二伯父原来的住处。住房已经倒塌无形了，一片荒凉，只有他生前熟悉的人还能有点对他的记忆。

找到二伯父生前在粮店一起工作的同志和好友，两年前也是他给我带路找到二伯父家的。他说："二哥两年前去世，是我给发送的，墓地就在前面一个平坦的林子里。"他领着我来到那里，现在林子已经不存在了，找了一会儿也没找到。他说当时3月份，地还是封冻的，棺木就放在两棵大白松树旁，到了六七月份，大地回暖后，又带人把棺木入土了，旁边还钉下一个松木牌，上写"张丰山之墓"。现在松树伐了，找不到了。他一直找了约半小时，终于找到两棵在一起的圆圆的白松树根，树根旁杂草丛生，有一个土坑，张丰山的墓牌歪倒在旁，这就是二伯父的终结之地。不到20岁活生生地闯关东来到东北，63岁从这里走了，实现了他一辈子不回山东的诺言。

我爷爷也是临江的木把。我父亲19岁时，从山东来这里把70多岁不能干活的爷爷接回老家。回走的头天晚上，多人相劝，二伯父同意随父亲一起返回山东，第二天早晨二伯父也如约上船，船刚启动离岸时，二伯父大步跳上岸并大喊。船开了，船上好多人，不能停，父亲没有办法，只是自己把头天为庆贺爷爷、二伯父顺利回家买的刺花炮，点燃扔在江里。刺花炮在滚滚的江水里炸响，也炸碎了父亲的心，他一生都因没把二伯父带回山东而亏心。

我与未婚妻都跪下磕头，她还掉下眼泪。林区是不准烧纸的，只能把黄纸压在墓旁。半小时的祭奠，心是凄凉的，心想现在我走的不也是二伯父的老路吗？不能向任何人暴露我隐藏的身份，我不如二伯父，可以和任何人平等生活在社会上，我是不自由的，一顶千万斤的帽子戴在头上，我只能低着头慢慢走。何发英是我的亲人了，但我的身份对她也是一样的两个字——保密。我心想，不管后果如何，我要比二伯父更坚强地生存下去。

第九章　1961年，我找到工作啦

1960年10月下旬，我又来到一年以前二伯父居住的临江。虽然相隔一年多，但伯父已驾鹤西去，而我又走他的老路，闯关东来了。我是我们家族第三代闯关东的继承者。妈妈曾哭着说："咱家东北没有财源，千万不能去。"这当然是她的一个说辞，目的是不让我离开她。我是妈妈的命，在妈妈心里是比她自己生命都重要的宝贝，不是逼不得已，我怎么舍得离她而去呢？妈妈，儿子现在只能流着泪说声对不起了！

我家已有两代人闯关东。20世纪20年代，我们家庭发生变故，二伯父领着三伯父去了东北，他们从威海坐木舢板到安东（今丹东），当时大连被日本占领，不能上岸，闯关东只能绕远到安东，由安东转道去临江落脚。二伯父在林区伐木，伐木只有冬天山林封冻才能开始采伐与运输。冬天是采伐的黄金时期，每年10月份进山，次年4月末出来。采伐运输都是在高山上溜冰沟，在平地江河赶爬犁。年复一年，冬天进山，夏天出来，冬天挣钱，夏天花钱。30多岁的二伯父，掉光了满口牙，因无牙，人送外号张没牙。在临江的山林一带，一提起张没牙，谁都知道他，一米八的大高个子，体壮如牛，干起活来能顶几个壮小伙子。每逢冬季进山伐木，都能挣到买几匹骡子的钱，夏天就到临江西市场窑姐街，吃喝嫖赌把钱花光。这样年复一年，一直到1948年临江解放，50多岁的二伯父进了国营临江百货贸易公司赶马车，退休后因病生活不能自理，找了个老伴，共同生活了四年，老伴不到60岁就因病去世了。

三伯父在临江花皮甸子，一直给地主打工种地，新中国成立后才分到土地，40多岁才找了个带孩子的寡妇成了家。

今天，我步前辈后尘，成为家族第三代闯关东的人。但是，我来到前辈生活的地方，不是像妈妈说的是来发财的，而是因为无路可走，来到这里是逃命求生的。

到了临江老县城，我花了5角钱在旅店住下，身无分文，也无粮票，乞讨吗？不乞讨怎么办呢？不顾脸面，我打电话给跟我二伯父过了四年的伯母的儿子，向他求救。他是照相馆的经理，叫王永玉。还好，他家嫂子抱着孩子，给我送来1元钱和1斤粮票。在我孤立无援的时候，在这缺钱少粮的时刻，这种帮助是无私的，也是慷慨的。当时我就想，无论什么时候，我有能力了，一定要加倍回报这份恩情。可在六年后，我在泉阳林业局当上了采购员（主要是采购青菜），长年住在临江，离他们很近，甚至天天从他家门口走过，却不好意思去交往，更没有去酬谢，因为我是暗藏的“右派”啊，我不知自己何时被挖出，很怕给这家善良的人带去麻烦。直到二十年前，经多方打听，我找到了王永玉的弟弟，在白山市退休的王永海。王永海说他哥哥五年前去世了，嫂子在二十年前，50多岁就去世了！

至今，我依然记得当时嫂子抱着孩子的画面。她是一位很干净利索的漂亮女人。遗憾，当初的恩情此生无法回报了！

找工作，找饭碗，这是我目前最急迫的事！

先去临江百货商店逛逛吧，碰到有人，再问问看。百货商店的二楼，大早晨刚开业，没有几个顾客，正好有一个山东小伙也和我一样溜达，我主动搭话。他是山东济南工程安装队的，来这里有工程。他知道我是找活干的山东“盲流”，马上主动带我到百货商店对面的一条小街上。这里有一间路边的平房，门口挂有“职业介绍所”五个黑字的原色松木牌，办事人员也是一个山东小伙。他很热情，看了看我的中专毕业证，就说，现在三个地方招工，大栗子钢铁厂、临江水泥厂和109地质队。我一听地质队，天天在野外活动，很浪漫，再说野外人少，也好藏身，当即表示说去地质队吧。他说：“你不知道地质队有多艰苦，你戴个眼镜，遭不了那个罪。水泥厂灰尘太大，你也不能去，我看你去大栗子钢铁厂是最合适的。”

你看，我就这样遇到两位山东小伙子，有介绍工作的，还有出主意的！就这样，我带着他的介绍信，来到了钢铁厂。

我两个多月的奔波，在这不足半个小时里，结束了。

大栗子镇是八道江到临江火车的终点站，这里距离临江县有20多公里，毗邻鸭绿江，是一座优美的小镇。日本人侵略东北，20世纪30年代就在这里勘探到最优质、含铁量最高的红铁矿，但是储藏量不大，已经挖光，当时江边上堆放着好多准备通过海运运往日本的已经开采好的矿石。“大炼钢铁”的1958年，通化专区在此地建设了钢铁厂，后中途停建，现在又要重建。我是1960年10月来到这里的，正赶上刚刚开炉炼铁，3立方米的小高炉已经就位，基建和转炉炼钢厂也在筹建中。这次重建与启动也就不足半年，人员和班子都是刚组成的，一切都显得很杂乱。

我在钢铁厂就业后，马上就落下户口了。落户时我把出生日期延后了两年。当时落户，一切详细的资料都凭个人口述。可以说从那一天起，我有了全新的身份。

落下了户口，发放了粮票，还有暂时借给的饭票。从那时开始，我成了有吃有住有活干的工人了，奔波流浪的生活结束了。

入职后，劳资部门看我有初中毕业证，就说，你有文化，到机修车间，能学到技术。

实际上，我在机修车间也是做力工，主要跟七级工的老师傅，从火车站用人工绞磨向工厂牵引几吨重的建轧钢厂用的人字钢梁，再把钢梁用人工方式安装在十米多高的预制混凝土墙体上。这的确是个技术活，我佩服老师傅们的技能，也能学些技术。一个多月后，因为当时的领导许绍嘉（中国著名乒乓球运动员许绍发的堂哥），看到我字写得好，就安排我去做车间记录员，两个月以后，又安排我到基建现场做施工管理员。这下子，我这可是升职为管理干部了，有在小灶吃饭的待遇了。我的工作认真，领导满意，又过了两个月，我被派出，与团委孟书记带领128名工人去浑江（今白山市）焦化厂援建。孟书记是国家干部，还要回去任职，但我是要留下的，被焦化厂安排当“红旗二号”15—16号炉长，两个炼焦炉是连体的。“红旗二号”炉是当时国内最先进的炼焦炉。

焦化厂有2000多人，炉长有40多人，每天早晨军事化集合，炉长带领全炉40个工人站排，炉长在离队伍一米远的前方，一共40多个炉长，一看就数我最年轻，光鲜亮丽，出尽风头。我的炉上有12名女工，都是与我年龄相仿的适婚青年，不时有女孩儿问我大嫂在哪里，更有甚者直接约我看电影。她们想的，我心知肚明，给我的示意我也只有在心里徜徉，外表我还是要表现出严肃冰冷，一个逃亡者最清楚自己的处境。婚姻家庭，美女爱情，稳定生活，平等人生，这些对我而言都是幻想，仅仅是美好的奢望。半年前，我被压制、被改造的情景在心里浮现，天天连做梦都想，一旦我被抓回去，定会出现更狼狈凄惨的情景，现在是管理干部，工资每月50多元，才22岁，多么光鲜的青春时刻，可真正的我又是什么？最清楚的当然只有我自己。

浑江市的右派改造地正好设在焦化厂，这里有市内全部接受劳动改造处分的右派，一共100多人，天天早晨被训话、集体做操跑步。他们的工作是人力装火车，把焦块装上火车，个个都是一身知识分子装扮，干起活来三人不抵一人，还不时地发牢骚，与负责管理的张主任吵架（张主任20世纪70年代是市政府招待所所长，后来我在浑江八中做临时工时，我俩也算是朋友，偶尔也谈起他管理右派的事，但他至今也不知道我是暗藏的“右派”）。其中有一个老先生身体虚弱，带个10岁左右的男孩儿也在劳动。还有一位大我十几岁的南方人，原来是国家干部，我经常跟他打乒乓球，但他也不知我跟他是同样的身份。

“右派”帽子压着我，我能飞起来吗？我觉得我得离开这诱人的岗位。对我来说，干部是风险极大的职业，长期干下去，暴露的可能性极大极大。我真是不知天高地厚了。

工作半年，我负责的高炉成绩不错，厂领导也经常带人到我这炉参观，并让我介绍经验。后来党委要发展我入党提干。现实让我变得理智，我坚决忍痛脱离这地位高、收入高、光鲜亮丽的岗位，远离与自己身份不相称的、危险系数最大的但又是自己热爱的岗位。从4月份当上炉长到9月份，半年的时间，我享受了这二十二年人生最幸福的时光，受人尊重，受女孩儿追捧，但是，危机随时可能降临，快快撤离才是上策，才是明智之举。

1961年9月，我辞职了，再求职的方向是浑江市机械厂。在焦化厂工作的半年，看到厂内有维修车间，车间里有车床、钻床、电焊、水焊等维修设备及十几个技术工人，这帮人是最有技术的，负责全厂设备的维修。因其技术能力而非常受人尊敬，技术远远高于我这个小小的基层干部，我这岗位随时可以有人替代，但他们是技术权威不可撼动。我们在学生时代都知道“学会数理化，走遍天下都不怕”，我的数理化就很棒，现在无用了。我想明白了，有了技术才有了真正的铁饭碗，才能走遍天下，任何地方任何角落，只要有机械的地方都可用。我的目标是当钳工，听说钳工在日本叫万能工，这种技术难度大，学好不容易。当然我的决心是不可动摇的，我的文化与我的智力，都给予我巨大的信心。明知学徒工每月只有18元的低收入，而且要吃苦三年，但是我依然下定了决心。

9月份辞职，我就开始专心求职。我在浑江市无熟人，也无后台，有的是我坚强不屈的决心。我径直去了浑江工业局，工业局位于八道江中心的三间平房里，低矮而狭小。当时的八道江是浑江市政府所在地，刚刚建设的市政府办公大楼尚未竣工，马路是弯曲的柏油小路，道两边全是未改造的老民房。人事科于科长说一口山东话，可能也是当兵转业的退伍军人。他问清我的来意后，直接表示："不可能，机械厂学徒早已招满，有的车工师傅一人都带八个徒工，况且徒工都是十七八岁的，你年龄也超了，而且机械厂还有送去四平机械厂培训的二百名徒工。"冷水泼下来，怎么办呢？我已经辞职了，已无回头路。

第一天求职碰了壁，压力增大了，晚上睡不着觉了，怎么办呢？工作不好找了，也不能不找，还要再找。以后我便除了星期天不去，天天都去，同于科长见面。头几天于科长都说不行不行还是不行，于是我开始了软磨硬泡。天天去，也不影响他工作，来人或者工作时间，我就离开他办公室，再后来，我帮他扫地、擦桌子、扫院子，彼此处得像家人一样熟悉了。我也像工业局的职工，局机关不足十人，我们都认识了。我努力做好自己，力求不烦人，他们都知道我是山东来的盲流，想学徒。因为我笑面迎合每个人，他们也不反感我了。

两个月过去了，在我粮草就要断尽的时刻，于科长跟我笑着说，我与局长和机械厂厂长沟通好了，同意你去学徒。他即刻给我开出调去机械厂的调令。这时我马上回到原单位大栗子钢铁厂，找到管劳资的张仁，他私自给我开了调令："张晋兴，力工，工资47

元。”我进入了浑江市机械厂，张仁小我两岁，高中毕业考上吉林农大，未去上学，直接参加工作了，也是我多年的好朋友。1998年，他夫妻俩曾从珠海飞来大连，共同来给我庆祝60岁生日。

通过我不懈的努力，目的达到了，我像欢快的小鸟，又能自由地飞翔了。我高兴得几宿没睡好觉，我顺利地以正式调转手续进入了机械厂，可第一个碰到的劳资科方科长，他断然说学钳工编制已超额了，只能去铁铆车间或翻砂车间，问我选哪个。

我两个月的努力，眼看又要泡汤了。我想起找张仁办手续时，碰到钢铁厂孙书记。我告诉孙书记，我要去浑江市机械厂学徒了，他说：“好，这样有出息，在机械厂有事就去找魏厂长。‘大炼钢铁’时，他们一起在七道江工作。”孙书记也是我老乡，在我离开钢铁厂时，我还拎了点自己栽种的地瓜送他了，他很高兴。这次他主动说出他与魏厂长的关系，我当然高兴了。现在，学徒受阻，我当然要找魏厂长。魏厂长马上找方科长，告诉安排我学钳工。

逃亡，成功地找到工作，又如愿以偿地学上钳工，这里有贵人相助，但更多靠的是我的意志，是我坚持的结果。走我自己的路，才能开辟自己的新天地，这是我一生里唯一坚持的信条。

第十章　学徒钳工

1961年11月，我进入工厂正式学徒。当时，浑江机械厂集中了全市最多的机械工人，按行业技术来说，这里应是学技术的最高学府吧。厂子规模不小，有三百多人，三个大车间，分别是机械车间、铁铆车间和翻砂车间，生产任务是造八尺皮带车床。这种车床是新中国成立前手工作坊的产物。一栋二层楼，是工厂办公和工人住宿的地方，厂内的徒工人数是师傅的两倍以上，80%的职工都是住厂内宿舍。厂子建在平地上，没有大院，没有围墙，厂院像是没经过平整的荒地，与周边的农田与河流相通。这也是那个年代工厂的普遍状况，好在当时人人都有路不拾遗的修养，厂区也从不会丢东西。

钳工在厂里分为两类工种：装配钳工和维修钳工。装配钳工偏向体力劳动，所以人多。维修徒工只有三人，我有幸被分为维修钳工。厂子设备总共不足20台，主要是车床、刨床、铣床、钻床、铁铆车间锤类设备，由一个师傅带领我们三位徒工维修，工作轻松，但也并不清闲。我为能学到技术而暗自庆幸，非常珍惜这个岗位，决心努力学习，把每天接触的新技术都牢牢地掌握。

印象最深的是学徒的第二天，师傅接到一个私活：配钥匙。他把一个锁头给我，让我制造一把钥匙。这个我当然不会，师傅告诉我怎么打开小舌簧，因为锁头的控制在舌簧。他告诉我舌簧与钥匙的匙牙关系，钥匙该怎么做，怎么与舌簧相配。我马上听明白了，用了三个小时，把钥匙配好，交给了师傅。师傅不以为意，好像我本应该就会。这一次，这个小小的活计，让我懂了很多。技术也像窗户纸般被捅开了，我洞悉了里面的奥秘。以后，无论配什么样的钥匙，基本难不倒我了，因为我懂得了原理。孔圣人说，人要想进步，就要不耻下问。现在我告诫年轻人的话是："肯当一分钟的傻子，就能成为一辈子的聪明人。"就此我明白了，想成为聪明的成功人士，就需要不断地学习。从某种意义上讲，学徒是我人生的新开始，是我人生的转折点，其意义的重大，似乎超过了我1953年考入威海中学。

学徒一个多月时，伙房做豆腐的电动磨坏了，师傅跟我说："小张，你去看看怎么回事，给修理下。"这种机器我是第一次看到，它是一个小伞齿带动一个大盘齿，小伞齿的固定销脱落了。我找到销子敲上几锤，通上电机器就开始正常工作了。伙房班长很高兴，留我吃免费的大豆腐。这是我第一次尝到因为有技术而受人尊敬的滋味，我觉得学技术真比读书有用多了，特别是结合我的具体境况，这更是我应该走的路。

回想当年，不到14岁的我，体重74斤，背上够三天吃的火烧，徒步爬山，走25公里山路去威海考学。当年文登、威海、荣城三个县只有一所中学，但在威海一地就集中了8000多学子赴考。三天考试结束后，我如愿被一榜录取，800人留下来，再复考留下300人。火烧吃完了，母亲给的5角钱也用没了，我又借了5角钱，度过了三天考试，我如愿考中，幸运得像是中了状元。这不仅是升学考试，考的也是城市户口，考的是阶层的跃升，考的是光宗耀祖，考的是前途无量啊！之后，我读了四年书，结果却是一个失败的现状。读书的路没有想象的那么宽广，“学好数理化，走遍天下都不怕”也未必是真理。这一次，我开启了人生全新的阶段，我决心加倍珍惜，加倍努力了，一改念书时贪玩的习气。

学徒的第一个星期天，我就到浑江新华书店，把《机械零件》《机械原理》《机械制图》《钣金下料》《金属热处理》《机械应用手册》等有关机械方面的大学教材全部购回。从此，所有的工余时间，我都在书海里度过。当年的《金属切割手册》与学习笔记，我现在还保留着。

厂技术科唯一的技术员姓孟，他也是中专毕业，比我大两岁，住独身宿舍。他每天晚上都在技术科办公室里休闲或学习，于是我就天天与他为伴，每天在他办公室学习到晚9点以后。我们因此也成了要好的朋友，谈话内容也多是技术方面的问题，后来他成为白山市工业局局长。

有了这样的努力，我的技术水平迅速提高，两个多月后，我就能画简单的维修零件图了，对机械原理、公英制零件的机械标准、螺丝件的齿距齿底和轴承的用途、标准和内外径，对机械系统的结构、连接、制动、离合等部件种类和工作原理，对机械的润滑、传动、制冷等系统的运行状态，还有C620万能自动机床的每个齿轮的齿数，每个操作手柄的功能，各挡转数和整体的加工范围及操作规程等，我全部熟练地掌握了。车间里所有的机床结构与工作原理，我都进行了认真的研究与学习。对于半自动的皮带车床加工，不同螺距的挂轮计算，我也很快掌握了，同时，还参与设计了每分钟打60下的夹板锤。我的综合能力，已经超过了中专毕业技术员的水平。我能计算出四级电机配上多大的夹板轮并且达到运行要求。我的这些设计都被工厂采纳了。

半年时间，我在理论与实践两方面有了极大的充实与提高，由

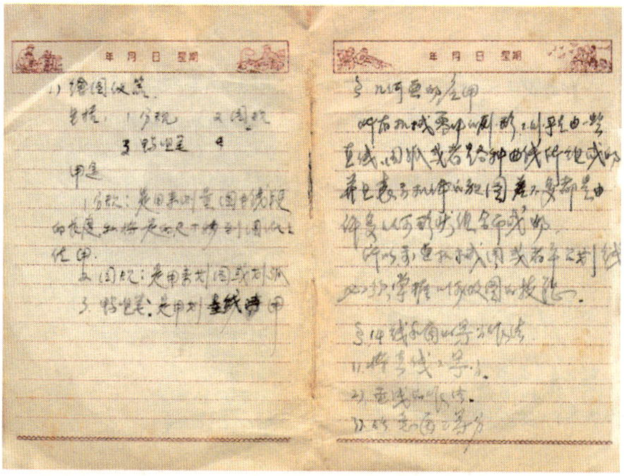

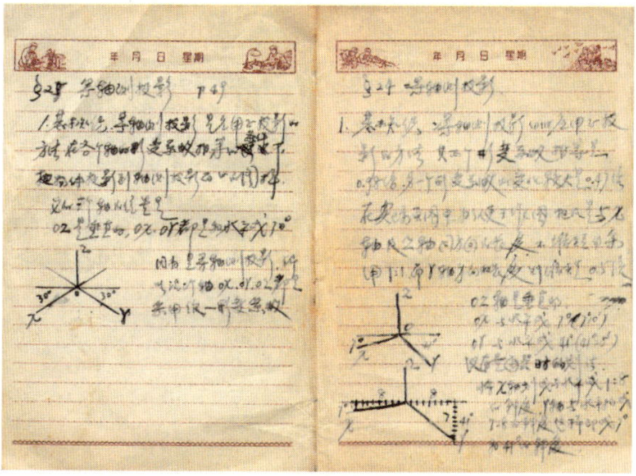

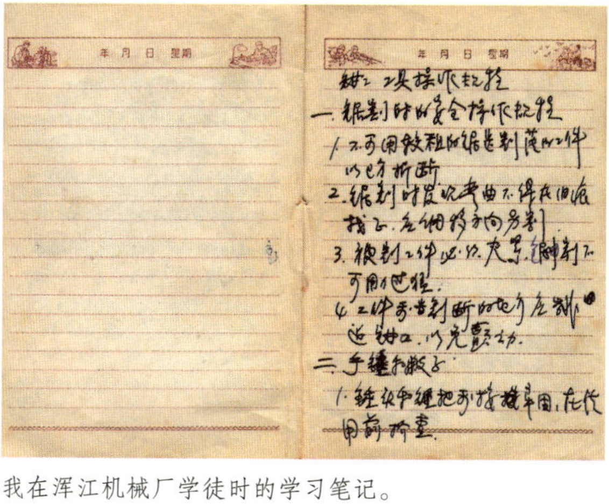

我在浑江机械厂学徒时的学习笔记。

此，也奠定了我以后“吃技术饭”的基础。尽管没有谁给我评定技术级别，但我知道，自己在技术方面，特别是理论水平已有所超越，基本的设备维修、拆解、安装、制图都能独立地进行操作与完成——当然，在钳工手工作业方面还需要长期的锻炼。

学徒工每月18元工资，38斤粮，这确实很难维持生活啊，真是苦哇，想想这样的生活要持续三年，心里不由得一片灰暗。

第十一章　1961年，收获爱情

我刚进厂时，厂里总共有五六台车床，有一台C620自动车床，是一个女工在独立操作。按操作规程，上岗必须戴帽子与防护眼镜，以防被机器卷了头发和铁屑乱飞崩到眼睛。有了这种保护装束，我也看不到操作工的真容，但是却觉得这个女师傅很棒。第二天，我知道这个女师傅叫何发英，是一年多前来厂的徒工，是全厂最优秀的五级工蒋师傅带的四个徒工之一。她学得最好，已经能独立操作，师傅把一般的活都交给她，其他的徒工只能给她帮床子，站在周围抹油浇水，外人看去，她倒像是个师傅。我觉得这个女师傅很能干，也因为她是个女的，便对她产生了敬仰之心。

当时物资匮乏，特别是工具，每个班组只有一套，没有资金过多购置，所以工厂对工具使用管理很严格。于是，好多工具只能是工人自己制作了，如车钳工用的卡钳，钳工用的平面、三角刮刀，手锤、直角拐尺，等等。这些工具也只有钳工才会做，其他工种都不会。钳工是万能工，工厂里还有一伙钳工在手工制造其他物品出卖呢。

那个年代，从学徒的第一天开始，钳工就要学习自造工具。没有工具怎么学技术呢？装配用的平面刮刀是研磨时使用的主要工具，都是我们自己做的。我必须学会自己做几把平面刮刀，手锤也是必备的工具。对我们钳工来说，不仅自己做，而且必须做得比别人好看才行。工具是我们的脸面，尤其是自己做的工具。有一种火车检车员用的尖头小锤——就是火车一停，检车员用来敲击火车车轮的小锤子，大家都想做。漂亮的小锤子，上班工作用，下班可把玩，做得好就特别露脸，受人称赞。做锤子得用车工帮忙来车，这属于干私活。车个锤子需要两个小时，车得好坏对锤子的使用与手感至关重要。我是学徒工，初来乍到，大车工师傅哪能瞧得起我这个徒工，技术也有辈分，师傅与徒弟的差距大着呢。我想做锤子，只能求“平辈”的何发英了。求她也不容易，她还得请示师傅批准，借干完活的空隙给我做。因为我是修理工，稍有点地位，蒋师傅同意了。几个月的时间，陆陆续续，她大概给我车了三把锤子，有一个锤子还是在没请示师傅的情况下给我做的。我和蒋师傅都住职工宿舍，宿舍总共有十多人，有身份的差距，我们从不交流。我时常到何发英车床前观看，一是看她给我车锤子，二是对她的技术颇有赞赏与好感。蒋师傅看在眼里，有一次，在宿舍，当着所有人的面，大声宣布：“我知道我的徒弟和谁好上了。”我明知他在说我，可我根本不在乎，因为我是挣18元的徒工，既没有能力，也从未奢望交女朋友。一年前我当炉长挣50多元，那么多女孩儿都对我有好感，因为自身的身份与处境，我都没有想法，现在又怎么可能呢？

车间内有一个很破旧的半自动车床，经常坏，我常去调整维修。这台车床是一个女徒工韩秀英在操作，她与厂工会的李春禄刚结婚（她以后下放回家了，再后来我们两家相会在泉阳林业局）。她当时跟我说：“小张，我给你介绍个朋友吧。”我说：“我朋友有的是，怎么用你介绍呢？”她又说：“我给你介绍那样的朋友。”“哪样的？”我说。她说：“女朋友。”我说：“不用。”后来，我又好奇地问了一句："谁？"她说："小何不行吗？"我说："不行。"

后来这话，我跟最好的朋友李英润讲了（他十年前退休，还来我这儿做更夫，干了五年），这事也就扔下了。

东北的冰凌花。

东北严冬漫长，六个月的冬季总算过去了，雪融化后迎来4月份温暖的艳阳天。最早迎春的冰凌花开过之后，是憋了一冬的小草奋勇地钻出地面，大地充满了绿色的生机，满山遍野芬芳吐香，雪白的梨花在温暖的春天里给东北的大地披上洁白无瑕的新装。机械厂在浑江河边，过了河就是陡峭的荒山，星期日，孟技术员提议爬山，我随他一起爬上不算太高的山坡。刚刚苏醒的春天有一点冷，这是我第一次享受这长白山春意盎然的诗意美景，迎着春风呼吸着新鲜的空气。春天带来的清爽，梨花的浓香，真让人心旷神怡。孟技术员和我都很高兴，折了好多花型好看、花骨朵繁多的梨花带了回去。我带回的梨花，就放在宿舍床头上。

东北的梨花。

星期一早晨一上班，车间就传出小张（指我）昨晚把梨花送到何发英的车床床头上了。车间未婚学徒工很多，男女之间只要有点交集，就立刻传播开来了。特别是机械车间，不足百人，谁都知道了所谓送花的事情。

早晨上班，我也看到了何发英的车床床头上摆放着梨花，可怎么能是我送的呢？说不，谁会相信呢？花确实是我在山上采来的，人证物证都在。我无法面对，该怎么办呢？

只有沉默。好朋友问起，我只能说我没送，再就什么也不知道了。讲多了谁信呢？

从此之后，早晚打水洗漱，去伙房吃饭，何发英见我就远远地躲着，或者扭头迅速离开。我再也不敢上她的车床前乱逛和观赏了。我们平时笑脸相迎，现在彼此突然变成了仇人一般。我感到有压力了，我想她可能认为我是一个不检点的人，送花的唐突行为给她带来的是不尊重与不礼貌。她本人是出身山东的农村姑娘，在厂里是出名地优秀，忠厚，稳重，各方面的优点集于一身。此事在厂内造成了风言风语，过错是在我身上，她可能对我产生怨恨了。

怎么办呢？也不能约她。我的优势是会写，于是我用笔解释一下：花不是我送的，不知道谁在恶作剧，现在除了好好学徒，什么也不想，不可能调戏她，由此造成的影响我心也不安。信末，最后有一句话：如果可以的话，我可当面向你解释一下。认真写好信以后，通过女职工传递给她。

第二天，她抓住无人的机会跟我说："张晋兴，你不是要谈谈吗？今天晚上几点？什么地方，咱俩见面谈。"信上我表明的意思，当然我要赴约。天快黑了，我们约了个时间，在别人看不到的地点，我们见面了。我的目的是明确的，我要解释清楚这事的发生过程与我无关。我们没有刻意的身体接触，只是过河时，拉过她的手帮她过河，这是人生第一次与女人单独接触，当然也互相询问和了解了一些家庭状况。

我们的谈话在轻松友好的气氛中结束了，也解除了误会，消除了之前的尴尬。我们和好如初，也讲些互相赞美的话。过了一个星期天，她回家给我带白面小饼，里面放了糖和花生碎。又过一个星期，她带我去她住的和工厂隔河的二哥家，他哥嫂都在上班，何发英做的高粱米粥，让我很高兴，我吃得饱饱的。那时我一个月只有38斤粮票，在缺少副食的情况下，几乎天天饿肚子。她两次给我吃的，我还是很兴奋的。我一个学徒工，每月18元，吃饭都不够，没有一分钱的礼物相送。这时我也清楚，何发英对我的好意味着什么。她20岁，我22岁。

我们在厂里秘密交往了一个多月，无人知道，可是天有不测风云。1962年6月初，工厂开始精减，精减下80多人去临江林业局工作。这80多人里，基本上都是徒工。我学徒时间最短，才七个月，此中当然有我。我不得不接受这个现实，也没有刚进厂学习技术那股热情了，同时也认为技术没那么神秘，只要自己努力，以后仍可以不断提高。技术理论方面，在全厂不论是老技术工人或徒工学员当中，我自认为是最优秀的，以后通过自学钻研，在应用方面，无论碰到什么情况我都能驾驭和应对，自己能够独立完成属于机械结构安装、机器装配、维修、测绘、制图、下料、制造、金属热处理等所有应用的技术操作。何况当时厂里的待遇太低了，每月18元的工资，38斤清水粮食的生活太艰苦了。离开这里，到了国营林业局那样的大型企业工作，怎么也是40~50元的工资，所以我欣然接受精减，甚至还有点幸运感。

但与何发英交往一个月，我们相处得还算可以。她工作不错，这次精减调动没有她。我们也算有了感情，我怎么也得同她商量，问她怎么办。她得知情况，当即找到领导，要求参加精减，因为我，她也要去。领导马上批准了她的请求。可是，第二天参加林业局招工面试时，我却出了问题，他们提出我戴眼镜不适合野外工作，把我退了回来。她得知了，马上又去找领导，说小张不合格，我也不去了。她这一去二不去的做法迅速传遍全厂，成为大伙的笑谈。她二哥也是本厂工人，跟她说：“小张有什么好的，你跟他到林区遭罪，你这样做让人笑话，我也跟你丢人。”这时，厂领导又找到林业局劳资科的赵广福商量，结果林业局同意招我去了（以后我与赵广福交往密切，得到他不少的照顾，后来我们又一同去了泉阳林业局，成为工友，关系更亲密了），于是，何发英也又同意随我去了林区。

这段恋情在不大不小的机械厂，算是传为佳话了。我们同去了临江林业局，有何发英的陪伴，我也有了幸福感。我们到2022年，就结婚60周年了，这是什么婚？“钻石婚”！

第十二章 1962年，帐篷婚礼

1962年6月，我到了临江林业局。这属于联合森工企业，是一个完整的自给自足的社会体系，体系内有其自身的公、检、法、商店、粮店、供电、供水、交通等部门，医院、学校等社会设施齐备，各个方面都与当地社会分权分治，独立性非常高。在计划经济时期，计划性最为完善，虽然工作在采伐营林第一线的职工生活非常艰苦，但其收入和社会地位很高，让每一个工人充满了荣誉感和幸福感。

我们是来修道的，修森林小火车专用的道路，修建通往银山林场的森林铁路。驻地帐篷安装在临江的桦树林里。这里离我二伯父生前工作的地方不足一公里，我这可真是步先人后尘，算是做木把来了。当年的工作方式全是体力劳动，男女一样，人抬肩扛，使用的工具是铁锹、镐头、锤子、土篮、扁担，几公里的工地一片忙碌，人们像蚂蚁一般不停工作。每个工作班组12个人，我是班长，何发英是记录员，我带头领着干，月底照工作的土石方计量，按1958年的计件标准，计算出计件工资，月底按个人的劳动强度，出力大小分一、二、三等，再分配工资。

我虽然戴眼镜，满身书生气，看起来与体力劳动不相配，但我当时想，我在这里没有任何选择，只能努力干活。我身高体质哪样也不差，我一定要努力改变人们的习惯看法。因此，我带领的班组每月工资收入都在二十多个班组里名列前茅，我也被评为优秀班长。对于修路的施工图纸和土石方计量的统计类别以及计件的计算方式，我都能很快地熟练掌握。我们负责的路段，从不用施工员指导和测量，我都能按图纸标准要求完成，每月的计件报酬也能自己算好。

林区的夏天生活条件非常艰苦，每天不定时下雨，每年降雨量可达1400毫升，森林里阴冷潮湿，常年阴湿滋生的昆虫特别多，被大黑蚊叮一下很疼。还有一种小小的蚊虫，林区都称之为“小咬”，成群集队在一起，喜欢围绕着叮咬人，钻进你的鼻孔，撞击你的眼睛，甚至能阻挡你前行。特别是在无风的阴天，潮湿闷热使人憋得喘不过气，密密麻麻的一大群的小咬，咬得人全身奇痒难忍，夜不能寐，不少人因此过敏致病的。我的身上就被咬得泛起一条条红线，既疼又痒，得好几天才能消退。别说人，据说壮硕的大黄牛也被小咬叮得到处乱跑。

在这样的艰苦条件下，有的女工干脆辞职回家了。何发英始终伴随着我，忍受这艰苦的条件。我们虽然各住各的帐篷，但吃饭与工作天天在一起，还是不错的。

工程队从事的都是重体力劳动，整天在荒山野林里工作，吃住条件都很苦，但是单纯的体力劳动，对我来说却也无忧无虑。这里没有城市的繁荣与丰富的文化生活，有的只是未开发的原始大森林，我们整天像井底之蛙，只能看到你所在之处的小片天空。偶尔休闲，我们也能到森林里捡点榆黄蘑，清水煮食，味道极其鲜美。半年的劳作虽然有些艰苦，但是有何发英的陪伴，还是很幸福的。

我的工资收入有50~60元，何发英每月也能收入40元以上，吃饭也还是定量，男女都一样，何发英都把她的饭省出来给我一部分。碰到改善生活，她总把她那份鱼、肉都往我碗里拨。此时我们已是亲密无间的生活共同体了，同事们也都知道我们的关系了。

1962年的国庆节，放假三天，在10月1日当天，我们洗漱好，穿上干净衣服（也没有新衣服啊），在集体居住的帐篷里，买下糖果瓜子，凑了十几个同事，宣布我们结婚了。

在帐篷里举办婚礼，当时还是头一份儿，大伙儿拍手祝贺。婚礼上没有家人，没有长辈的主持和祝贺，也没有洞房花烛夜，但在那个年代，我们还是有很深的幸福感，尽管现在看来婚礼是简陋的，甚至是凄惨的。婚后，妈妈从山东寄来一床手工蚕丝被子。这也是妈妈最大的深情与厚意了，不孝儿子不能带着媳妇让父母享受这天伦之乐了，但妈妈知道儿子举行了婚礼，肯定会兴奋得落泪的。

婚礼上，我就想：妈妈，这是儿的过错啊，儿也在掉眼泪，何时儿子能带妻子回家，跪拜亲爹亲妈，补上这份人生的遗憾呢？

跟婚前一样，婚后我们还是各自居住在男女帐篷宿舍，彼此也没有礼品赠送。何发英当然也没有什么要求，以后提起，她笑称连点女士的内衣也没送她。当时的情形是，没钱不行，没有布票也不行，哪能买得起啊？！但我们的感情从来没有因为物质缺乏而淡薄，她深深地爱我六十年，没动摇。

挑土修路六个多月，磨炼了意志，锻炼了身体，但这毕竟不是长久之策啊！听说林业局成立了拖拉机训练班，我便壮着胆子去找到林业局劳动工资科的赵广福，他曾办理过我的人员调转手续。他见到我很高兴，问明来意后，他说："好，马上给你发个代电（打电话）。"一两分钟他就联系好了，给我开了调令，我马上奔赴临江林业局漫江林场，进入拖拉机训练班学习，一个月后毕业，驾驶苏联进口的铁牛54拖拉机，拉大木爬犁，从距离林场30公里的地方，往回运木材。

1963年1月份，我们拖拉机专业运输队共7台拖拉机，都是54马力的铁牛54。工作起来三班倒，从林场往回拉4米成材原木。这种运输，只能在严冬-10℃到-30℃的条件下才能进行。道路是临时的冰雪道，冰雪铺就，用冰和雪垫起来，爬犁是3米长、2米宽的木框，底木钉上铁皮，这样才能在冰雪上行走。冰雪路面没有阻力，装上几十立方米的木材，拖载起来很是轻松。

到了装木材的现场，放眼望去，白茫茫的积雪，覆盖着一眼望不着边的大地。方圆几十里的原始森林怎么还会有这么一块没有林木的净地呢？这里是高山平原，仔细分辨，能感觉到雪地下面的沟壑不平。一条条30多米的长条隆起，那是被雪覆盖的森林大倒木。这成片伐倒的原始林木，还是1958年“大跃进”年间的产物，当时为了适应形势，各行各业都“放卫星”，钢铁与粮食升帐，林区也不落后，伐倒就算采伐成功，只管报数，其他都不重要。我们现在运输的，就是伐倒五年以后的木材。林区工人先清雪，再造材，装爬犁，一些桦树、椴树已经腐烂，没有价值了。到了5月份，冰雪融化了，我们只得停下来，来年还要再干。这一冬对我来说，也是费劲熬过去了。林区的春夏秋冬也算都体验了，我也要离开这茫茫林海，回家与妻子团聚了。

我进入拖拉机训练班后，当然何发英也不想在工程队继续吃苦遭罪了，她找到了她姑姑家的表姐夫彭来友——他在浑江市公安局工作，经过与林业局领导协商，何发英调入了林业局机械厂，继续从事她熟悉的车工工作，工资也变成了机械二级，月薪38元8角5分。

1963年元旦，何发英怀孕了。3月份的一天，怀着喜悦的心情，我们去了临江一条小街上，找到婚姻登记处。婚姻登记处设在一个低矮的民房里，不足两间，里面只有一个工作人员。他只问我们两人的姓名和年龄，就拿出婚姻登记证，填上内容，没有其他任何的审查一般的询问，五分钟办完，我们此刻成了合法夫妻了。

何发英很高兴，六十年来，结婚证她一直小心地保存着。领了

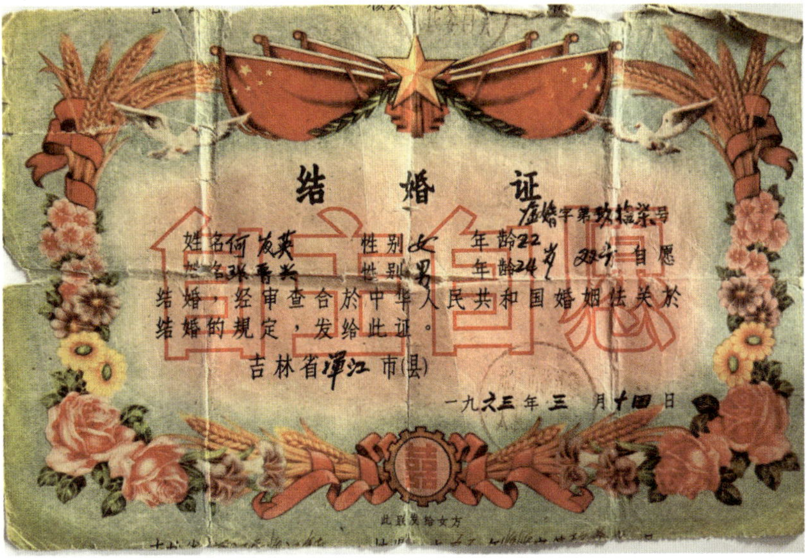

结婚证

姓名何发英 性别女 年龄22岁 双方自愿
姓名 性别男 年龄24岁
结婚，经审查合於中华人民共和国婚姻法关於结婚的规定，发给此证。

吉林省浑江市(县)

一九六三年三月十四日

此联发给女方

我与何发英的结婚证。

结婚证，她说：“好了，咱们马上去照相馆，照个相给你父母寄去。”啊，应该呀，可我还是因自身问题，不敢，也不想与家里联系。这种秘密，我永远不会透露给她的，夫妻也如此。

何发英在机械厂分到一处住房，三间房，住了四户，平均下来，每家0.75间。现在人们根本无法理解这样的住房，其实就是传统的“一担挑”，中间是公用厨房，两边各一间住屋。因为住房紧缺，原本只能住一家的一间屋子，中间隔开，各盘一炕，这样两间就变成了四间，这就是我说的每家0.75间的出处。就是这样的房子，在当时也十分抢手，好多职工分不到啊。我们第一个儿子张伟，就出生在临江这个名叫“三公里”的地方。

在漫江林场拖运木材半年后，我又找到劳资科赵广福。这次，我讲明要夫妻团聚，他马上开出调令，于是我进入临江林业局机械厂，干我的钳工专业。我的工资在开拖拉机时已定为机械四级，52元8角5分，这是我在林业局最大的收获了。一年后，进入林业机械厂，我已是钳工四级了，这个收入，对于成家立业差不多没有问题了。此时，我从学徒工工资18元，在林业局工作半年后，调整到了50多元，这可是我人生与家庭的大事啊！当然心里暗暗庆幸，这是多好的运气啊！

这个可观的工资，一直延续了二十多年。这不能不说，我当年22岁选择学徒的决策是正确的。我在焦化厂当炉长时，工资是56元，我清楚自己应该干什么，转而选择了学徒，可钳工学徒每月工资18元，吃粮38斤，七个月艰辛的学徒生活，吃不饱，没钱花，艰苦到几乎生存不下去了，而满徒需要三年，出徒后工资只能是36元，这个工资也不能养活自己，更别提成家立业了。恰在这时遇到了工业调整，工厂精减，林业局招人，真是天降福音，我争取调入林业局，工资马上调整到了50多块，又去拖拉机班工作，工资定为机械四级。

1963年9月25日，张伟出生了。张伟是在预产期出生的，虽然有些难产，但经过何发英与接生婆十多个小时的努力，母子平安，如愿降生了一个我心想的大胖小子。大男子主义在我心里也是根深蒂固，张伟的出生给我燃起了新的生命火焰，尽管我在逃亡，但我的生命有了延续，更有了动力。从此我不再孤独，我会把儿子放在我生命之上，这是我人生的又一个牵挂。儿子一天一天在长大，他绽放的每一点进步和技能，我都欣喜万分，即使他放个屁，我也欣喜万分。他从小到大，我没为他洗过一件衣服，最多也只有给他洗过尿布。儿子迅速长大，特别白胖，每逢星期天我都横着抱他。六个月了，他的头还抬不起来，走三公里路去逛临江城，虽然累，但也是兴高采烈的，遇到人总展示给人家看，谁要不称赞几句说这孩子这么胖，我都很不满意的。何发英在旁边说："你怎么这样呢？"初为人父，我们一家人尽情地享受着天伦之乐。

1964年春，林业局机械厂的女工全部下放回家，特别是有孩子的女工一个不留。厂里动员何发英回家，甚至不让她工作，天天做她的思想工作，有时还让我参加。我表面上表示同意，但下班回家，我就告诉她千万不要同意。她感到压力很大，觉得丢人，没有面子。我很严厉地告诉她不能退。她哪知道我是个“右派”，回家就可能暴露，一旦暴露，我肯定会被送去专政改造。她下放了，儿子如何生存呢？坚决不回家，我们压力都很大。

这时，临江林业局要支援泉阳林业局上马，调近百人去工作。泉阳林业局成立于1959年，后来在调整中下马，现在要重建，临江是老局，在整个东北三省都是条件与规模最好的局，没有人想离开的。我想这是个机会，我亲自去劳资科要求，劳资科有些吃惊，但我提出不要下放何发英，我会把她带走，林业局领导一听有道理，我便顺利调走了。

半年之后，何发英也调到泉阳林业局。我的想法是何发英不能下放，不是我做男人不能担当，养不起一家，我的安排也是无奈之举，因为我的特殊身份，我不能保证她们今后能否安然无恙地生活。我的担忧不是没有道理的，果然，八年后，1972年4月16日，我被泉阳林业局军管会以“逃亡右派分子”的名义，开除出职工队伍，遣送回老家改造。

灾难又一次降临，但是因为有了准备，所以即便我落难了，何发英还有工作，每月工资70多元，带着三个孩子，还可以继续生活。

这时何发英也知道了我这么多年的良苦用心。从1960年10月份开始工作——实质上是逃亡生活，到1964年春，三年多时间里，我调动了五个工厂，变换了有十余个工种，目的就是怕时间长了遭人怀疑，暴露我的“右派”身份。与何发英相识相处，共同生活了十年以后，她才知道我“右派”身份的真相。这时候，她才真正明白我的苦心，理解与认同了我的一切做法，也真的了解我的人生与本质。此时我相信，不论发生什么事，她对我的感情，不会出现丝毫的波动。

第十三章　林区十年

1964年春，我调入泉阳林业局。这是新组建的单位，一切都在筹备中，我的钳工专业工种无岗可上，单位暂时安排我在苗圃工作。苗圃也在筹建中，修建办公室、职工宿舍，全部工作都围绕着建房。为了生存，我不能计较，也无法选择。我参与了为建房进林区伐木材，四人或八人组从林子里往外抬木头，跟着木把，喊口号，一齐抬，体验了林业工人最繁重的体力劳动。这个活是临时的，干了不到一个月，就开始为培育树苗基地的建设开垦荒地。

林区10月份下雪，10月末就已经天寒地冻，不能垦荒了。没有活了，但人不能闲着，于是苗圃就组织我们捡大粪，主要捡人粪。四五个人一小组，拖着一个爬犁（雪橇），到林业局及泉阳镇的露天公共厕所搜集粪便。天气寒冷，粪尿成冰，我们带着铁锹和镐，先用镐起，再用锹装。每天早出晚归，几个人都是满载而归，每周工作六天，每天八小时，每天约走十公里，但大家工作还是很欢乐的，心情也很轻松。对我们的工作收获，领导也满意，一个冬天几乎都在捡大粪。春天大地开始融化，这个工作也停止了。

现在回忆起来，总觉得这一生难得有这样的一次工作经历，真是有点满足感。那时候的人都服从组织分配，工作不挑不拣，即便是当最脏最累的环卫工人，也是无条件地服从，从不摆什么身份架子。我们现在讲起这段经历，也是津津乐道的。现在的年轻人，能接受这样的人生安排吗？可能连我说的这些话他们都不会相信吧。

1964年春，因为我工作的苗圃离局机关有一公里的路程，所以可以申请批地盖房子，已经有人盖了三处房子，我来这里不到一个月，也与其他三位职工一起申请批了80平方米的宅基地盖房。

夏天昼长夜短，除了八小时上班，我起早贪黑盖房子。周围都是原始森林，木材随便砍伐，先平整好场地，立好支柱，再找木工做好梁柁房架并立好，我自己上檩材，把椴树皮、桦树皮铺在檩条上做铺板，把山里的野草铺上房顶，这就是林区自建的草房。房屋围墙是先每隔1.5米到2米立上木柱子，再用1.5米或2米长、20厘米宽的木材横着钉满空间做墙体。再用拌了草的泥巴抹在两边，这样房子就建成了。

这间80平方米的房子，我用三个月时间就建成了。除了门窗与房顶架子是找木匠划线做好并安装上之外，其余都是我自己独立完成的。根据泉阳林业局劳资科规定，谁有房子就可以搬家，这样何发英母子二人，在我到泉阳半年后就来到我身边了。双职工这么快都调入泉阳林业局，在我周围还是不多见的。何发英也因此不用下放，保住了正式工作，直到退休，都是国营身份的固定工人，我也免除了后顾之忧。

何发英调来泉阳，没有安排原工种，而是安排到了职工食堂当服务员。当服务员，她很高兴。在食堂当服务员，能保证吃饱吃好，谁不高兴啊?！食堂里有她最爱吃的豆腐，内部工作人员可以随便吃的。

1965年4月5日，我的次子张辉出生了。林业局里女职工不多，产妇休完产假，孩子一律送托儿所。当时的产假是56天，何发英因临近生产，肚子太大，步行艰难。产前休息了13天，生完孩子的43

天后，她就抱着孩子上班了。食堂和托儿所相距甚远，步行大约需要一个小时。何发英从怀孕到生子，这么长的时间，始终要步行一个多小时，我看在眼里，疼在心里。

于是我又找到负责管理土地的部门，批了三间宅基地。1965年，我工作调整，调去给住宿职工烧炕。夏天暖和，森铁养路工的大炕两天烧一次，一个下午，两三个小时就完成了工作。有了这个工作便利，我其余的时间全部用来给自己盖房子。这时我已经是四级钳工了，可干的却是烧炕的勤杂工。我也不在乎这种身份地位的差别，只要工作顺当，收入不低就可以。

这三间房子，我共花费了60元钱找瓦工，用石头砌起一米高的窗下围墙。石头都是我自己捡的。梁柁房架与檩材都是用从林业局买的木料，雇木匠做好的。墙体的土坯是我与老乡自己脱出来的。整个房子建起来，花费不到200元。这样一来，何发英到托儿所送孩子的时间就大大缩短了，只需五分钟，上班路上十分钟就够了。

两年多时间，我盖了两处住房。我靠着自己的两只手，靠着自己的聪明才智，为我们一家的幸福生活奠定了坚实的基础。我想我的做法，是一种男子汉有担当的表现吧。

1970年5月9日，我的长女张红出生在这里。直到1975年举家搬到通化，我们在泉阳生活的十年，一直住在这里。这里何尝不是宝地？房子坐落在最宽的马路边上，挨着粮店，前后有菜地，吃菜基本可以自给自足。房子虽然简陋，年年需要维修，但林区烧柴富足，随处都是，冬天取暖自然不成问题，尽管室外零下30摄氏度，但屋里还是很暖和的。

房子盖好的第二年，林业局负责建筑设计的设计师们专门来对我的房子进行测量。原来，在此地百余栋的自建房子里，他们要选出最漂亮而且设计最合理的一套进行推广。在土坯结构的自建房里，我们家成了他们研究和推广的典型。

衣食住行，永远都是人们最关注的，也是值得一生去筹划的。我自以为，幸福的家庭生活需要男子汉去担当。我更相信，幸福的家庭需要夫妻去共同奋斗。我的妻子何发英在外勤勤恳恳地工作，在家处处帮助我操持一切事情，养育子女，洗衣做饭。她是挣钱养家的一把好手，在我困难的时候，总是无怨无悔地陪我渡过每一个难关。她应该配得上顶天立地女强人的称号。

1965年春，林业局推广一条龙服务模式，成立服务处，所有后勤服务都由服务处统一管理。服务处下面成立服务站，服务站管理机关、森铁、储木场三个食堂及所有烧水、取暖、宿舍烧炕、清扫卫生服务，此时我被调到服务站工作，先去劈了一个月的烧柴，后去机械厂烧水，后来又去给森铁养路工的宿舍烧炕。烧炕工作干了有半年——这些活对我来说很轻松，而且工作时间也少，我都是无条件地服从分配，并努力做好服务，争取得到好评。

对我这样身份的人来讲，干什么都无所谓，干好才是重要的。

这期间我又盖了我的第二处房子。盖房子得写申请，需要写购置木料申请书。服务站高光明站长，为人忠厚老实，全家自朝鲜回国，他被安排在泉阳林业局工作。他批我申请的时候，看到了我写的字，惊讶地说："小张，你字写得漂亮啊！"

那个年代，有文化的人才会写字，写字漂亮，文化程度自然就不一般了。这事过后不到两个月，高站长就把我调到他手下当总务，实际上是他的副手，而且是唯一的副手。这样我服务的范围与责任变大了，储木场400人的食堂，局机关和森铁两个150人就餐的食堂后勤，加之烧炕、烧炉子、烧水的40多人，都归我负责。这不是权力，而是责任，这是为他人服务的。工作中稍有差错，就马上影响生产，归我指挥的40多个工人，都是临时工性质的家庭妇女，工作懒散，纪律性差，而且都各自分散工作，管理难度也大。因为是临时工，她们也不能保证百分百的出勤率，随时得有人替补。虽然是40个工作人员，但对应服务的人员超过四五千人，自然不能缺席、掉岗，我运筹帷幄，尽最大努力保证很好地完成工作，获得领导的认可，站长经常告诉我，服务处总支书记都知道我非常能干。

服务站和储木场食堂紧挨着，食堂的管理员是老干部王海林，他对于管理工作很在行，只是因为文化程度不高，账目管理不清，从我出任食堂总务以后，他的账目便全部由我替他管理。这时我在食堂吃饭也随便了，可以放开肚皮随便吃。

这时的伙房也开始学习由罗瑞卿倡导的大比武活动，各行业都要练武，求得专业技术精益求精。伙房师傅经常有各种技艺比赛。每星期六伙房市场化，食堂变成了饭馆，做菜售卖，我在这期间也参与了学习和比赛，比如切肉片、切菜等基本功，各种煎炒烹炸，包饺子、擀皮，我学习了不少厨艺，终生为之受益。到现在我包饺子、擀皮的速度，也敢与专业人员相比。

在服务站一年多的工作中，我与站长高光明，特别是管理员王海林，结下了毕生的友谊，在我以后遭遇困难时，他们两个家庭都全力帮助我。他们是我在泉阳工作十年最好的朋友。

1966年春天，由于我工作出色，被服务处调往林业局商店做采购员。从此，我踏上商业道路。这又是一次改变我人生的重大事件。与我去学钳工一样，这次我又进入了一个全新的领域。现在想起来，这一次转机，为我1981年进入通化糖酒公司和1988年自己创业，打下了坚实的基础。这两次经商的成功，也构成了现在我写自传的重要内容。

在林业局商店，我工作了七年多。这七年里，前三年我是做采购员，每年春节假期，国人的传统都是要回家探亲，看望老人，过个团圆年。春节是商业最为繁忙的季节，每年都缺人，正好我做采购员，春节可以休息，但是我主动提出不休。有两年春节，我都义务替休假人员当班。我当了副食组组长，月底点库和平日出库记账，是基本的工作职责。如此一来，我真正成为一个营业员了，也因为此举，我懂得了商业账目。

社会上的财务账目有两大类：商业和工业。商业的核算主要是用毛利来计算；工业的账目讲的是成本核算。记账方式有别，但道理是一样的，虽然记账有时采用收、付记账，有时采用借贷记账的方式，但总的来说，账目就是永远在计算企业的经营和生产的平衡。在商店的七年里，我当过采购员，管过总务，管过供应，也管过劳资，但最大的收获是对财务专业的学习。

我们林业局商店是个全面的综合供应商店，负责林业局分布在所辖林区的10个林场、40多个单位、2万多人的生活日用品的供应，总店下设了10个门市部以及一座商业大楼，并设有分类供应仓库和总会计组。商品实行调拨制，实行四级记账核算，即财务组是总账，门市部分类账，营业员个人账，保管员数量账，四账要统一相等后，财务总的核算，才能得出经营的利润盈亏。

七年的商业工作，我几乎成为一个财务专家。后来，我到通化糖酒公司，写出以毛利额提成的承包方案，被商业专家讨论通过，而且得以实践并取得好的收益，应该说离不开我这七年的经验与积累。至于我后来自己创业十八年成功经商，自然也与我在林业局七年的商业经历有关。七年，我由一个外行变成一个专家。

在泉阳林业局工作生活近十年，如果不是“文化大革命”，我的家庭是最幸福的。房前屋后有菜地，蔬菜基本自给自足；孩子没有花销，都是我们自己带，白天送托儿所，晚上接回家；托儿所免费接收双职工家庭的孩子；我在商店上班，何发英也干上了自己的老本行。从1964年进入泉阳，我俩的工资每月可到150元以上。我最要好的朋友孙奎义一个人的收入有80多元，可要养九口家人。

如果没有后来的遭遇，这样的幸福生活是不是就会过上一辈子呢？我希望是这样。

第十四章　1966年，躲过劫难

1967年，“文化大革命”进行了一年多的时间，就在这个时候，我接到了山东威海的二姐夫的电报，电报上说我母亲因心脏病住院，再不回家，恐怕再见不到母亲了。我的母亲在我离家出走的时候，还很健康，因为长期对我的思念，郁悒成疾，得了心脏病。此时我已离家七年多了，其间从未回去探望过父母，实属不孝，但又无可奈何。看到电报的那一刻，我就决定，我必须回去了，不管面临多大的风险，我也得回去。我心里盘算着，威海市医院距离我老家有20多公里，看看母亲就赶紧回来。对于老家来说，我是一个逃亡者，所以我不能也不敢大张旗鼓地回去。我决定还是自己一个人回去，免去麻烦，也减少影响。就在我要动身时，妻子何发英坚决要随同我一起回去。她还不知道我过往的历史和我回乡的潜在危机。在她的一再要求下，我也只好带着她，还有4岁的大儿子、2岁的小儿子，全家一块回去了。

我也想让老母亲看看我这个不孝儿子的全家，让她老人家高兴一下，宽慰一下。

母亲见到我们全家，牵着我们每个人的手，潸然泪下。她说的

第一句话就是："儿呀，七年啦，想死妈妈了，妈的眼泪都流干了。"听到此话，我也流下了眼泪，摸着母亲颤抖的手，更是止不住地抽泣。我离家的时候，妈妈还胖乎乎的，五指一伸，手背就会形成四个小窝，而如今，妈妈的手如同枯枝，瘦得皮包骨头了。此时的她呼吸都不顺畅了，上气不接下气，唯独眼里，依稀散发见到我们全家的喜悦。我意识到，母亲时日不多了。我知道这是我的不孝，我的罪过……母亲对我媳妇、她的儿媳妇非常满意，对两个可爱的大孙子更是喜欢得不得了。看着我们，她苍白的脸上显出知足和幸福的笑容。

母亲说："能看到两个最亲的孙子，死了，也满足了。"

回到威海的第二天，弟弟骑着自行车从老家赶来了。见面时，我已经认不出他来了。我走的时候，他不到10岁，上小学二年级，现在已经是17岁的大小伙子了，一米八的身高，已经在生产队干了两年的活。当年，他只读到五年级就毕业了，出于家庭与我的原

1966年，全家合影。

1968年，小兄弟俩合影。

因，尽管他在全公社会考第一名，却也上不了中学。

二十多年后，弟弟的两个女儿都进了名校，一个毕业于上海复旦大学的MBA，一个在大连理工大学硕博连读。动乱的时代让弟弟失去了读书机会，他破碎的读书梦想终于在自己后代身上实现了。

七天的威海之行，来去匆匆，心中纵有千般的不舍，还是得离开。1970年，我被揭发出了所谓的历史问题，被关了禁闭，集中起来学习改造，次年3月份，我接到老家来信，母亲去世了。

我面向遥远的老家——渴望回去又不敢回去的老家啊，一边自责自己的不孝，一边深深怀念着亲爱的母亲。

回不去的故乡，终有回去的时候，只是永远我都想不到我是以何种方式再回去的。

1966年5月，“文化大革命”开始了。

我所在的林业局商店的全体员工也都参与了“文化大革命”。这严重影响到了职工的副食品及生活用品的供应。

“文革”前，社会商品供应已是很富足了。林业局商店1965年冬，国家调拨的“白条猪肉”销售一冬天没卖完，积压下来，到了春天，因没有冷库，无法保管，用载重量50吨的火车皮发往浑江市食品加工厂，加工成熟食再返回销售。可是到了1967年下半年，几乎所有商店商品都短缺了，比如日常供应的鸡蛋，也是几个月分配一点点，每每到一点货都是被抢购，也常引起纷争。有一次刀鱼来货，因抢购，商店两派打起来，造成关门停业，停了一个多月。

我自知是深藏的“右派”分子，是专政对象，如果暴露，就要被看管起来，天天被集中管制并进行劳动改造。所以我不敢参加造反组织，而是天天上班。这时因无货采购，三个采购员有两人就够了，正好我回商店做总务，商店的后勤杂活，运输装卸我都管了，因为我工作认真，也因为其他人都忙着“闹革命”，无心工作，商店的一些人事工资、商品供应全由我管了。这时我的工作量应是商业系统中最大的了，我想，以我的身份，也只有老老实实地工作，才是上策。当时的商品供应权力也是由我负责，凭票供应的票证，一两年的时间也都由我管理，也算是掌权了。

这时货物也紧张起来，林业局平日按计划分配供应的商品和局内福利商品的分配，近三年的时间都是由我负责。林业局共有职工及家属两万多人，也都知道商店有个张眼镜（指我）是最厉害的。商店的供应权是由我控制的，但由于我的身份，我从来都是小心翼翼地公平执行供应政策，自己最清楚这可是最敏感的问题，不能出一点差错。

运动终于降临到我头上了。晴天霹雳，我紧张起来了。

事情的原委是这样的，还是在提拔我当采购员时，党总支认为我年轻，有文化，工作又不错，决定发展我成为党员的培养对象，即入党积极分子。

1966年征兵时，和我一起在商店工作的于某英的弟弟要当兵，当兵就需要政审，于某英的老家也是在山东文登，林业局派车队的党员姚某去山东外调，总支决定也一并调查我。姚某来到威海，顺路来到威海市我二姐张廷俊的单位，就近调查我。我二姐在威海市绣花厂工作，从她的档案上，抄下了南上夼村给写的证明材料，说我父亲在土改初期被斗。这个材料拿回以后，我被列为培养入党对象的决定就撤销了。

我也就认了，也不去争辩，也不敢争辩啊。

1968年春天，服务处成立专案小组，商店高某艳被抽调进组。她是一年前由我经手从林业局劳动学校招工接收的学生。她找我填写山东老家地址，然后寄送商调函，为全面清理阶级队伍做准备。当时，我不好意思告诉她不要发，就真实地填上了地址。

两个多月后，服务处革委会副主任朱某宝找到我。他是我的邻居，原来是维修队的工人，因家庭出身好，运动中表现积极，虽然没有文化，也被选进班子。我在商店管供应，他能在我这买些紧俏物品，所以我们很熟悉。他出于对我的保护，跟我说："你家乡发来公函，说'反右'时听说你被定为右派，你在教学时自己逃到东北了，这是个大事，现在只有我自己知道，你要被专政的，你应该马上交代一下，争取宽大处理。"

我当即说："'反右'是在县里进行，右派定谁没定谁，并没有向社会公布，你看，他写的也是'听说'。"

我把这个"听说"加重了语气，意思是他讲的是错的。

朱某宝说："你也知道现在的形势，我先压下来，你处理一下，要快点，要不我这犯大错误了，你是明白这个道理的。"

我说："谢谢你。"这时候，我吓得已经语无伦次了。

我心想：逃亡八年，今天终于暴露了。问题是我现在有了两个年幼的儿子，每月和妻子收入150多元，我在商店掌管着物资供应权，眼看着幸福的日子就要终结，美满的家庭就要破碎！

第二天，我就带着我父亲回山东了。父亲已经70多岁，一年多前一个人坐火车到我这来。在大连购买火车票，问他到哪里，他因没有文化，只说到吉林，结果火车票就买到吉林市，到吉林下车要找泉阳林业局，人家说泉阳离这里500多公里呢。父亲认为自己没错。在山东，家人都说我在吉林工作，买票到吉林不对吗？火车站的好心人看了他信封上的地址，辗转把他送到我这里来了。父亲来时很瘦，身体虚弱，现在已经白胖了，与两个孙子在家玩得也很好，但是现在我必须带他走，因为我即将暴露，况且他还有土改被斗的记录。

父亲不知内情，说："怎么说走就走呢，这么快吗？"我说："对，马上走。"

火车票12元，轮船通舱6角钱，两天半时间，我们回到老家。

第二天，我带着准备好的两盒名烟和两双尼龙丝袜子，来到村书记王某明家。

王某明当过兵，有文化，当过文化教员，连级干部转业，一直在村里当书记。他家是贫农，住房与我家连脊，我父母和他父母相处得很和睦。他结婚后，婆媳关系处得不好，总怀疑是我母亲在其间起了不好的作用。又因我家是富裕中农，与富农差不多，在农村升学、当兵、提干、招工都没有机会，加之我父亲土改又被斗，所以小时父母就教导我们要夹着尾巴做人，我们当时不懂这个道理，可事实上我家在村里没有一点地位。

由此，我家对王某明这个书记有怨恨。我妹妹张廷兰读书写字都不错，1959年被抽调去镇食品加工厂上班，挣工资，能吃饱，他去找镇领导反映情况，结果妹妹被开除了。后来我妹妹又在几个村联合办的绣花厂绣花，给队里挣工分。我妹妹技术好，绣得快，出类拔萃，地区领导向偏远的乳山农村推广绣花业务，选人去当老师，当选的有我妹妹，去后不到两个月，还是王某明说我家成分有问题，我妹妹就被整回村里。我妹妹提起这些事也只能以泪洗面，后来妹妹远嫁他乡，也是因为这个。

我弟弟张廷传小我十三岁，非常聪明，读书好，我们镇七万人口，属于大镇，小学生会考他总是全镇第一，可是他升中学却升不上，也是因为成分不好，后来我弟要去民办中学读书，也被他阻挡没去成。这都是他公开干涉的结果，全村都知道。

改革开放以后，我弟弟自办企业，成为我们当地出名的企业家，自学获得了山东省建委颁发的施工许可证。如今他已经71岁，因为有监理证，还工作在30层以上的大楼建筑现场。我弟弟的两个女儿，长女张华平是上海复旦大学MBA毕业，就任美国著名企业亚洲区经理，年薪近百万；次女张江华，大连理工大学博士毕业，任职于大连工业大学，现在是教授，研究生导师，承接国家研究项目。

王某明的行为严重阻碍了我们家族的发展，全家也都视他为仇人，都劝我不要跟他交往。我的经验是，人都不是铁做的，肯定还有他软的一面，我决定应迎难而上。

我带着“贵重礼品”去他家，十多年后重见，当然都要点头并互相问候了。我先说我父亲在我那里住了一年多了，这次要回老家，我送他回来。他夫人收下我的礼品后，我直接说了，当年反右时，我有错误言论被批斗了，但我认真认罪，坦白从宽，考虑我才18岁，就没定我右派，后因工资低，我的同学在东北，所以我就去东北了。也不知是我的礼品起作用了，还是我恰当的“真话”让他信了。他说：“那以后再来调查，我们就说你不是右派。”

目的达到了，我松了一口气。

回家的第二天，我又去了30公里外的大姐家。大姐是教师，姐夫原来也是教师，与我姐在教师轮训师范读书，后来结为夫妻。姐夫家里成分好，全家姊妹兄弟都是党员，他父亲是老党员，曾任劳动局局长，是我亲属中职位最高的，我的弟弟妹妹和诸多亲属都得到过他的关照。姐夫当时是镇党委委员，副镇长级别。我把回来的意图向他讲了，他说：“你总是胡来，快回去，你这是犯罪！”我不能听他的，按理说他讲得对，我被打成“右派”，他和大姐从不歧视我，因为他们心里清楚这是冤案。我逃亡之初，他还赞助我30元钱。

离开姐夫家的当天，我又骑车去找原来我们一起教学的李本国老师。李老师是我当年的同事，为人正直，性格豪爽，我落难时他对我的遭遇深表同情。分别近十年，他见到了我很高兴，关心地问了好多。我告诉他：“我现在很好，已组建家庭，有了两个儿子，现在领导要提拔我，准备来调查我，能不能写我不是右派。”他表示没有问题。

我找他是对的。他是有胆量的。

离开李老师家，我又去找我的学生邹积建，他念书时有点调皮，但很聪明，现在在邻村的低湾头小学做代课老师，属于半工半农。他见到我很高兴，也理解我当年的逃亡行为。他很动情，对我还是如当年一样尊敬。我说明来意后，他说："老师，你放心吧，他们来调查时，我肯定写你不是右派。"1972年，我被开除，被送回家乡南上夼改造时，他和我的另一位学生王少君，骑车9公里去我村看望我。我们之后成了要好的朋友，多少年后，我每年清明节回山东上坟，每次都去大英村，看望包括邹积建在内的我的那批学生。

后来邹积建已转为正式老师。离开大英村三十周年的1990年，我回去举办了一场纪念活动，邹积建是主要的组织者。2020年春天，邹积建中风去世，我回山东时对他的妻子表示了慰问，也表达了我的心意。他妻子因感谢和思念之情，也流泪了。

六天山东之行，真是马不停蹄。那时我负责商店近百人的工资，出工考核与做工资表都属于我的工作，商店职工开工资是一天都不能差的，回来后，我找到革委会副主任朱某宝，告诉他派人再去调查。他马上派商店的孙某和服务处的刘某奔赴山东，按我的路线走了一遍。村书记王某明、李本国老师与邹积建都写下我不是右派的证明，朱某宝把这事反映到林业局斗批改办公室的刘某荣、梁某胜正副主任那里备案，算完事了。这两位主任的夫人都和我同在商店工作，平日相处得不错，再有人提起我是右派需要专政，都被刘梁二位主任拒绝了。

虽然这些人对我持保护立场，也不认真追究，但是对立面还是毫不放松，后来又发函给山东文登县公安局。公安局查名单上有我，于是组织上又派人去查我的档案，文登县公安局告知，因为备战，所有机要档案都转入地下，无法查找。泉阳林业局斗批改办公室坚持我并没有反党的具体罪行，不能对我随意专政，于是我幸运地躲过了这次劫难。

但我心里清楚，他们已经查到公安局的名单里有我，我随时都有危险，现在的平静是暂时的。我的被专政和家庭的破碎是迟早的。那些日子我终日忐忑不安，思想压力巨大，内心知道自己被开除被改造的命运几乎是不可避免的。

第十五章　1970年，在劫难逃

运动在进行，在经济工作领域里，要开展“一打三反”运动，即打击反革命破坏活动，开展反贪污盗窃、反铺张浪费、反投机倒把运动。

泉阳林业局的“一打三反”，首先在商店开展。1970年春节过后，除了不管钱不管物的勤杂人员，全商店一百多号人，80%被集中起来，开始了“三集中”——集中吃饭、集中住宿、集中学习。不准去任何地方活动，不准回家，我们被集中在林业局招待所，这里是二层小楼，也被称为小楼学习班。由从松江河林业局抽调的工作队专门来领导我们商店开展运动。

林业局唯一的有线广播站，早午晚三个时段，准时开机广播，告诉全林业局职工，商店几年来丢失了90万元资金、10万斤粮食（粮食是指我管的饲料）。这么多的损失，都是由商店的不足百人贪污的。那时的1万元犯罪，可判十年以上，是个惊人的数字。听到这个数字，哪个当事人与家人亲属不出一身冷汗？这个数字，是当时财务科马科长算出来的，他出身不好，为了表现积极，出于自保，臆造了这么一个惊人的数字，后来他被抽调到我们“一打三反”专案组，成为主要的办案人员。

林业局各场所都安有大广播喇叭，各家各户也都免费给安装有线的小喇叭。广播站播出了商店丢失90万元资金和10万斤粮食的消息，群众都为之震惊，都认为必须揪出他们。90万元资金是全商店100多人的事，而10万斤粮食却只指我一人。我管饲料，商店的猪牛肉供应都是每天宰杀，猪牛都是活着购入的，进来后也不能当天杀完，存栏期间需要喂养，这样每存栏一天，每头猪国家供应2斤苞米，牛每天5斤，每一车猪大约150头，牛每车40头。请示与申领饲料，属于我的工作范围，每次我都很认真填写，从来没有丢失一粒粮食。尽管有些人认为我这次肯定完蛋了，但我心里有数，这不会出事的，因为每一斤饲料都有账可查，我真正担心的，还是我的“右派”身份。

在学习班时，1970年5月8日那天，工作队组长张某刚讲：“今天开会帮助张晋兴。”所谓帮助，就是批斗。

第一天没讲我“右派”的问题，主要是要我交代10万斤粮食问题。

中午，我7岁的长子张伟来找我，他带个纸条表示妈妈要生小孩儿，我向工作队请假，还好，批了三天假。

这是妻子何发英生的第三个孩子。她每次都有些难产，每次也都是找社会上的助产婆来帮忙。5月9日，张红平安降生了，母女平安。这是何发英精心地按照民间生男生女秘方的日期表，“计划”出的女儿啊，我们如愿以偿，达到目的了。我们都很高兴，两个儿子，又添了个宝贝女儿。

批斗我那一天，我只讲了过程，中午时张伟来叫我，要我回家。待张红出生后的第三天，我又被找回，我以为还要接着批斗我，可小楼里的学习班因其声名狼藉被叫停了。不久，我们就搬离学习班，再也没单独批斗我了。张红的出生，似乎是吉兆，使我避免了三天的批斗，否则这三天从早上到晚上10点都是在批斗我。

张红5月9日出生，我12月末回家，她已经八个月大了，父女才第一次相见。她都已经会爬了，也认人了，胖胖的小脸很是可爱，相处两天以后，她认识爸爸了，女儿的可爱给我带来了欢乐，舒缓了压力。山东人与生俱来的传统：结婚生儿子，传宗接代。我已经有两个儿子了，也真想再生个女儿，女儿的降生更合我的心意，喜上心头。两个儿子已大，女儿比二儿子小五岁，我视她为宝贝，掌上明珠，我的爱几乎全给了她。何发英也高兴我这么疼爱女儿，也说我偏心，经常抱着背着。女儿也聪明伶俐，说话早，给我添了不少欢乐，在她工作之前，我出门工作或者游玩，只带着女儿，两个儿子都怪我偏心了。

1970年8月，女儿张红的百日留影。

商店女工崔某某经过两个月的学习，精神和身体都受不了，交代贪污了800元。学习班马上开大会，宣布崔某某认识提高，主动交代，得到了从宽处理，退赃就没有问题了，是好同志。事实也真这样发展了，她马上“解放”了，回家住了，并提升为我们的副班长。

在小楼学习班交代贪污的李某某，始终在班子里负责专案工作，也提升班长了。

崔某某自从当上了班长以后，每天晚上回家和家人团聚，中午带饭，每次都多带好饭。我们正常开会讨论时，她就大声严厉地喊我："张晋兴，你出来！"把我叫到班长办公室里说："快吃。"她对我真好，她说："在学习班批斗你们时，我又心疼又害怕。"也说她交代问题是被逼无奈，真没贪污。这时我清楚地知道她是好人，为人直爽老实，生有三个女儿，夫妻都是山东人，支边来东北的，平日家庭生活也不富裕的。

学习班结束后，她与李某某两个交代有贪污问题，又恢复了原来的营业员工作。

1971年新年前，学习班结束。所有参加"一打三反"运动的200多人全部放回家，经过这十一个月的集中学习整顿，只有一个外包头子以投机倒把和诈骗罪，判了六年徒刑，其他只有商店的李某某交代1500元，崔某某交代800元贪污。商店的职工都恢复了原有的工作，大家愉快地欢度新年后，都正常上班了。运动前，广播里报道商店丢了90万元资金和10万斤粮食，数字惊人的特大新闻也荡然无存了。

一场运动，变成了一场虚惊。

但是，我因为是"右派分子"，不能恢复工作了，安排在仓库装卸车做力工。我很坦然地接受了。我每天工作八个小时，按时上班下班，商店的装卸工也不算累，大部分是女工，原先我是管理人员，现在是别人看着我干活。当年我32岁，正值壮年，干点体力活也感觉不错，关键是我的工资没有动，每月可收入80多元，加上何发英的工资，每月一共可开支150多元，这样的收入水平在林区也是不错的，住的是自己的房子，房前屋后都有菜地，吃菜基本可以自给。大儿子已上小学一年级了，小女儿张红也已经八个月大了。每天我一下班，先去托儿所接她回家，她也很乖巧懂事，给我增添了很多乐趣。她很快就会撒娇，天天黏在我身上，一家五口人，欢欢乐乐享受着这天伦之乐，过着普通人家应有的幸福生活。对于我是“右派”的事，虽在社会上引起了注意，但对于我的家庭没有一点影响。

我以往在商店工作，与大伙结下的友谊也是很牢固的，大部分人都深表同情，我的几个知己好友看到我的处境，对我的情意更加深了，更加关心了。我心里清楚自己的情况，自己有家庭，需要我安安全全地走下去，所以我遵纪守法、老老实实地接受眼前的一切。我一定要加倍努力工作表现自己，争取多干活、多奉献来洗刷自己的污点，得到人们和社会的理解与认可。1971年1月到8月，我很幸运很顺利地在商店做了八个月的装卸工。

1971年8月，从北岗林场调来一个人担任商店革委会主任，他叫王某和。他上任的第三天即开职工大会，讲商店效益不好，长年亏损主要是阶级斗争抓得不好，也是由于张晋兴这个“右派”在作怪破坏。这时有人就喊：“‘右派分子’张晋兴站起来！”我当然不敢不听。有人喊：“低下头。”又有人领头喊打倒“右派分子”张晋兴，因为这种会议第一次开，他没有提前安排好，这几年也没这种对敌斗争会议了，近百人只有两三个人跟着喊，大多数人很反感，不随他喊口号，会议草草收场。批斗会不成功，他真是气急败坏，结果他又想招法了，把我关在商店以前的杀猪房，不让我回家了。

这是1971年9月，把我关在大约20平方米的空房里，先钉上木板床，拉上照明灯，门窗都用木板斜着钉上，怕我逃跑，外面挂上锁头，又派了学习班的一个人在外面看守我。家里来送饭和我需要上厕所时才给开门。

这时候属于“文革”后期，国家已不允许单位随便抓人关人，批斗打人。何发英来送饭时，我把这个政策以及被批斗的事告诉她，她家庭出身没有问题，经常去林业局反映情况，当然因我是

“右派”阶级敌人，他们根本不重视，但每次也说了解了解、研究研究……关我，我还能适应和应付，可对何发英是最大的伤害，她非常担忧我的处境，吃不好睡不好，度日如年，最小孩子的张红才刚1周岁，还在哺乳期，还有一个5岁一个7岁两个儿子，她还要上班工作，一天三顿饭都要她做。她不仅做饭，还想方设法调整我的伙食，最怕我坚持不下去。大儿子张伟已经上小学一年级了，好在离家不算远。周日何发英和张伟休息来给我送饭，其余的时间，送饭的任务就落在二儿子张辉身上。天天三顿由他来给我送饭。成人走七分钟的路程，5岁多的张辉得走十几分钟。长白山10月份就开始落雪封冻了，在零下30多摄氏度风雪天，他每天送饭，没让我挨一顿饿。

张辉送饭路上，熟悉我的人看着都很同情，但人心总是不一样的，特别是看守我的那个人，经常刁难张辉。张辉对他也很反感。张辉回到家里就号啕大哭，告诉妈妈：“那个人说明天要枪毙我爸。”

由于何发英经常去林业局反映非法关押我的问题，社会对王某和违背政策的舆论也很大，于是我被送到离家20多公里的林业局工程队修路。修路是强体力劳动，因此林业局把清理出的顽固不化的“地富反坏右”分子都集中在这里改造，组成一个改造队。改造队共有十几个人，除了每天正常上班劳动外，下班还要学习。这个队里的编制是班，每个班有30多个工人，班长可以随时组织开会，批斗这些被改造的分子。

一天，因为局里电影队来放电影，这可是几个月一次的娱乐生活，要杀口猪招待放电影的工作人员，大伙也一并改善一下生活。这里的工人大部分是山东来支边的农民工，每家都四五口人，家属基本都没有工作，孩子上学，几十元钱养家糊口，都很困难。大部分都是半个月回趟家，带回自家加工的山东煎饼，再带点咸菜，平日也很少在职工食堂买饭菜。这天放电影，食堂有5角钱一碗的红焖肉。多数人也是不买的，我家是双职工，两个人的工资可开150元以上，虽然我挨整一年多，但工资没有动，三个孩子小，花销也少，所以我买了两碗红焖肉，林区2月份也是零下20摄氏度的气温，我住的帐篷里因烧大木板子，还是很热的。我脱下外衣，露出一套紫红色的线衣。刚要张口吃饭，班长看到我买了两碗红焖肉，还穿着他没穿过的时髦线衣，便走到我床前，恶狠狠地说："你个右派还买两碗肉，这么嚣张，这能改造好吗？你站起来，大伙停下，先批斗他。"

大概批斗了不到十分钟，大家都急着吃饭去看电影。班长宣布吃饭，我也坐下把我的两碗又香又肥的红焖肉吃下去了。这是来这里改造一个多月后第一次享受美食，事后想想还不错。这些人还算善良，没把我的红焖肉没收了。晚上的电影我也没看，被批斗了，没有心情了。

1972年的春天，企业也开始讲抓革命促生产了。 我想工程队对我做的这些事是违背国家政策的，我越想越不能冷静下来。我就起床，步行了大约40公里回到林业局。当时林业局是军管会掌权，我找到军管会，军管会领导初见我倒是挺热情，后来听说我是"右派"，马上脸色变了。我讲完了，他没有表态，却通知商店领导王某和把我关在商店后院一间杀猪的小屋里。关人需要上级批准，我想他肯定是没有审批，属于非法关押。这时我的二儿子张辉6岁了，还没上学，天天给我送饭。

我被关押了不到一个月，林业局公安局看守所恢复使用，把我也送到那里关押。关了我不足两个月的时间，每天也是家里送饭，多是张辉送，这时张红2岁，什么话都会讲了，也常来看我，我想：关就关吧，也不打不骂，工资也没停，只是何发英受累了，要照顾三个孩子，还要上班，还要给我做饭，而且每顿饭做得都不错。

在被关押的两个月里，只允许我读《毛泽东选集》。我静下心，认真研究毛主席著作，至少读了五遍。我深入研究了毛泽东在不同时期，为适应斗争形势撰写的不同文章，为革命胜利和共产党不断壮大做出的指导性贡献。从《湖南农民运动考察报告》到《矛盾论》《实践论》，我深刻地体会到农民的所需，共产党走到哪里，最重要的就是斗地主分田地，让农民得到实惠，发动农民，把农民作为同盟军，是取得中国革命胜利的根本策略。中国革命的胜利离不开土地。我反复研究了《毛泽东选集》第一卷里的《星星之火，可以燎原》，现在我做生意和办工厂，毛主席的思想始终在指导我的前进方向。关押期间，《毛泽东选集》我真是爱不释手，所有的篇幅，每个句子，每个词，我都要认真解读和琢磨。他的思想观念，他的政策的出发点与灵动性都深深地吸引了我。我被《毛泽东选集》的精髓和气势牢牢地吸引住了。一生中，这段时间的阅读真是让我受益匪浅。

学习班就要结束了，很多人都恢复工作了，但我的"右派分子"身份已经被确定了。

在这期间，林业局又专门派两个人去山东重新调查，抄到已启封的档案后，他们找到村书记王某明，让他写我是右派的证明材料，王某明当然不写。他说："张晋兴是不是右派也没有通知材料（当时政策，右派在社会不公开），我不知道。"他们争吵得很厉害，这两个人把王某明告到镇政府，反映他写假材料，包庇右派。因为此事，王某明的村书记被免职了。

1972年，我被遣送回村改造，王某明对我很热情，虽然发生了这件事，但他不怨恨我。

我知道，学习班结束以后，我的命运不会好到哪里去，最大的可能就是遣返。于是，我向看守所提两个要求：第一，开除书上写了我"还有贪污行为"这六个字，应该写明贪污的款项，写上具体贪污了什么东西。在判决和处分上，这种用语是从来未见过的。

“贪污行为”？是贪还是没贪，还是未遂。“行为”是什么用语，这是处分决定，用语应该严谨。“右派分子”怎么谩骂怎么处理都可以，但说我“还有贪污行为”，这可不行，这是对我的人格侮辱。

经过学习班一年的学习，在讨论发言时，我都上纲上线地争着发言，深刻检讨自己的“右派”问题。可每次要求写文字认识材料和交代贪污材料，我一次也未交文字材料，每次都装作奋笔疾书，可现场要收材料时，我都说未写完。所以我在学习班近一年来，一份材料也没交。没有个人认罪材料，怎么定的案呢？

我向看守所提的第二个要求是，送走我的前一天要通知我家里，把我需要带的东西送来。

这两个问题没有回音。4月16日半夜，由警察、军人和商店工人民兵组成的三人小组把我叫醒。他们说：“快走吧。”那时半夜有趟火车到通化。就这样，我们匆匆地上车了。

第二天早晨，何发英去送饭才知道，我已经被遣返了。

第十六章　1972年，遣返

1972年4月18日，被送回到生我养我的南上夼村。按遣送的程序，中午召开全村村民大会，村书记是王某亮，他要我低下头。遣送我的穿着警服的警察，宣读了关于对将暗藏的“右派分子”张晋兴开除职工队伍、遣送农村改造的决定书。我在全体村民大会上喊了一句：“我没有贪污行为。”王某亮说了句：“你是右派是对的吧。”大会就这样结束了。我回到家，这时母亲已去世两年，家里只有父亲和弟弟、妹妹。父亲、我、22岁的弟弟和17岁的妹妹，四人都不说话。我为了打破僵局，问父亲：“爹，你怎么想的?”

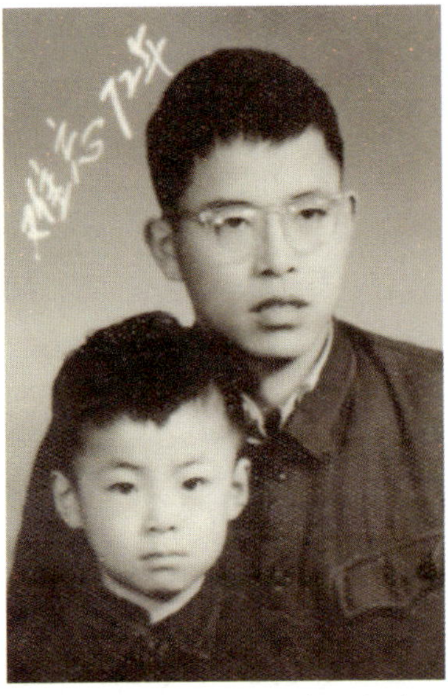

1972年，我被遣返回乡，和次子张辉合影。

“真丢人！”我爹只说了这三个字。

从1972年4月16日被遣送老

家，到11月15日回东北探亲，整整七个月，我是在生我养我的小山村南上夼度过的。这也是我13岁离家求学、工作，二十年以后重返家乡。我对山村的人和物都不陌生，只是缺少了天天嘘寒问暖的妈妈。妈妈因为我得了心脏病，不足60岁含泪离世，我知道我是不孝之子，对妈妈的伤害是无法挽回的，也无法赎罪。听弟弟讲，我走后的十几年，每年大年三十，全国人民最喜庆欢聚的日子，妈妈总坐在炕上掉眼泪，她总想不明白：一个鲜活的大儿子，为什么会离她而去，十年不回家？这日子啥时候有头呢？她无能为力，只有泪千行。

我回家的第二天，就来到妈妈的坟前。坐在向阳的山坡上，坐在妈妈坟边，默默地思念。妈妈啊，您想念的儿子回来了，虽不是光彩地返回，但我们相聚了，可妈妈您已远远离开了，儿子现在在您的坟头前坐着，与您相隔不足半米，却不能投入您的怀抱，十几年的思念，这次真的有见面机会了，可已是阴阳相隔。相见的欢声笑语变成了此刻泪眼婆娑。这次流泪的是儿子，儿也知道您的眼泪早已流干。妈妈您知道儿子回来了吗？妈妈您要是在天有知，知道儿子现在的惨境，您可能更会伤心、流更多的泪。儿子现在要告诉您这么多年的真相，儿子是无奈地出走，您能听到吗？妈妈，儿子只能愿您在天堂无忧无虑！

而今，儿的三个子女都远在天边，思念之情仿佛重演，何时能天晴云散，阳光明媚……但妈妈放心，儿我肯定能在疾风骤雨里咬牙生存下去。儿原先为自己的前程不顾妈妈的感受，是儿对不起妈妈，可现在是被逼无奈，儿过去是对不起妈妈，现在又是对不起自己的儿女。

妈妈，儿子现在多想得到您的温暖，与您抱在一起流泪，得到您的安慰。听姐姐讲，1960年8月28日，我那天出走，头一天是农历七月七，山东家是烙巧果（一种面食）的节日。在“大锅饭”时代，您在村里吃，我在外地吃，都已经是吃不饱的状况，您饿着肚子，把几年前存下的一点白面，烙了一些巧果，让姐姐捎给我。姐姐知道我已经出走，说巧果不给送了，您还把姐姐骂了。姐姐不敢顶撞您，把巧果放在锅后，流着眼泪走了。

南上夼三面环山，一面与外界相连，全村共100多户，依山向南修建的房屋，山前南面是条清澈见底的小河，常年流淌不息。山与河形成夼，先人选择的居住地，真是山美水美风光美。老祖宗在这生活了多少年，无从考究，只传说是从山西大榆树搬来的，南上夼在周围的十里八乡也都认为是宝地。可妈妈您却早早地离去了！是因为我吗？

南上夼山水依旧，地形地貌未改，可山里水中的动植物却几乎绝迹了。多少年的贫穷生活，把山已经吃光烧光了，曾经葱葱郁郁、花草争艳和鸟兽齐鸣的金山银山已不复存在了。

但妈妈放心，儿能坚强地活下去，苦难的日子终会改变的。

从我有记忆起，我就知道我是妈妈的心肝宝贝，我上面有两个姐姐，下面有小我三岁的妹妹。从小时起妈妈常讲养儿防老，我是妈妈的支柱和依靠，我依稀记得从小我过年穿的是长袍，戴瓜皮帽，好似一个阔家少爷。我在家总是穿好的、吃好的，做饭只做一碗米饭，我和父亲吃。包饺子用两种面，我和父亲吃白面，母亲和姐姐妹妹吃黑色的地瓜面。做菜只放两块鱼，我和父亲各吃一块。一切的希望都放在我身上，我能挑水了，我能用镐头刨地了，母亲都高兴得合不上嘴。

到了入学的年龄，我一天也没耽误去上学了，而两个姐姐都不能正常上学。我都上初中了，大我一岁的姐姐才读了三年书。小时我总是考第一，母亲更是逢人便夸我。我考上初中，是母亲的骄傲；当上了老师，是母亲的骄傲。可我被打成“右派”，母亲哪能理解呢？我又出走了，伤了母亲的心，使她饱受了思念的折磨和煎熬。天地一般的落差对于这个从旧社会过来的没有文化的小脚女人，还能有活路吗？

我当年没能认识到我的出逃会给妈妈带来的苦难和致命的打击。我只怪我的自私，我这是滔天的不孝之罪！儿多么希望下辈子再做您的儿子来回报您啊！

监督改造开始了，队长是王某成，是原王某明书记的亲弟。他比我小两岁，住的与我家的房子连脊，他对我还是不错的，天天分配我与老年人一起干轻活。一般成年劳力，不论身体状况如何都挣十分，给我九分，我也感到知足。每天报酬，也就差不上5分钱。这样干上一年，还不如我过去一个月收入高。村里无论男女老少、干部群众，没有一个人称我“右派”，也没被批斗或歧视。我在农村辈分大，小辈见面基本都有一句“晋兴爷”的问候。

我们是村里的第二生产队，全村约150户人家，分三个生产独立的核算小队。小队的工分收入、分粮多少都是各有差别，我们村工分不足0.5元，也就是村民的每日劳动价值只有0.5元。这可是生命攸关的全部收入啊。一个人养两个人都有难处。1973年我在浑江板石沟干临时工，才知道他们一个村三个生产队，一个劳动日分别是0.05元、0.06元和0.12元。这就是当时中国农村的普通状况。

我们这个村在1956年实行高级社（高级社是初期的叫法，后来一律叫人民公社），每一天劳动日是1.25元。那时我还在山东教学，觉得农村很好。现在我们村已是吃返销粮的贫穷村，因地少，产量少，完成统购统销任务，剩下的粮不够吃的，每年春天无粮时，再向国家申请购买粮食，这叫返销粮。返销粮只供给贫下中农，地主富农以及我们家这种富裕中农，是没有这个待遇的。

我回家时，户口也给迁回来，这是为了防止我以后再逃跑。随着户口，粮食关系也带回来了，我弟弟去领粮食，按每月20斤算，到分粮前，共领回了100多斤地瓜干，这就是我的主粮了。现在农村的地瓜干早已不作为主食了。20世纪70年代，地瓜干也是稀缺的主粮，我们生产队的队长因私下拿了十几斤地瓜干，队长一职被罢免了。粉碎“四人帮”后，农村落实家庭联产承包责任制，农民很快以细粮为主食了，不到两年便解决了吃饭的难题。

回到老家，从第二天开始，我晚间总是睡不好。我的遭遇是应该的，并无怨言，只是何发英带三个孩子怎么生活呢？还需要上班，她脾气不好，常打孩子，我却从来不打孩子。有时我睡到半夜，看到她打孩子，惊醒了才知是梦。后来我把小妹妹派去泉阳，看护张伟上学，让何发英带着孩子回来一趟，不到一个月，何发英带着2岁的张红、6岁的张辉回到南上夼村。她回来住了三天，也是忙了三天，给我们三个光棍洗衣做饭。她对我没有怨恨，鼓励我，并表示她自己也能把孩子养大。村里人对她都竖起大拇指，都说何发英是好样的，对张晋兴这个“右派”，这样不离不弃。

三天的相聚，不得不分离，这才是人间悲剧。张辉从小就乐意跟着我，何发英只带张红返回泉阳，把张辉留下。特别是在威海，先上小舢板再摆渡到海中间不能靠岸的远洋大船上，我的两个姐姐、弟弟和妹妹，全家人送她时，何发英笑着掉下眼泪，她抱着张红上小舢板，离岸时，所有人都是以泪相送。我们没有言语，只是不停地招手，小舢板渐渐远去了，她们母女跟岸上的人还在不停招手，是送别，也是召唤。那真是撕心裂肺的妻离子散啊！也不知谁喊了一句回去吧，但是岸上的人没有一个人动一步，都在流泪，都在招手。

从18岁开始，我已经在黑暗的生活中度过了十五年，何时能云消雾散，走出这遮天蔽日的阴霾呢?!

我在村里参加农村集体劳动，从4月16日到11月15日，整整七个月。快年底了，我提出申请，年底回东北探家。村里会计张锡琦给我出具了探亲介绍信，内容：

兹证明我队社员张晋兴，系经生产队批准去泉阳探亲，至希准予临时居住及沿途准行为盼

这个介绍信不是我要求出具的。我和这个会计家住得相隔很远，我在村小学读书时，他已经在政府税务部门任公职，后来因饥荒吃不饱饭，自己主动申请回村参加劳动了。我们没有什么交往，他这么关怀和体贴，使我感到意外。人在落难时，别人对你一点点的好，你也会铭记在心。他的好意，我会永远牢牢记住的。

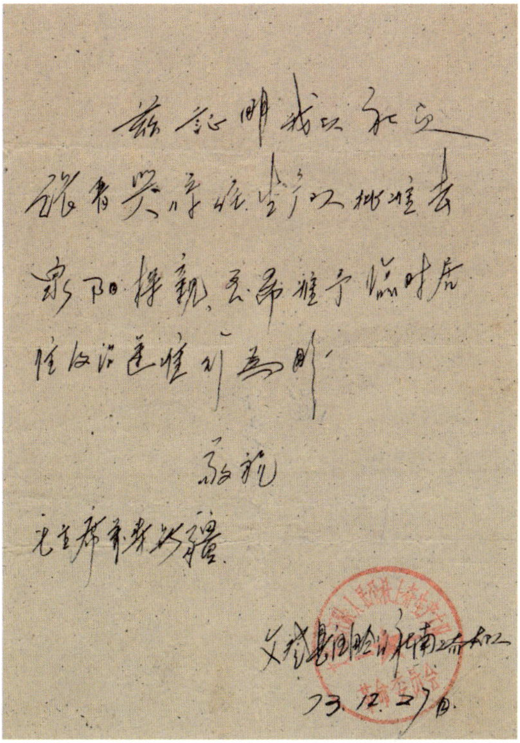
兹证明我队社员
张晋兴系经生产队批准去
泉阳探亲至希准予临时居
住及沿途准行为盼
敬礼
毛主席万岁万万岁
73.12.27日

1973年，会计张锡琦为我出具的探亲介绍信。

第十七章　痛苦记忆

2020年，我开始写回忆录。最开始写的是20世纪80年代在通化糖酒公司的事情，其后慢慢展开我一生的回忆。这时，妻子何发英回忆起1972年发生的一件事。

那一年回老家，在威海，她与大姐、大姐夫独处时，曾求他俩说："俺把张辉送你们吧，改随你们姓毕，给你们做儿子，以后念书考学还会有前途。"

孩子的读书、前途是何发英最担心的事。老大张伟上小学一年级，学习成绩最好。他幼年去姥姥家，姥爷教他识字，才3岁，就能识一两千字，"毛主席语录"能背诵好多。但是因为家庭问题，学校不让他加入"红小兵"。张伟回家经常哭，何发英也跟着哭。她担心将来孩子的前途，这是她最大的心头之痛。至于苦，她不怕，她曾跟我说："你进监狱，十年八年我也等你，也会把孩子拉扯大。可孩子长大后的前途，是我心里最担忧的事情。"因为学习成绩突出，张伟后来也入上"红小兵"了，班级选班长也选他。

那个时候，大姐她们两口子已近40岁，"大炼钢铁"时姐姐怀孕了，因为带领学生参加劳动，没注意流产了，以后再怀孕就习惯性流产，怀不上孕了。这时大姐已经流产六次了，两人没有孩子，何发英认为他们求子心切，这还是至亲骨肉，把张辉送给他们，何发英也放心，但他俩谁也没表态。何发英讲这话，也是迫于无奈。对一个母亲来说，这也不是光彩的事，她始终埋在心底，直到大姐去世的时候才敢讲出来。

1994年，兄妹六人相聚大连，参加次子张辉婚礼。

1994年，张辉结婚庆典，大姐全家都来大连祝贺。我见到大姐夫在宾馆掉眼泪，当时这还是一个秘密，何发英讲了这个事，此事才算在家里解了密。这以后，好多年张辉凡是回山东，大姐夫对张辉格外亲，每次都要张辉必须去他家过夜，也可能有这个心结吧。张辉是吉林化工学院毕业的，现在也是理财投资专家，在中央二台讲理财之道，也多次在大连经济频道讲理财经验，在国内理财界也是有点名气的，靠理财收益取得了一定的财富。

大姐一家对我家庭的关照一直是无私的、全面的，这一点，我与何发英都是感激的。我的长子张伟1981年考入大连工学院，大姐寄来200元作为庆贺，这在山东威海和吉林通化的亲戚朋友中传为佳话。1981年的200元，那可是了不得的数字啊，可见大姐一家对我们的深情。

现在讲起当年送子的情境，何发英还是双眼满含泪水。

我和何发英的想法不同，我经常跟她私下说："你不要担心，等咱们孩子升学时，社会一定会变化，不会影响孩子的前途。"我是"右派"，她恨不起来，但是她当时哪能相信我这些话呢？她可能认为我还是坚持我的反动立场呢。

粉碎"四人帮"后，社会生活发生了剧变，政治运动与阶级斗争的口号已成为过眼烟云，改革开放给中国社会带来了巨大的进步，经济发展使中国人民衣食无忧，崛起的中国已经成为世界第二大经济体。现在年轻人的生活——衣食住行方面，与七八十岁的那一代老人年轻时的生活相比，已是天壤之别。这种翻天覆地的变化是社会和经济制度的变化，是科技进步的结果，也是社会的进步。

1981年高考，当年全国招收27万名大学生，长子张伟以469分的高分考入大连工学院（现在的大连理工大学）。这是我们老张家出的第一个大学生。1985年全国招收2000名研究生，他又是大连工学院电子系唯一被录取的公费研究生。1984年全国招收34万名大学生，二儿子张辉以高分考入吉林化工学院。小女儿张红，毕业于辽宁师范大学。我们经过拼搏，都能实现自我价值。

现在含泪提起送子一事，何发英说千万不能提，张辉却说这事一定要提。儿子认为当时妈妈的做法是可以理解的，这是事实，也是更深沉的母爱！在对这件事的认识上，母子的分歧，其实都源自爱啊！

第十八章　1973年，浑江八中

1973年春节，我回泉阳过春节，与家人团聚近三个月。其间，我二舅哥何发泽在浑江石人镇林子头街道给我找了一份钳工活，说好是五级工，每月工资60多元，可以不用什么手续就工作。

我欣然前往，这也算开启了我第二次逃亡生活。

在正月初八那天下午，我去了林业局军管会，找到接待人员讲，去年遣送我回山东改造的处分书上有一句话写的是："有贪污行为——不明确，能否给下个准确的结论。"接待人员当时只记录下我提的要求，并说向领导汇报后，再回复我，随后又询问我现在住哪里，为什么回来的。我离开后，心想不会有好结果，他们或许认为我不老实，能把我抓起来关押。

中国的传统习惯，正月出门的要三、六、九，这三个日子吉祥顺当。初九一大早，我按预定的计划，决定乘车快走。结果我走后，上午9点多钟，公安局王副局长带队来我家了。我的预测是准确的，我躲过了一劫。

二十多年后，泉阳林业局一个朋友托我安排一个名叫王长伟的职工就业。王来到我公司，工作不错，后来被提拔任职我的武汉公司经理，至今在我这里工作十几年了。2018年，儿女在大连为我庆祝八十大寿，王长伟的父亲王秀峰也从一千多里以外的泉阳来大连为我祝贺。席间，王秀峰告诉我，他当年就是公安局副局长带队去抓我的队伍里的一员。他们本想把我关起来，结果落空了。

二舅哥给联系的工作，是在一个街道小工厂做临时工。厂子不能再小了，加我总共三人，其中一位是业余电工。当时厂子要造一台50千瓦变压器，他负责内部线圈与整个结构，我负责钣金下料，做铁外壳。一个多月做完了，这个变压器卖了4000元。小工厂也关门了，但是，此时我从长白山林区走出来了，知道了外面的情况。1973年，当时的情况是农村、乡镇、街道、学校、机关团体等大小单位，都在办自己的小工厂，其目的是增加计划外的创收，盈利用来改善职工生活，所以此时技术人才很抢手。当时中国的工业基础很薄弱，新兴的化工塑料、高科技产品、新材料产品几乎看不到，反倒是初级的手工铁工厂到处都有，这也是城乡办企业的首选。我是钳工，万能工种，很抢手。我随社会上有名的通化的曲师傅，先后在浑江河口镇、板石沟镇两个农机厂工作半年，特别是在板石沟镇农机厂，我是钳工，竟然上手干了一个半月的电焊工，完全是临阵磨枪，也是赶鸭子上架。我自己下料、自己焊接，竖起了铸造用的5吨冲天炉，还有每分钟转数1500转、直径1米的鼓风机。

这期间，在河口农机厂的两个月和板石沟农机厂的半年工作，又使我在技术上得到新的锻炼与提升。联想到十多年前，我选择了钳工，做了七个月的学徒，真的是受益一生啊！

这里的条件最差最苦，20世纪70年代初的农村山沟里，农民在生产队里劳动每天收入不足1角钱。我当然要离开这里，另寻生存之路了。

我回到我学徒时待过的八道江镇。离开这里十一年，此地已经有了翻天覆地的变化。浑江市机械厂当初的几百人，无论是师傅还是徒工，现在都成为全市各厂的技术骨干或管理者。而我怎么又回来找工作了呢？我编造：我在林区被选去支援云南林区建设，不适应那里的生产、生存环境，辞职回来了。这当然是假话，但谁又能去验证呢？何况听起来合情合理，也很真实。如果是现在，交通与信息都很发达，假话在网上一查就露馅了。

当时学钳工的两位师哥，张云大我三岁，袁成文大我两岁。张云已是浑江市轴承厂党委委员、副厂长，袁成文是红旗机械厂生产调度，我首先拜访他们两位。袁成文虽然职位不高，算是中层干部，但他社会交往多，社会影响力大，外号尊称“老百姓”。他听了我的处境，非常同情，马上找到浑江八中校办工厂的侯老师。侯老师带着我，找到负责校办工厂的后勤主任刘玉恒。刘主任马上跟林校长汇报，校长当即表示，欢迎机械行业的名人袁成文推荐的七级钳工来这里上班。

袁成文是白城子人，后来知道他出身地主，他二哥也是从事教育工作的，也被打成“右派”，我们这一生都是好朋友。张云，我们一起学徒时，他是党员，是八道江镇镇长的姑爷，50多岁因病去世。多少年后，我给他的次子张晓东安排了工作。现在张晓东是我公司的优秀技术骨干、沈阳工厂的车间主任（副厂长级）。

浑江八中答应了我的条件——给我七级钳工的工资，每天补助伙食费1元。这样一来，我每月收入150元以上了。当时老校长林克信在浑江市威望很高，每月工资也只有51元，普通教师的工资也就是每月三四十元。我的工资是老校长的三倍。当然我身份是隐藏的。

当时八中校办工厂的侯老师，是响当当的山东大学毕业生，先是留校当教师，后来被打成“右派”，原因是其父母是国民党军政高级人员，1948年随国民党去了台湾，所以他不适合在大学教学，安排他到八中的校办工厂工作，他在校办工厂主管过油漆厂。东北人睡土炕，炕上糊纸，再刷上油，这种刷过油漆的炕干净利索，不怕水火，质量很好，好收拾，很受百姓欢迎，油漆卖得好，所以收益不错。侯老师的工作能力和人品都非常受人尊敬，工作上服从领导安排，见人面带微笑，彬彬有礼，与世无争，是受人尊敬的知识分子形象，其实，他的特殊身份，使他不得不如此而已。1978年，侯老师平反了，调回山东大学历史系教学，听说后来著述甚丰。

我到岗后，负责建立铸造厂。这可是真正的一无所有，白手起家，校办工厂也是刚刚起步，无资金投入，属于自办的三产，投资主要就是靠学生家长和社会资助。我虽然是一个打工者，如果想立住脚，必须做出贡献。我走访老同事老朋友，从浑江新的机械厂柳厂长那里借了闲置的三吨翻砂用的熔铁炉，从浑江煤建公司借来鼓风机，从通化矿务局赊来20吨翻砂造型铸造专用沙，从造纸厂借来7000元，从河口镇炼焦厂马书记那里借来27吨焦炭……不到一个月，工厂从无到有，设备物资和技术人才，包括铸造的造型技工、大炉操作工、木型工都筹备齐全，顺利开业。我既是厂长，又是技术负责人，也要负责供销。铸造技术是我在板石沟农机厂新近学习的，画图纸及做木型也是学徒的老底子，基本可以用于操作和对外洽谈加工、工艺及合同签订。当一个厂长，复杂的木型加工收费及铸造件的收费，技术含量很高，都是按其造型及工艺难度定价，依据得合理，要向服务对象的技术专家讲明白，讲清楚。这可不是白菜萝卜猪肉，三岁小孩都懂如何交易。我是与专家打交道，讲不明白就会失信。这一段时间，我时刻都在研究和学习技术，超负荷地努力工作。

刚开业的时候，主要是给市内各厂铸造一些设备的易损配件和非标准的市面买不到的零部件。接的活不但零星，而且数量少，都需要做木型，不能达到批量生产。没有批量，效益就上不来啊！也给五金、杂货商店加工些民用的铁炉子、炉底、炉盖子，这些产品利润都不高，但在浑江市内五六所中学及十几所的小学校当中，八中的校办工厂——油漆厂和铸造厂，已是最出名的了。

校长林克信，当时年近50岁，是市内很有名望的中学校长，给人的印象是稳重、威严，教职工都不敢接近他，但他经常来工厂看我们开炉生产。林校长知道我租房住，让我住他家半年多，后来学校还给我安排了住宿。1997年底，某果仁味饮料公司奖励我一辆奔驰车，我从大连驱车一千多里，特意去看他。当时他已经退休在家，我设宴请他，并召集一帮好友参加。

因为在八中创建了铸造厂，我的地位也一天天提高。我已经不满足于简单的维修业务和民用产品生产了。我想办法联系到通化地区最大的机械加工厂——通化石油化工机械厂，该厂承担国家石油化工机械配件的生产任务。经过努力，我厂承揽了他们部分外协业务，此举不但满足我厂的生产，而且还能接受一部分国家计划调拨原料。这些外协业务中有一个平衡铁，该产品技术简单，主要用于钻井机，形同铁秤砣，圆饼状，有一个插口，每片50千克，只需用最普通的白口铸铁即可。在铸造行业，这活是最简单的，成品技术要求最低，材料也最便宜，收益也最高。外协加工业务不但技术简单，而且利润较高，我从市场采购废弃生铁，90元一吨，熔化后卖600元一吨，真是一本万利！现在回忆起这单业务，我的心情还是不平静的。这里当然要感谢当初石油化工厂负责外协的收货验货的保管、技术、供销、财务以及厂长一众人的关怀照顾。有了这个稳定的业务，我顺顺当当地干了六年多。工厂效益好，学校赚得多，我的威望也随之升高了。

这七年，也检验我的综合能力。做临时工时，浑江三轮车运输社从浑江红旗机械厂花了2000元购置了一台C618车床完整的次品散件，我把它精确地组装起来了，达到了生产母机加工零件标准的精度要求，一个月，我给学校创收600元。其后，这台机床以6000

元的价格出售了（新C618车床价格8000元）。这个活是袁成文帮我联系的，尽显我的装配钳工技术。

侯老师为了把油漆厂向更高层次发展，从只能生产单一的民用漆向生产多元化工业用漆拓展，就必须有三滚油漆研磨机。这是生产带颜色油漆最基本的生产设备，侯老师从四平国营油漆厂的废品堆里买来了三个每根长1.5米的废弃三滚机的研磨滚，我再配上主要部件，如支架、齿轮、电机和所有的紧固件。支架和齿轮都需要设计，画设计图，铸造和机械加工，齿轮的齿数、齿距、运转的速度都要合乎三滚机的运行原理，而且都要跟原先三个滚的长度、外径不差分毫。三滚机的旋转扭力要求较大，需要用斜齿轮，但其外径、齿数及斜度等计算时需要用三角函数。我不懂三角函数，无奈只好设计用直齿轮，一边研究一边学习一边设计，绞尽脑汁，认真彻底地做好每一个细节。最后，三个锈迹斑斑、凹凸不平的研磨滚终于按照设计要求重新加工打磨好并且安装成功，投入使用。

保存至今的工具书。

八中的油漆厂，能生产带各种颜色的工业用漆了。

三滚机的设计与安装过程，充分表现出我综合的技术能力。别说是一个钳工，就是一般工程师，也未必能完成这个任务，但是我做到啦！应该说，我达到并超越七级钳工的水平。现在，我八个工厂的制水设备的反渗透主机，原来都是从美国购置，后来改由国内知名厂家购买。我琢磨了一下这个原理，2005年至2008年，我领导工人自制了两套每小时能生产10吨水的反渗透设备，这个设备现在还在使用。

在八中的七年，给我带来了优厚的收入，保证了我全家的富裕生活，儿女都能平安顺利地成长和读书。这期间，1975年，我妻子何发英与三个子女都搬到通化，何发英调转到橡胶厂工作，儿女都进通化市，享受到了城市优良的教育资源。他们都发奋努力读书，我也可以天天回家，在外人看来我们也是欢乐的一家人，幸福快乐也始终伴随着我们。

因为工作顺心，心情舒畅，收入也高，几年后，粉碎了“四人帮”，中央下发了55号文件，在全国范围内进行“右派”改正工作，并要求在1978年底改正结束，我为了每月能多挣这150多元，就一拖再拖，直到1979年3月才回到泉阳，完成平反手续。平反当然是件大事，我在浑江八中只是临时工，平反要恢复我干部编制，不能错过。

浑江八中的七年临时工，是我人生一段辉煌历程。这是依靠贵人朋友的帮助，也是和当年（1961年）我当炼焦炉长，职位和社会地位、工资收入都是很多青年所仰慕的时候，能知道自己是谁，能果断地急流勇退，去吃苦去过艰苦的学徒日子，为自己打下牢固的事业基础，掌握能用一辈子的求生技能分不开的。

八中的七年多临时工经历，现在回忆起来，也是使我自豪的，我本人虽然身处艰难时期，但生命却绽放璀璨的火花。领导重视，群众尊重，个人收入颇丰，真正地发挥了我的技术技能，是我值得回忆的另一个辉煌时刻。我知道这与我的奋斗精神和独立思考是分不开的，人生就要冲破一切束缚，去创造自己的天地。任何祈求都是没有用的，在任何时候都要做好自己。

我庆幸自己的决断，所以得到了应有的回报，也应验了上天从不会掉馅饼的真理，只要看准了前途在哪，并为之努力，都会有收获的。上帝关闭了一扇门，必将会开启一扇窗，这是一个永恒的定律，用当下时髦的话说，不抛弃不放弃，持之以恒，未来可期！

平反了，全国错定的“右派”都改正了，这是冤屈昭雪的政治大事，所以我不得不离开了，只有跟八中说再见了。至今，我还与浑江八中的几个老师有联系，经常问候一下。

第十九章　1979年，平反昭雪

1979年，这一年我40岁，根据中共中央前一年下达的55号文件里给全国错定的“右派”分子全部改正摘帽的决定，我也平反了。

本来1978年底以前改正工作全都完成了，我当时在浑江八中做

根据中央一九七八年十一号文件指示，于一九七八年[illegible]月[illegible]日宣布给其摘掉右派分子帽子。

一九七八年[illegible]月[illegible]日

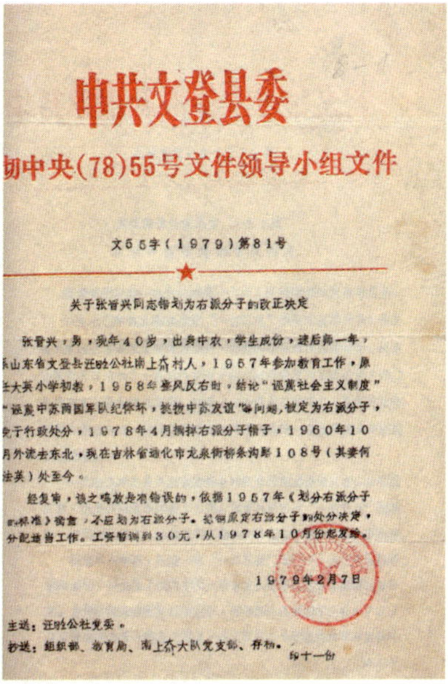

中共文登县委

[illegible]中央(78)55号文件领导小组文件

文55字（1979）第81号

关于张晋兴同志错划为右派分子的改正决定

张晋兴，男，现年40岁，出身中农，学生成份，速后师一年，[illegible]山东省文登县汪疃公社南上夼村人，1957年参加教育工作，原[illegible]大英小学初教，1958年整风反右时，结论“诬蔑社会主义制度”“诬蔑中苏两国军队纪律坏，挑拨中苏友谊”等问题，被定为右派分子，[illegible]于行政处分，1978年4月摘掉右派分子帽子，1960年10月外流去东北，现在吉林省通化市龙泉街柳条沟路108号（其妻何[illegible]法英）处至今。

经复审，该之鸣放是有错误的，依据1957年《划分右派分子的标准》衡量，不应划为右派分子。撤销原定右派分子的处分决定，分配适当工作。工资暂调到30元，从1978年10月份起发给。

1979年2月7日

主送：汪疃公社党委。

抄送：组织部、教育局、南上夼大队党支部、存档。

印十一份

1979年，中共文登县委对我错划为右派给予改正的文件。

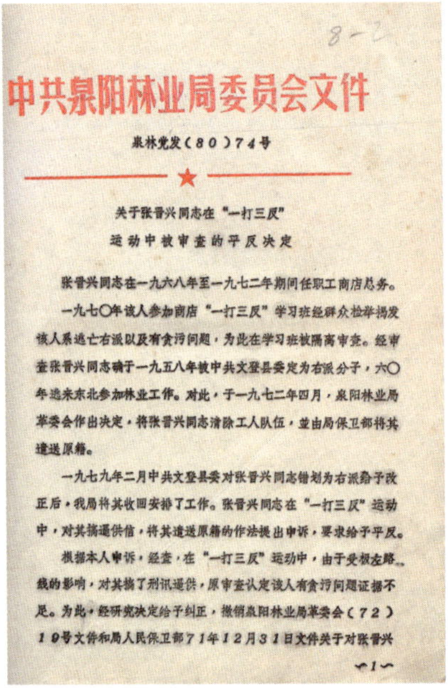

8-2

中共泉阳林业局委员会文件

泉林党发（80）74号

关于张晋兴同志在"一打三反"
运动中被审查的平反决定

张晋兴同志在一九六八年至一九七二年期间任职工商店总务。

一九七〇年该人参加商店"一打三反"学习班经群众检举揭发该人系逃亡右派以及有贪污问题，为此在学习班被隔离审查。经审查张晋兴同志确于一九五八年被中共文登县委定为右派分子，六〇年逃来东北参加林业工作。对此，于一九七二年四月，泉阳林业局革委会作出决定，将张晋兴同志清除工人队伍，並由局保卫部将其遣送原籍。

一九七九年二月中共文登县委对张晋兴同志错划为右派给予改正后，我局将其收回安排了工作。张晋兴同志在"一打三反"运动中，对其搞逼供信，将其遣送原籍的作法提出申诉，要求给予平反。

根据本人申诉，经查，在"一打三反"运动中，由于受极左路线的影响，对其搞了刑讯逼供，原审查认定该人有贪污问题证据不足。为此，经研究决定给予纠正，撤销泉阳林业局革委会（72）19号文件和局人民保卫部71年12月31日文件关于对张晋兴

－1－

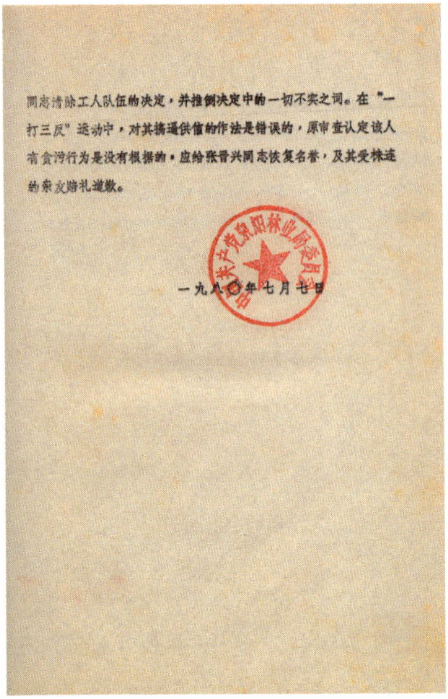

同志清除工人队伍的决定，并推倒决定中的一切不实之词。在"一打三反"运动中，对其搞逼供信的作法是错误的，原审查认定该人有贪污行为是没有根据的，应给张晋兴同志恢复名誉，及其受株连的亲友赔礼道歉。

一九八〇年七月七日

1980年，中共泉阳林业局对我的平反决定。

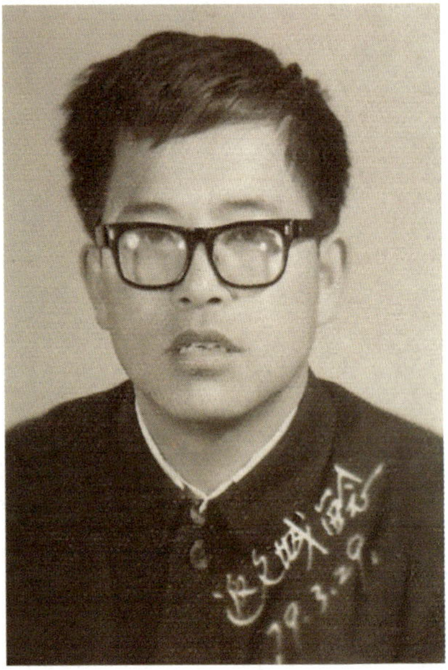

1979年，返文登留念。

临时工，每月收入可达150多元。平反无虞，我倒是不着急了，反倒想多坚持几个月，再多点收入，因为我接受了平反，就意味着我身份的转变，必须离开眼下这个临时工的岗位了。

后来泉阳林业局为尽快落实这一政策，多次派人到远离林业局200多公里的地方找我回去。我也考虑到如果再晚了，可能会影响到恢复名誉和正常的改正工作，所以在1979年3月我即回到抚松县，也就是原单位泉阳林

业局。

后来我得知，我是通化地区改正最晚的“右派”。

林业局负责“右派”改正工作的是宣传部。宣传部办公室很大，有七八个工作人员，接待我的是吴部长。

接待结束时，吴部长说，你原先是工人编制，还是回商店做工人。我据理力争：“吴部长，国家在定‘右派’时的规定是在干部中定，工人只是定反党反社会的坏分子，现在我改正，应该是恢复干部编制，如果是工人编制，那我就不用改正了。”

吴部长说：“你等两天吧，我请示下。”几天后，我以干部身份调到林业局商店工作了。

第二十章　1980年，改革的春天

1979年，山东文登县政府把我的冤案改正了，并在我出生和改造的家乡公开宣布我无罪平反了。

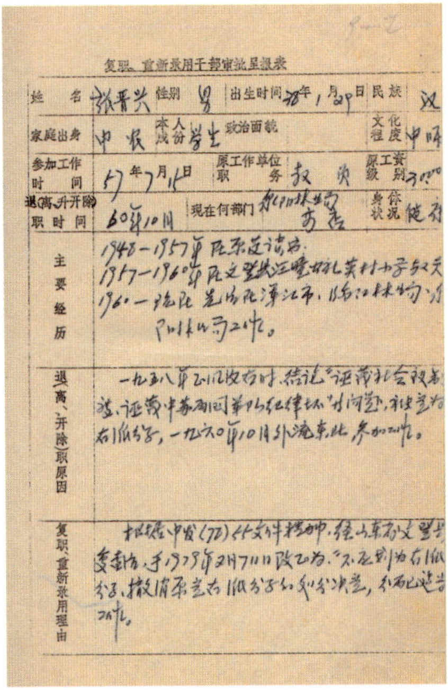

复职、重新录用干部审批呈报表

姓名		性别	男	出生时间	年 月 日	民族	汉
家庭出身	中农	本人成份	学生	政治面貌		文化程度	
参加工作时间	年 月 日	原工作单位职务				原工资级别	
退(离、升开除)职时间		现在何部门				身份状况	
主要经历							
退(离、开除)职原因							
复职、重新录用理由							

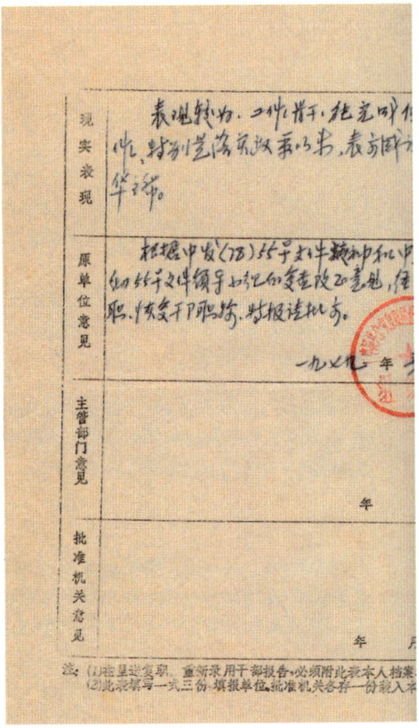

现实表现	
原单位意见	一九七九 年
主管部门意见	年
批准机关意见	年 月

注：(1)在呈送复职、重新录用干部报告，必须附此表本人档案…
(2)此表填写一式三份，填报单位、批准机关各存一份装入本…

1979年，我恢复干部身份的平反文件。

我又回到泉阳林业局，恢复我的国家干部身份，重新回到商店，岗位是我被开除前的总务工作。

1980年，我在泉阳林业局恢复了工作。这一年，林业系统有了涨工资的机会。那个年代，涨工资可以说是天大的事情！我国从1956年工资改革以后，直到“文化大革命”结束，二十年再也没有调整过工资。涨一级工资基本都是增加10%，虽然也就是3至5元，但在那样一个全民低薪、物资匮乏的时代，谁愿意错过这样的机会呢?

1980年底，我在林业局顺利晋级，工资涨了5元多，这个任务完成，终于可以回家与妻儿团圆。当时妻子和三个孩子定居在离泉阳200公里的通化市。为免去彼此那份日夜思念，也为更好地照顾家庭，我决定调动工作。我找到在做临时工时认识的通化石油机械厂的朋友——销售业务科的李洪泉。他是我的邻居，为人忠厚老实，为了我工作的事情，他亲自去通化市政府找到原石油化工厂的周书记。

当时周书记在政府监察局工作。由于我调动工作的理由比较充分，当天周书记就从通化市政府人事局给我开出商调函。那时的人际关系单纯，这个过程中我一分钱礼未送。

1980年底，我顺利地回到通化市，转过一年，1981年1月7日，我正式调入通化市商业局下属的糖酒公司上班。

我是以总务职位调来通化的，商业局领导的意见也是按总务职务接收。当时，总务是个很让人眼红的职位。因为改革开放伊始，各单位竞相发放职工福利，总务科长职位的权力大、实惠多。糖酒公司原来的总务不是正式的人事编制，职工群众还对他的行事作风颇有微词，但由于他和公司领导关系较好，所以我并没有接任总务工作，暂时待在人事科等候分配。因无办公桌，我每天上班只能坐在人事科接待客人的长条椅子上，无所事事。

就这样过了一个多月，有一天，公司领导才安排我负责知青工作和职工培训。所谓知青工作，就是负责下乡知青回城的接待与安置，但我在工作期间一个人也没接待过，更谈不上安排了。显然，这个岗位是糖酒公司应付上级领导而设置的一个虚位。另外，由于“文革”期间学校停课，当时的学生学业基本荒废，初高中毕业证一律作废。职工培训的工作内容就是组织职工轮流学习，考试合格后再发给有效的初中毕业证。这也是党和国家对“文革”十年冲击我国教育事业的反思与纠正。这项工作，基本上是由公司领导指定安排工人分批去学习，我只是负责转达。就是说，1981年我没有什么实际工作，算是整整在机关里待业了一年。

因为没有具体工作，也没有什么责任去负，所以我和各岗位职工就没有冲突，大家和平共处，我跟谁交往都是面带笑容讲几句客气的话。

公司机关办公室走廊是木质地板，三四十米长，每天第一个到公司的都是总务王召乐，其他职工上班时他总在走廊拖地。我到任之后，基本上是第二个到单位的，所以也就随他一起清扫走廊。因此，办公室人员和公司领导天天上班的时候都能看见我——一个戴着眼镜、像是很有文化的新来的职工面带微笑地在弯腰拖地。

1981年底，糖酒公司机关评定先进工作者，我有幸成为唯一一个先进生产工作者。这也是我有生以来第一次当选先进，内心无比喜悦。

1982年2月，某一天，商业局政工科科员刘俊营忽然打电话叫我去科里。在办公室里，他问我：“老张，你来通化市工作想扎住根，那你市里有人吗？”

我说：“谁也不认识。”

他说：“你没有后台，没有根儿，没有门儿，无根儿无门儿无依靠，能行吗？你要团结好一起工作的同志，要与世无争、与人无争，才会进步。”

听到这些，我愣住了，难道是我工作中哪里出了问题吗？

他接着说：“春节前糖酒公司党委决定提拔你到沿江副食品商店（通化市第二大副食商店）当副经理，结果党委成员全员通过。可是会后，一位张副经理到政工科反映，说你还是有些问题，还得考验一些时间，所以这次对你的提拔就暂停了，你要考虑一下，这是为什么？”

我脑中迅速将这一年工作的情景回想一遍。我这一年没有实际工作，与人无争，处处表现得像个老好人，这个副经理是党委委员，我有什么事情引起他不满呢？突然一个念头冒出来，张副经理是糖酒公司业务经理，糖酒公司的经营效益在这一年始终在下滑，他手下主管业务的李科长是一名转业军人，喝起酒来是英雄，但对业务几乎一窍不通。有一次在研究业务工作会议上，我的发言赢得与会者的掌声，但引起他们俩的不满，大概问题就在这里吧。我发言是针对业务效益下滑、扭转不利局面的个人想法，是对工作高度负责的体现，应得到赞扬，为什么适得其反呢？

这就是社会，这就是人性！我懂了。

我说：“谢谢你，俊营，谢谢你的指导和提醒，开启了我的新生路程，我今后一定把工作及人事关系处理好，再不会出现类似的问题了。”

离开局政工科的路上，我想到一个问题，刘俊营小我十多岁，在为人处世上却是我的老师。我与他之间非亲非故，平时也无任何交往，只是初到商业局在办理工作调转时，他接待过我。

当初我调入通化市商业局，对口的接收单位是豆制品厂，职位是总务。当我到商业局政工科（政工科负责人事安排）报到时，就是刘俊营接待的。他告诉我：“现在通化政府机构正在改革，豆制品厂现在归蔬菜公司管理，但蔬菜公司马上要划到农委管理，而豆制品厂却要交由商业局管理。如果蔬菜公司领导要安排你去别处工作，不要去，你只要待在豆制品厂，等机构改革后，我就把你调到糖酒公司。”我当然同意了，谁都知道，糖酒公司是商业局最有名望的公司。

于是，1980年11月中旬我便到了通化蔬菜公司报到，人事科卢科长（据说是地区某专员的妻子）跟我说：“我们看了你的档案，根据我们在商业局政工科与你的谈话，认为你还是有水平的，我们准备安排你到公司业务科或经营指导科，那里可是机关单位。你自己选一下，就不要到底层的豆制品厂了。”

我随即答道：“我对总务工作比较熟练，我希望还是按照原先的安排去豆制品厂吧。”她当时很不满意，也很不理解。她即刻去向蔬菜公司的王书记汇报，说肯定是商业局做了工作，为什么提升张晋兴到机关工作，他都不同意呢？王书记说：“尊重他本人意愿吧！”就这样，我到了豆制品厂，一个多月后，政府体制改革完成，我被刘俊营调到了糖酒公司。

也就是这次的调动，对我以后的职业生涯和人生之路产生了巨大的影响！

刘俊营小同志为什么对我有这么深刻的情感呢？这至今是个未解之谜。现在想来，或许是通化人事局人事科徐科长做的工作。徐科长给我开调入通化市的商调信，只是一面之交。当我调回通化时，给徐科长带来了在通化有钱也买不到的两大件儿——上海凤凰自行车和蝴蝶牌缝纫机。当时这两样东西需要凭票购买，在市面上根本买不到。当然钱是他出的，百分之百他出的，但这是稀缺物资。他的全家都很欢喜，深谢不已。他当时在我面前没有什么承诺，我也没提出什么要求，彼此都是心照不宣。我想可能是他告诉刘俊营照顾我一下。但这件事，我、他以及刘俊营都从来未曾交流过。

1982年，我在糖酒公司从承包到升职，直到1985年离开通化，再也没有看到刘俊营。听人说他后来去念了大学，毕业后在省物价局任职，后来从处长位置退休，现在长春居家养老。

40年后，2020年4月，我再次联系到刘俊营。我们通了电话。他现在70多岁。我们约定一定要见上一面，见面时我一定要解开这个谜。我也想借机感谢他当年对我的那份恩情。

第二十一章　1982年，命运的契机

1982年，举国上下在党的十一届三中全会的精神指导下，发生了翻天覆地的变化。在农村，全面推广并落实家庭联产承包责任制；在城市，各企业开始主抓经济建设。社会主义经济发展走上了快车道。

这一年，我国社会主义市场经济模式崭露头角。个体经济、民营经济开始蓬勃发展，如民营的通化市山城贸易公司和三江贸易公司相继成立并开始经营。

民营经济的崛起和冲击，打破了三十多年来国营经济独霸天下的局面。为了适应新的市场形势，各企业积极响应国家号召参与市场竞争，贯彻与执行以经济建设为中心的党的基本路线。

各企业取消了长期以来以政治考核作为人才选择的唯一标准的做法，在政治考核的同时，更加重视人才的能力。各企业争相选能人、定制度、促发展、立目标。改革工资体系，改固定工资为效益工资，设立各类奖金，一切有利于发展经济的手段都可放开使用。各行业都呈现一片欣欣向荣的景象，新鲜事物层出不穷。

6月，糖酒公司在经济一片大好的形势下竟然首次出现亏损。

这是在商业局系统里很少见的，商业局下属的八大公司，糖酒公司长期以来始终位列第一，其经理在商业局系统里的能力和威信都列在首位。相关单位不少领导的子女和商业局领导的子女也都安排在糖酒公司各个岗位上。突然出现的亏损局面，震惊了市里和局里的领导，马上派出工作组进入公司了解情况，最终的结论是要全面改革，当务之急是要搞承包经营。

承包经营似乎几乎就是当年经济改革的灵丹妙药。

糖酒公司随即成立改革办公室，领导安排由我负责，并负责撰写承包经营方案。公司为我配置一位文职工作人员辅助我整理资料。我到公司一年多以来，给领导留下良好的印象，于是接下了这个重担。我很兴奋，感觉自己终于有了用武之地。

我的商业经历大概可以追溯到1965年，那时我在林业局做采购员，虽然当时只是按政府指令完成计划采购，以计划经济模式分配接收的货源，但毕竟对商品的进、销、存有了一些了解。后来也当过总务，管过业务和商品供应分配。

现在的糖酒公司是二级批发企业，对我来说算是陌生的。虽然这一年来没做具体的工作，但我知道，要想长期扎根，必须深入学习公司的相关业务，所以我经常与财务、经营、储运等部门接触，询问一些业务问题。由于这一年多的直接与间接的接触，我对公司的经营理念、购销流程、财务及商业管理，还是有一定的认识的，也有了一些自己的想法。

任职于改革办公室，经过一个月的调查研究和对各部门人员的了解，通过深入批发企业调研业务流程和经营状况，我完成了一篇改革方案——“以毛利额提成的承包方案”。方案提交上去后，糖酒公司领导班子非常重视，经研究后认为可行，随即召集商业局业务局长、业务科长及糖酒公司领导、各业务部门负责人开讨论会。

讨论会严肃而隆重，与会者除了各级领导就是行家里手，所以整个会议气氛始终比较严肃，毕竟对于改制这一新鲜的事物，大家都很谨慎。

会议开始，由糖酒公司王书记宣布会议的议题与任务。因为方案是我起草的，所以主讲是我。我有过多年的教师工作经历，加上在企业磨炼多年，所以发言对我来说，就是信手拈来，再说即兴演讲也是我的特长。于是，我结合改革承包方案，详细解释了每一承包条款的实施方法和可操作性。方案主要把糖酒公司的现有经营任务分两条线：烟酒业务一条线，糖、茶、食品、罐头、饮料再一条线。购、销、存都各自核算，以经营效益评定奖金和收入。有了这两条线，以此制定岗位责任制及完成任务量的奖惩措施，方案对核发工资和奖金办法的财务核算也详细列出。整个方案，围绕效益来考核全体参与经营的职工，奖罚分明。

会议期间，部分与会者对方案提出了一些问题，我都做出认真解释与回答，大家较为满意。

讨论会即将结束，我以为自己的方案大功告成了。这时候，糖酒公司会计科长——一位58岁的德高望重的老会计师，对方案提出质疑。质疑的主要方面，就是我方案里的财务核算。他认为，我的财务核算方法是错误的。

他资历老，又是财务专家，平日里公司领导对他礼让三分。他提出否定意见，分量还是很重的。但是他的疑问，我在制订方案时早已考虑，所以我当然胸有成竹。我从财务专业的角度反驳了他的观点，但是多年的惯性思维，使他很难接受我的解释，与会人员真正懂得财务知识的人几乎没有，我俩发生了争执，局面一度僵持不下。

这时公司副经理张玉林说，在座各位财务专业知识懂得不多，你能否通俗浅显地给大家解释一下？

会议室有黑板，也有粉笔，我马上进入当年教师的工作状态，在黑板上列出公式、讲核算、讲分配，也讲了一些财务术语，尤其对经营成果的毛利核算，讲解得比较充分。其间，我充分发挥了二十多年前给学生讲课的本领，结合苏联教育学的阅读法讲法，由浅入深，逻辑清晰，讲得与会者频频点头，老科长也不由得频频点头。

于是，糖酒公司二级批发业务以“毛利额核算”的承包方案顺利通过！这或许也是全国同行业第一个改革方案。我完成了这一重任，也完成了一次价值体现。我在商业局、糖酒公司领导面前，充分展现了个人能力，也为我今后职场乃至人生的发展进步奠定了基础。

那一刻，我很爽，很轻松，甚至有点沾沾自喜。我完成了从外行到内行的转变，展现能力并超越了自己！此刻，我已经做好准备，迎接人生新的更大的挑战！

糖酒公司承包方案通过了，但两个多月过去了，也没找到承包人选。是啊，我绘就了一幅美好的蓝图，如果没有人实现，这不就是纸上谈兵与海市蜃楼吗？

商业局业务科蒋勉科长（蒋科长后来是通化石油公司经理）找我谈话。他说：“你写的承包方案，大伙都觉得不错，可是，找了几个人谈话，没有人承包，我看你能写也能干，既然能写出来就能干，如果没有人干的话，方案就流产了，多可惜啊！”

他的意思我明白。但是，我当时还不敢贸然接受。

后来，蒋科长又多次找我，并且商业局领导及糖酒公司党委也找过我谈话，希望我能试一下，并保证能全力支持我。

盛情之下，我也在问自己：方案是你制订的，你不想勇敢一次，释放一下自己的能量吗？

第二十二章　1982年，人生的春潮

糖酒公司不是一般的商业公司，它是商业局管辖的最有实力、最具亮点的八大公司之一。烟酒是人们生活中必需品，更是人们日常交际的利器。升学、升职、婚丧嫁娶、欢庆节日、庆功庆寿，哪一样离得开烟酒呢？所以民间有着“烟酒打天下”俗语。

糖酒公司历来聚集了商业系统的不少精英，不少人都是多年懂经营、懂管理的行家里手，其中又有各相关单位领导的家属、子女充斥在各部门的工作岗位上。我所面临的真实情况是，行业重要但是人员复杂，商品紧俏却效益亏损，显然这是一个烂摊子。

面对挑战，我没有时间，也来不及去思考、研究对策，只有大胆无私地去面对工作，本着“心底无私天地宽”的心态，以“胜似闲庭信步”的心情去迎接即将到来的挑战。

商业的核算最小周期是一个月。从月初第一天开始，糖酒采购站的购、销、存、算、管，全部按承包协议运作，整个过程和经营活动由我个人负责。糖酒公司从新中国成立那天起，就是国营企业，各个时代，烟与酒都是国家专卖品。1982年，改革开放初期，这种专卖的控制不但没有放开，而且仍在加强，直到现在国家烟草还是延续更严格的专卖。

承包伊始，我就知道责任重大，我不但要对采购站120多名职工负责，更要对通化市50多万人口及国家的专卖事业负责。我必须把全部精力、全部身心百分之二百地投入进去。要打赢这场必胜的战斗，必须发挥我全部的知识与才能，这时的我，只有决心，没有幻想，抛弃一切私心杂念，为我的承诺、为企业、为国家做出贡献。

俗话说：新官上任三把火。可我要准备十把、二十把甚至三十把的火。一个亏损企业，一个新中国成立以来三十多年的老牌企业，欠账太多了。新中国成立三十多年来，很长一段时间只抓阶级斗争，片面强调政治思想工作的决定性作用，轻视甚至忽视了经济建设工作。现在，改革开放了，政府和上级领导给予我充分的管理权力，我一定要管理好这个体量虽小但责任重大的单位。

我上任后，首先开全体职工大会，公示我的决心与措施，我严控职工的劳动纪律；严控财产与商品管理；严控财务核算与职工奖金的分配；严控全员职工对客户的服务态度；严控专卖商品和群众生活必需品不断档，保证正常供应；严格制定各部门的工作责任与考核办法；等等。这一切规定，都是公而无私的军令状，严肃认真，绝无戏言。

认清形势，知己知彼，唯有干出成绩再论英雄。也不论有多少人在默默祝你成功，或冷嘲热讽看热闹，对于我来讲，只有干才是硬道理。

首先我把商品货源备足，尤其是畅销的大众产品和现在库存的主导产品，列出品类、品种，主抓销售重点，接下来，就是开展优质服务。为此，我采取了两项基本措施：

1. 所有销售门点，配备精通业务的人员，对上门的客户提供优质服务，认真接待每一位前来进货的客户。

2. 更换仓库主任，对进出货物也做到快捷的优质服务。

这两项措施都属于正常举措，也是老生常谈。但是，要落实，却需要许多的扎扎实实的行动。

首先是送货上门。送货上门，简单的四个字，却是我开展创造性优质服务的最有力的销售措施。

1982年，整个社会经济生活还是比较贫穷的，道路不通达、不畅通，运输车辆在经济流通领域里的使用量也低，不少地方的市长、县长连辆吉普车也没有。很多偏远地区的商户——当然是国营商店或国营集体供销社，一方面他们的商品严重短缺，尤其是名特优产品常年短缺；另一方面，即使可以满足供应的商品，也因为运输的不足，供应上也常年处于断档状态。糖酒公司当时只有两辆运货车，一台解放车，一台轻卡。我利用现有的两辆运货车，马上开展送货上门的优质服务。此举一改国营商业坐等客户的“老爷”习惯。送货服务使我们获得了最多的好评与收效，同时获得了客户缺货品类等各种商业信息，又利于指导我们下一步的业务工作。我们的送货服务，首先保证了周边的农村商店、供销社的商品需求，同时兼顾了跨省的辽宁新宾和桓仁的农村需求，所到之处都形成了长期的商品供应链，达成了初步的合作。送货的同时，我们当然不忘计算运输成本，这也提高了工作考核目标的毛利，以后为了降低成本，需要供货的商家就以电话方式来订货了。

为了形成更紧密的供需关系，在商业淡季的11月，我组织了一次订货会。以前的订货会都是销售旺季进行的，我这次打破常规，在淡季开。订货会组织得简单，租下宾馆一间客房，摆上样品，也有少量优惠或者减价品，早、晚各打了两天的广播广告——当年还没有电视广告呢，在宾馆再挂个条幅，就算筹备好了。

两天的订货会，也取得了好成绩。

我承包后的11月份是淡季，因为主抓了优质服务、下乡送货和订货会，所以立竿见影地取得了107万元的销售额，比上个月的旺季销售还超出了39万元。

当年，这几乎是个天文数字了。

按商业惯例，每年9月和10月有中秋节和国庆节两个商业旺季。当年10月，糖酒公司销售额是69万元，11月是淡季，销售应该维持在四五十万元，比10月下滑是正常的，但11月我们销售额却突破了100万元!

增加的幅度惊动了整个商业系统，也惊动了市委、市政府领导。

亮眼的业绩，使得市委、市政府及商委财贸办和商业局对糖酒公司的业务发展和成就大加赞赏。这正是改革的成果，本地媒体利用各种手段对我们进行宣传，报纸和电台都进行了报道，相关会议也对我们的经验予以推广，肯定糖酒公司的成功改革。

与此同时，上级决定在烟酒采购供应站选举副经理。这个决定带有一定的奖励性质，因为目标人就是我。

选举的步骤是每个自然班组提一名候选人，如财务组、业务组、运输组、营业组、仓储组等七个组，每组提一个人。这个步骤里，共有六个组的提名是我，只有仓储组提的是财务组长程福珍。选举结果，职工110多人参加，除了五个人投票给了程福珍，我几乎获得了全票。于是，由政府财贸办公室下达任命，我成了正式的糖酒公司采购供应站副经理。

这可能是在政府体系里任命的最小的官职，连通常的股级可能也达不到。但我却异常高兴，43岁的我，首次进入领导的行列，我即通知我的朋友与亲人，与他们分享我的喜悦。

当时任命我为副经理，但采购供应站没有正经理，所以采购供应站所有经营管理权都是由我全面负责。对于被压制、被管制了二十多年的我来说，我非常珍惜这个工作，从内心想把这份工作干好。

1983年是我主管经营最完整的一年，从1月就开始为即将到来的春节做准备。备好货源是经营管理第一个重要环节，找货源，谈价格，做合同，我亲力亲为，日夜忙碌不停。几百个品项的繁多商品类别，备得越多越好，而且必须是畅销货。如果购入呆滞货会引起日后的库存商品积压，影响企业资金周转，甚至直接造成企业亏损，进而失去已取得的大好经营局面。因此对不同商品销售情况预测要非常谨慎，要达到百分之百的准确。

春节备货，我主抓的是香烟。当时带过滤嘴的香烟刚刚兴起，香烟只要加上一个过滤嘴就身价倍增。1981年春节要买一盒2角7分的带嘴烟，还要找领导批条，直到两年后的1983年，带嘴的香烟市场供应还是不充足。我预测香烟市场肯定要火爆，于是我从广西、湖南、青岛、长春等全国知名烟厂采购进了大量香烟，备货数量超过以往的三倍。糖酒公司仓库内放不下了，就放到仓库院里。因为进货太多，糖酒公司的几个老业务员颇为担忧，认为肯定卖不出去，要造成商品积压了。他们的担忧也不是一点道埋没有，因为烟也有保质期，滞销香烟不好保管，加之吉林的夏天是潮湿的，香烟会因潮气变质，那样就可能造成重大损失了。他们便将情况反映到商业局领导那里，局里和公司的领导都找我谈话，也算提出警告吧，但这一切并没有动摇我的信心，我对春节期间香烟销售情况有自己的市场判断。

1983年的春节如期而至，实际的销售情况是香烟销售火爆，周围县市都因春节香烟备货不足而向我请求支援。远在白城地区、四平地区的县市糖酒公司都求我供货。我公司的生意异常火爆。仓库院内堆得小山一样的香烟被一抢而空，加之我准备的其他货源也充足，春节前在市电视台做了广告宣传，又举办了订货会，所以这一年春节期间总的销售额猛增了三倍以上，香烟的销售达到之前的四倍之多。旗开得胜，我赢得了一个开门红！公司全体员工都喜庆万分，我因此声名大振，职工也因此获得了更多的福利。

但是分配奖金的过程发生一个小插曲。我预测当月人均可分配奖金90元，于是和公司财务经理进行了沟通。但是3月初，我正在糖酒公司东岭库指挥清理卫生，财务经理打来电话，说核算结果出来了，这个月还是30多元奖金。我即刻回应："你们肯定把成本转错了，现在马上查一下迎春烟、大生产烟、人参烟这三种烟的成本。"半小时以后，财务电话答复我说："这三个香烟品种，的确有两个成本核算错了，重新核算结果，这月奖金90元以上。"

90元奖金，在当时可以说是一笔巨款！自从我承包以来，全体员工每月可得奖金都在30～40元之间。当时的员工基本工资也是这个水平，增加了一倍工资收入，哪个人不高兴呢？而这个月要增加90元收入，虽然这是按照承包核算条例规定计算出的数字，是千真万确的数字，但是，如此多的奖金，真的能拿到自己手里吗？要知道，糖酒公司党委副书记杨德林每月工资才42元，而且从来没有奖金之说，这在当时，也是全国普遍现象。一个普通单位的全员职工要获得比领导工资高出两到三倍的奖金，这可是天大的事，我也有些犯难了。

我以前从未当过领导，也许组织原则不够强吧。承包之后，凡事都是我一个人说了算，也不存在开班子会研究的情况，所以我也没请示谁，决定按照承包方案，发放奖金。因为承包方案上有明文规定：奖金上不封顶，下不保底。有这项规定，我觉得应该不会出现大的问题。其实，我的内心，主要是怕不兑现会打击职工的积极性。

于是现金备好，财务如期发放，发放不到十人的时候，财务经理告诉我公司财务科来电话，让停止发放，后来又有商业局党委、糖酒公司党委分别来电要求停止发放。我看着满屋子喜笑颜开的职工，咬了咬牙，说了两个字：发吧。

紧接着各级领导来电威胁财务经理，说如果继续发放奖金，就要处分她。财务经理答复："是我们经理叫发，我不敢停。"我很感谢财务经理能顶住压力，坚决执行了我的指令。但是出现这种情况也是我始料未及的，当时我深吸了一口气，示意财务人员继续发放。我心想，承包分配方案是我提出的，经过局里会议通过，我有理由坚决执行下去。即使撤职我也要发下去，我要对得起广大职工的信任，要对得起他们付出的劳动。现在是改革开放的大好时期，有党的政策支持，想他们也不敢给我再戴上反革命帽子了！

我当即告诉营业部停止营业，关上大门，任何人不准进。如果有来人，就说我们领导正在开会，暂不接待。于是我马上假装开会，在前面讲话，职工一个一个排队继续领奖金。奖金顺利发放完毕。当我敞开大门的时候，等候在外面的正是人事科魏绯，他说在门口等了半天，是来通知我停止发放奖金的，并且是代表公司党委传达商业局党委的意见。我告诉他已经发完了，接着，我与他一起，回到200米外的糖酒公司党委办公室。

王、杨两位正副书记跟我说："我们讲话你不听，商业局党委吕书记下达通知，给你三条处理意见：一、认真写出检查，认识自己的错误。二、把奖金全部收回。三、写保证书，日后不再犯这样错误，服从公司领导。"两位书记讲完后，我说："我知道了，我能处理好。"其实，两位领导传达吕书记意见的时候，表现得很无奈，也暗示我这是我不听局领导意见的结果。

第二天是星期日，我同副经理王延昌去拜访吕书记，说是拜访，其实就是申辩。延昌是商业系统的能人，高中毕业又读了两年高级财务中专。延昌有水平，也有点恃才傲物，按他自己的话说，系统内一般业务干部很难入他法眼。就是这样一个能人，单位有的人始终认为他两面派，处事奸猾，不好驾驭，但是延昌跟我一起工作，他对我既尊重又服从，我们配合得却非常好，他办事既有能力又有心机，是我的得力助手。后来当我离开糖酒公司时，他还写了情真意切的书信向我表达对我的认可和尊重，并表示以后有机会，还希望能和我一起工作。此书信近四十年了，我还保存着。

我和王延昌好不容易找到吕书记家，见到吕书记，我开门见山就讲：“我们有上级领导批准的承包方案，奖金发放是方案里规定的正当权利，为什么要打击新鲜事物？如果这样，等企业亏损了，你们怎么办？原先公司亏损，你们处分谁啦？我们搞出成绩，竟然可能招致处分，是不是你们犯错误啦？如果财务核算说我这里有错误，或者账算错了，我可以如数收回奖金，甚至愿意接受处分……”我摆事实讲道理，据理力争。吕书记无力反驳，也只好接受了事实。

但这件事，也从此在局领导心里留下了阴影，给领导造成的一个印象就是我这个平反的小“右派”，谁的话也不听。此件事情过后，各级领导会放过和原谅我吗？走出吕书记家，回头看着那紧闭的大门，我不禁内心有些怅然。

第二十三章　1983年，扬眉吐气

奖金风波渐渐平息，大家也逐渐淡忘了此事，而我的承包工作也渐入佳境，从上任一个月被选为副经理，到履职三个月成绩斐然，职工奖金月月攀高，大家满意之情溢于言表，工作中也干劲倍增。

这个时期，社会各行业改革的气氛也是一浪高过一浪。有诗人形容说，那个时期的空气都是甜的。虽然人们的物质生活依然比较窘迫，但是每个人都觉得日子有盼头，生活有希望。

顺应时代的改革大潮，市财贸系统决定拿糖酒公司采购站作为改革试点单位，以上级设立标书的形式，向社会招贤纳士，以承包经营的方式管理企业，最终由中标者出任糖酒采购站经理。中标者将负责选聘业务、财务、储运、劳资四位副经理。这种组建班子的办法是从来没有过的，打破了以往由上级组织考核任命干部的惯例，这既是企业改制的一大创举，也是一部华彩的改革大戏。各级领导是这部戏的幕后导演，而主角就是我。既然舞台已经搭起来，作为主演的我，当然会竭尽全力。

1983年3月16日下午，在通化市百货公司会议室，隆重召开了糖酒公司全体职工大会。市委书记亲临现场，财贸办、商业局领导，商业系统各公司负责人以及糖酒公司职工全部到场。一个小小的采购站经理的招聘活动，竟然惊动得通化市委书记出席，可见当年人们对改革的热望与期许！

会议主题就是招聘糖酒公司采购供应站经理。会议首先由公司副经理张玉林宣读招聘书。应聘揭榜的是我，随后我便上台发言。虽然这一切都是提前安排好的，发言稿也由领导审阅批准了，但讲完话，坐下后，我的心脏还是禁不住怦怦直跳，像是完成了一个巨大而又艰苦的工程。

此刻，我是众人瞩目的焦点，但是我却不禁回想起十年前泉阳林业局的那场职工大会。那次会议的主题，就是批斗我这个逃亡的“右派分子”。那次会议上，我在近千人的注目下被开除出职工队伍，继而由军事管制委员会押送回山东老家改造……而今，同样是盛大的会场，我面对的却是台下那一双双热切又满含敬慕的目光，此刻的我终于有了一种扬眉吐气的豪情！那种胜利的喜悦萦绕心间，让我久久不能平静。我的发言赢得由书记带头的多次热烈掌声，当中引经据典的词句，至今也被与会者长久流传。我发言后，是由我建议聘任的副经理以及职工代表讲话。特别是职工代表、党员孙宝然的讲话，多次被台下的掌声打断，会场气氛既慷慨激昂又欢快热烈。

会议接近尾声，市委书记高兴地说道：“本来这次会议，我不想讲话，但大家气氛这么热烈，我也讲两句吧。这个会议开得好，给商业企业开了个好头，应在全市推广，把经济搞上去，希望糖酒公司采购站把经营效益搞好，做好我们通化改革开放的领头羊、排头兵！”

1983年3月17日，中共通化市委财贸工作部、通化市人民政府财贸办公室第26期通讯发表了《认真贯彻落实财贸工作会议精神 加快流通领域改革 普遍推行经营承包制》的通报，糖业烟酒公司本着大胆改革、勇于创新的精神，立标招聘糖酒采购供应经理。

招聘条件有任务、权利、奖罚三大条、十二款，涵盖整个业务行为。通报最后结论阐明："张晋兴同志是一名非党群众，今年44岁，中等专业学校毕业，长期从事烟酒购销业务工作，有一定的工作经验。经群众选举，为糖酒批发商店付经理，他对烟酒工作中的弊端看的比较准，改革措施比较具体，这次投标胸有成竹，坚决完成各项经济指标。市委财贸部批准他为供应站经理，并允许他自己组阁。"

会后，我马上带领班子成员研究分工，落实会议承诺。紧张的工作，欢乐的节奏，一切都在有条不紊地进行着。

对于商业批发工作我终究是外行。过去，我在林业局供应商店工作六年多，其间当过两年采购员、三年总务和一年的供应，在营业部替班当营业员两次共三个月，但那都是在专业的零售基层商店工作。而糖酒公司属于以批发业务为主的二级专业中型企业，仓库规模较大，分烟、酒、糖茶、食品罐头四个仓库，占地上万平方米，库容量4000至5000平方米，在通化商业系统也算是数一数二的企业，货物多的时候也在江南江北租过库。由于多年管理松散，领导和职工更换调动频繁，人员素质较差，经营宗旨以往都是按照计划供应服务模式设定的，计划经济嘛，很少讲经营管理效益。改革开放以来，这种经营模式面临巨大的挑战，由计划经济逐步走向市场经济，由单纯的服务向追求效益的经营转化，各企业都要讲经济效益，用盈亏数额来考核企业的经营，国家不再保证企业生存，将企业推向市场。

经过三个月的承包经营，我取得了一定的成绩，也按承包合同得到了不菲的奖金。财务的核算方式也是按照以往多年的规则来执行的，计算没有一分钱误差，奖金核算也是准确的。但是我偶然发现了一个大问题，就是商品库存的账货严重不符，差额惊人。

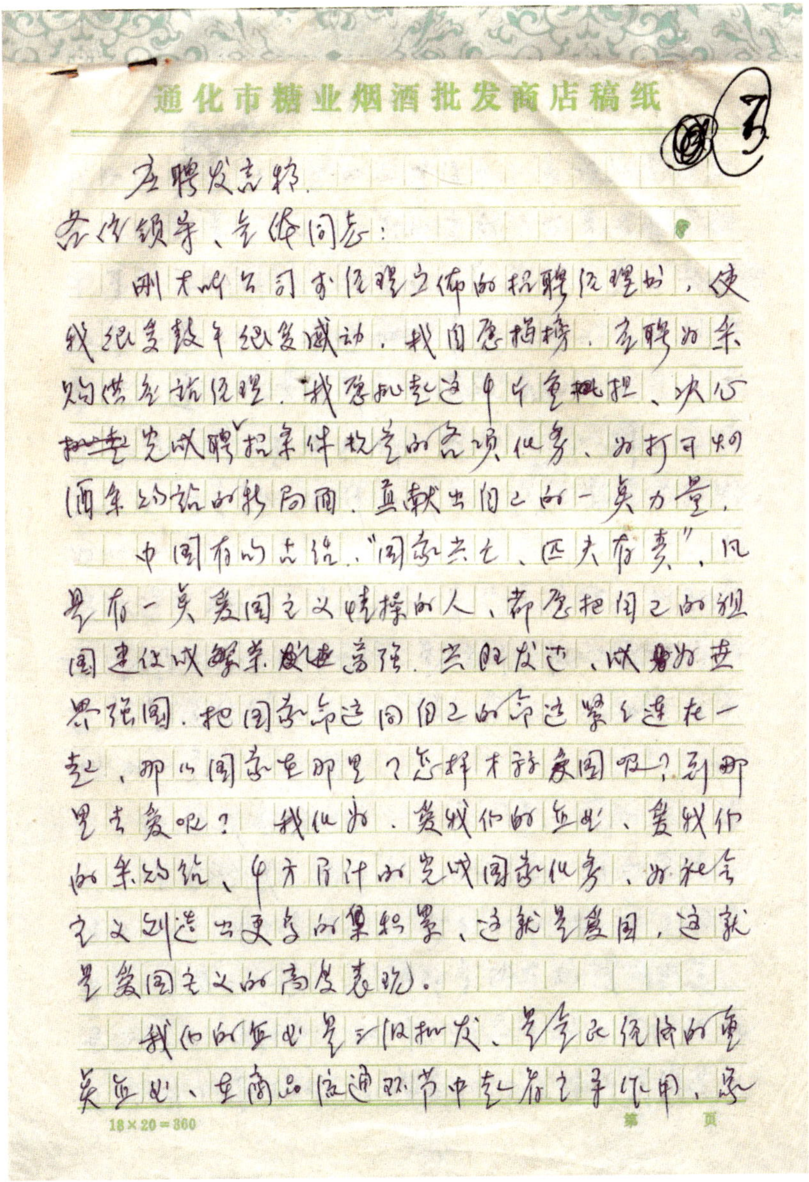
通化市糖业烟酒批发商店稿纸

应聘发言稿

各位领导、全体同志：

刚才听公司书记经理宣布的招聘经理办法，使我很受鼓舞很受感动，我自愿揭榜，应聘为采购供应站经理。我要挑起这个重担，决心完成聘招条件规定的各项任务，为打开烟酒采购站的新局面，贡献出自己的一点力量。

中国有句古话："国家兴亡，匹夫有责"，凡是有一点爱国主义情操的人，都想把自己的祖国建设成繁荣富强、兴旺发达、成为世界强国。把国家命运同自己的命运紧紧连在一起，那么国家在那里？怎样才能爱国呢？到那里去爱呢？我认为，爱我们的企业、爱我们的采购站，千方百计的完成国家任务，为社会主义创造出更多的积累，这就是爱国，这就是爱国主义的高度表现。

我们的企业是二级批发，是全民所有的重点企业，在商品流通环节中起着主导作用，家

18×20=360　第　页

1983年，我应聘糖酒采购站经理的发言稿。（131—135页）

通化市糖业烟酒批发商店稿纸

我们这类企业，在四化建设中，应该创造出一定的积累，做出应有的贡献。可是去年，由于某些原因所致，加之经营管理不善，经济效益急剧下降，最近市委领导对去年我们某些人违背经营原则，把巨额商品赊欠给小集体单位，提出严厉批评。我和大家一样，心情久久不能平静。为什么我们不能把经营管理搞好，为四化多做贡献。一个应该要大利的企业，而变成这个样子，这是我们全体职工的耻辱，这是难以忍受的压力，是时刻不能心安理得的。这就是促使我下决心，鼓起勇气，来挑这付重担的一条重要原因。

促使我应聘的另一个原因是，党的十一届三中全会给我，给予新生，恢复了我的青春。在五八年我中专毕业后参加工作刚刚四个月，年龄不满十八岁，就被那些极左路线所迫害，在政治上被判处了死刑，剥夺了我为党为人民的服务工作的权力，痛苦和泪水伴随我度过了

18×20=360　　第　页

漫长的廿多年。是党的十一届三中全会的路线，把禁锢在我身上的精神枷锁彻底打碎了，使我重获了二十多年的青春复活了。给予我自由、给予我工作的权力。也给我家庭带来了欢乐。我的孩子以优异成绩考进了国家重点院校。一种知恩图报、对党对国家做贡献的情感，促使挺身而出，为国担忧，为企业担忧。用党和国家培养我的一点知识和才能，来挑起这个重担。

我深深地懂得，仅仅依靠我一个人的力量是难以扭转本站经营的不利局势。必须组织起一个强有力的经营领导班子，带领和发挥全体职工的积极性创造性，才能取得胜利。因此我提出聘请鲍学功、王延昌、迟中岐三位同志为副经理，得到公司党委批准，我们共同组织新的经营领导班子，在上级的领导支持和上级党委的领导下，利用公司给予我们的权力，和全体职工团结一致，振奋精神，千方百计努力完成各项任务。从八月到烟酒供应站的新局面，

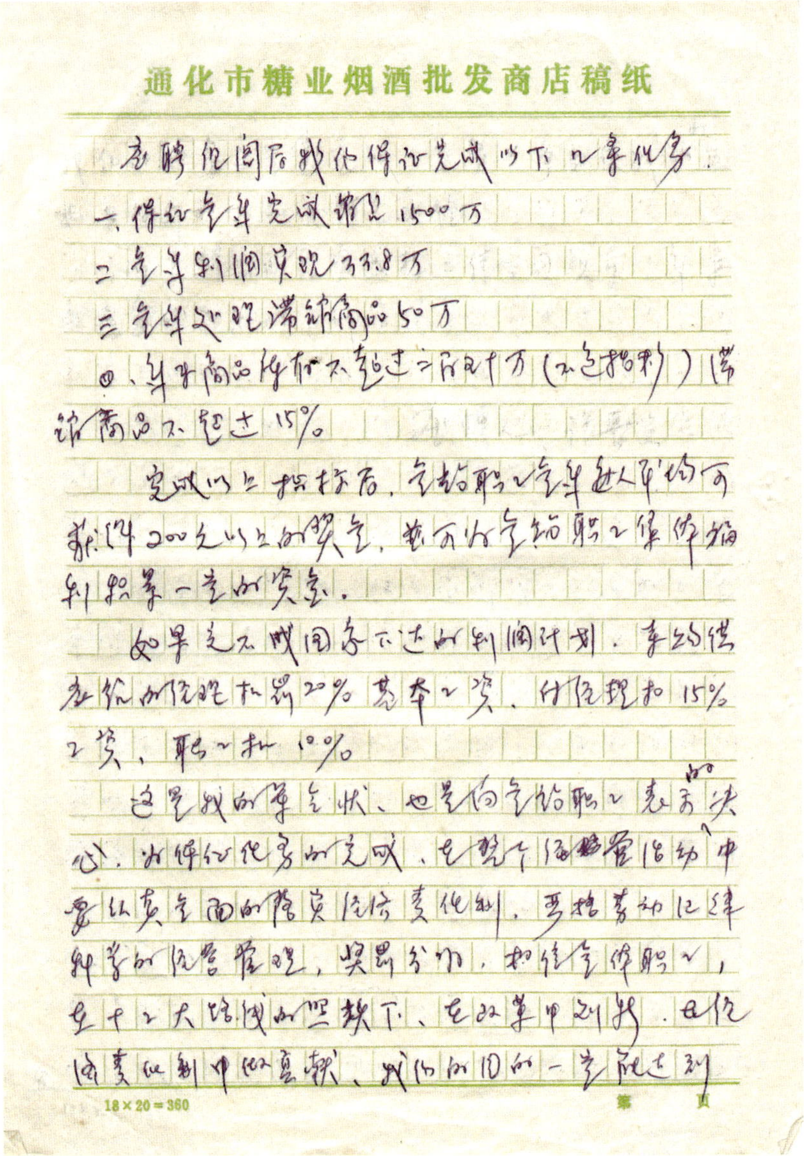

本聘任商店我作保证完成以下几项任务：

一、保证全年完成销售1500万

二、全年利润实现33.8万

三、全年处理滞销商品50万

四、年末商品库存不超过二百八十万（不包括外加）滞销商品不超过15%

完成以上指标后，全体职工全年每人平均可获得200元以上的奖金，并可以给全体职工集体福利积累一定的资金。

如果完不成国家下达的利润计划，本人作经理扣罚20%基本工资，付经理扣15%工资，职工扣10%

这是我的军令状，也是向全体职工表示的决心。为保证任务的完成，在整个经营活动中要认真全面的落实经济责任制，要抓劳动纪律和科学的经营管理，奖罚分明，相信全体职工，在十二大路线的照耀下，在改革中创新，在经济改革中做贡献，我们的目的一定能达到

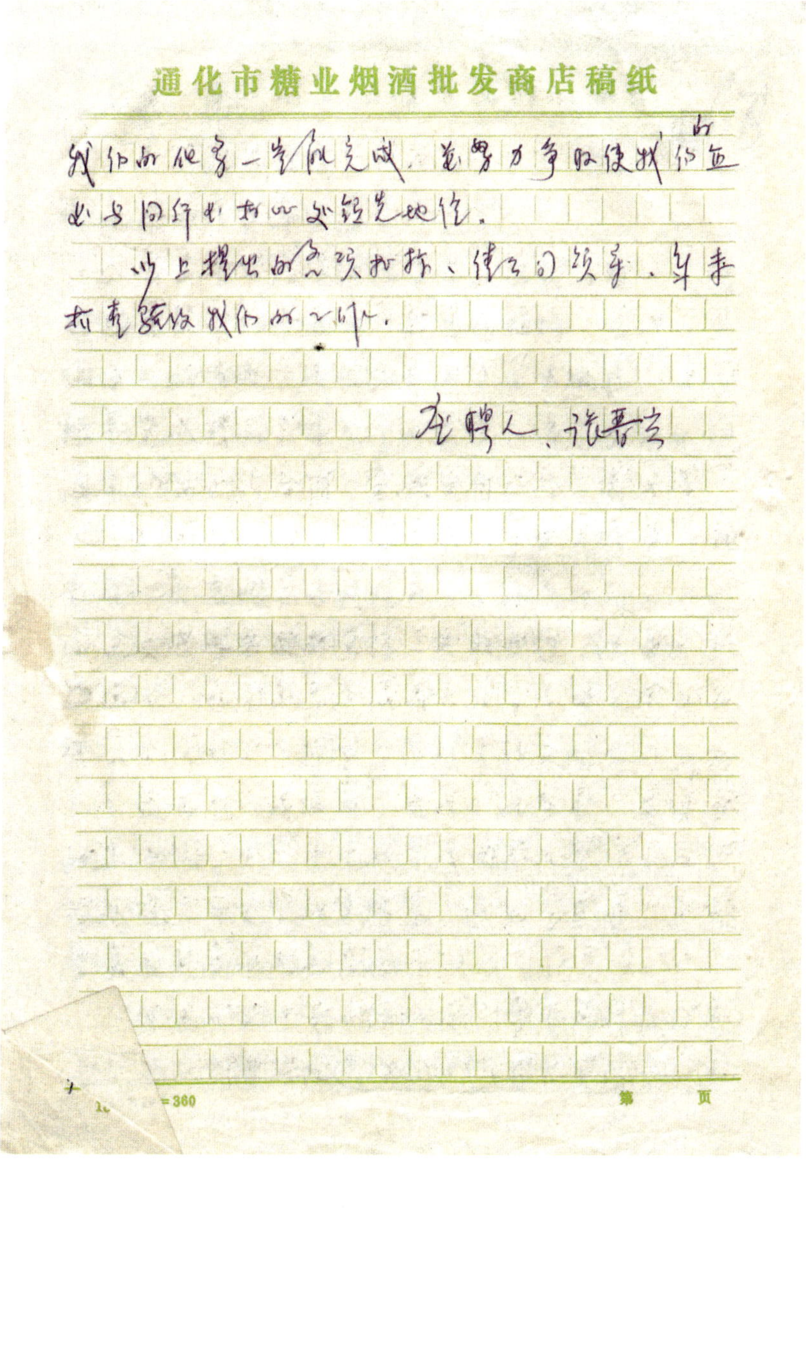
通化市糖业烟酒批发商店稿纸

我们的任务一定能完成，并努力争取使我们的企业与同行业中处于领先地位。

以上提出的各项打算，请上级领导，多来检查指导我们的工作。

应聘人：张春之

1… =360　　第　页

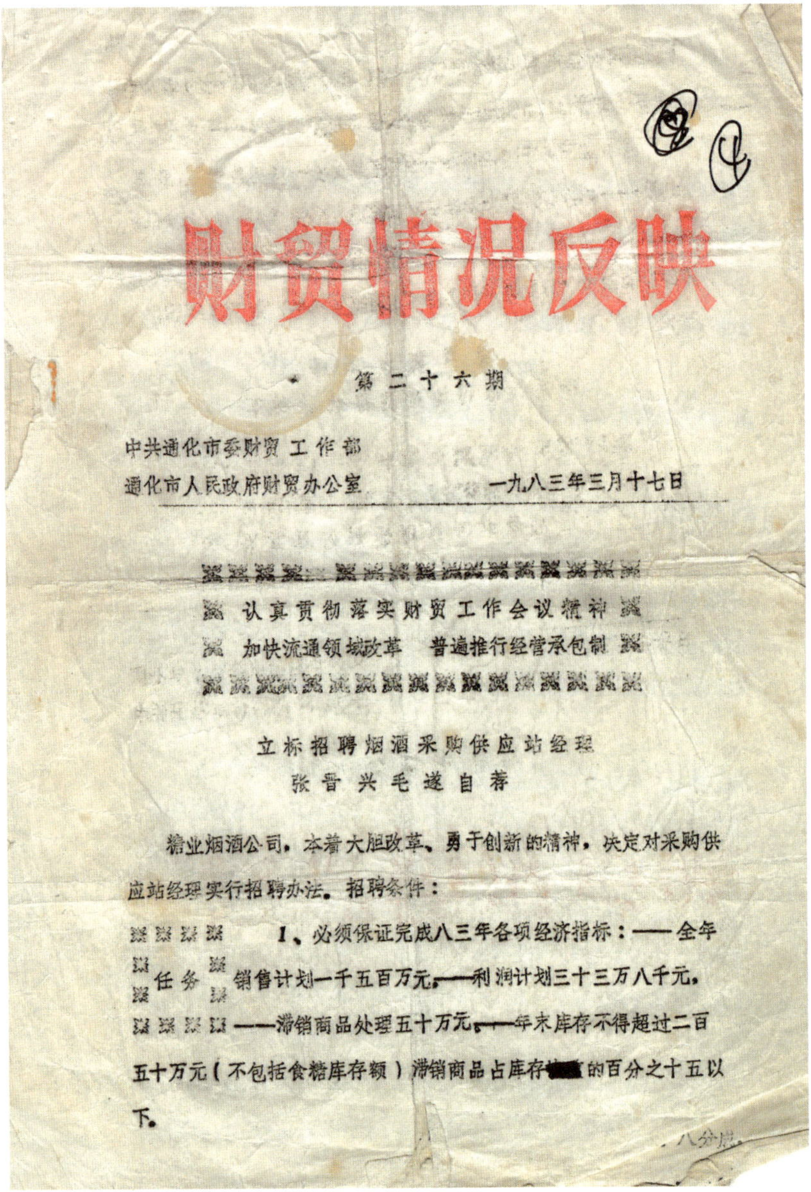

财贸情况反映

第二十六期

中共通化市委财贸工作部
通化市人民政府财贸办公室　　一九八三年三月十七日

认真贯彻落实财贸工作会议精神
加快流通领域改革　普遍推行经营承包制

立标招聘烟酒采购供应站经理
张晋兴毛遂自荐

糖业烟酒公司，本着大胆改革、勇于创新的精神，决定对采购供应站经理实行招聘办法。招聘条件：

任务　1、必须保证完成八三年各项经济指标：——全年销售计划一千五百万元，——利润计划三十三万八千元，——滞销商品处理五十万元，——年末库存不得超过二百五十万元（不包括食糖库存额）滞销商品占库存[redacted]的百分之十五以下。

八分底

1983年，中共通化市委财贸工作部、通化市人民政府财贸办公室第二十六期通讯。（136—138页）

2、必须认真贯彻执行党的方针政策，坚持经营方向，切实搞好糖业烟酒商品的各项业务活动，做到货源充足，适销对路，保证供应，优质服务，方便基层。

3、各项规章制度健全，责任分明，秩序正常，财产真实，资金运用合理，库存结构得当，帐帐、帐货相符。

4、保证安全，无事故（包括无火灾，无被盗，无责任差错，无交通事故等）。

权利

1、有组建采购供应站行政领导班子，指挥一切行政工作的权利。

2、有对职工进行调配使用，组织管理教育的权利，对职工实行奖励、处罚即：给违纪职工警告、严重警告、记过、记大过、留用察看等处分的权利，有权建议辞退不称职和严重违纪职工的权利。

3、需要增加临时贷款时，有权直接与银行联系办理；凡是采购供应站留成的四项基金（发展、福利、奖励、后备基金）有权自行支配使用，有权确定分配职工奖金的原则办法。

4、根据需要建立健全企业内部的各项合理的规章制度。

奖罚

1、年末完成公司下达的立标利润计划三十三万八千元，除正常享受超利分成外，并发给站领导正职每人每月职务津贴十五元，付职十二元。

2、完成确保利润计划十三万三千元，超额部分百分之二十以内一律三、七分成，（商店留三，上缴七）。二十以上部分二、八分成。

（商店留二。上缴八）。商店留成部分做为一册，其中：分配给职工奖金百分之四十——五十。其余留作企业发展基金。福利基金。后备基金。

3、处理滞销商品。按滞销商品的销售额提取百分之零点六的奖金。

4、完不成确保利润计划指标十三万三千元。扣罚站领导正职月基本工资百分之二十。付职百分之十五。职工百分之十。

~~5、滞销商品如处理达不到二十五万元。年末库存超过二~~万元（不包括食糖库存额）滞销商品比重大于百分之十五。扣罚奖金百分之十五。

张晋兴同志是一名非党群众。今年44岁。中等专业学校毕业。长期从事烟酒购销业务工作。有一定的工作经验。经群众民主选举，为烟酒批发商店付经理。他对烟酒工作中的弊端看的比较准。改革的措施比较具体。这次投标胸有成竹。坚决完成各项经济指标。市委财贸部批准他为供应站经理。并允许他自己组阁。

第二十四章　查库风波

有一次，一家商店来进货，与我交谈说想进山楂罐头，但是，开票员却说没有货。可我之前为了经营促销，看过开票员的账面库存，记忆中账面上应该还存有200多箱。我马上查看账目，确实没错，有200多箱的库存。我问开票员这是怎么回事，她说这批罐头几年前变质了，扔掉了，但账面没处理。她还说很多商品都是这样的，残次品扔掉了，但都挂在账上，并讲了一些每月点库的情况，基本都是走过场，虽然她也参与点库，也只是听保管员一样一样的报账，按保管员的数做盘点表，直接报财务科核算。表面上是每月盘点，实际上只是走过场。

了解到这个情况，我感到非常害怕，如果我经营下去，时间长了，真要认真核实库存，一定会出现大窟窿，而责任在我，一切为经营所付出的努力都会化为乌有，还要追究我的责任。

现在我组队承包，一切的权力，当然是指正常经营管理的权力都归我，对此账货不符的状况，我马上以经理的身份召开班子会议。会议有支部书记徐世喜、副书记周殿荣、业务经理鲍秀芹、仓储运输经理王延昌、财务经理程福珍等六人参加。会上，由几个记账员来介绍他们的账货不符的情况，我依次分析形成的原因。

1. 多年的计划经济模式导致了我们只管市场供应，不讲经济效益，大部分商品凭票供应，商业企业几乎失去了经营以营利为原则的目的性，好多商品都是按上级计划拨进，同时按政策投入市场，商业财务核算也是走形式。负责通化市六七十万人口的糖、茶、烟、酒、食品、罐头、饮料供应的糖酒公司，一批一批的进货都是用银行贷款来结算，借和还都是月月在进行，真正的财务核算也是在走过场。

2. 仓库距离公司办公室、营业部较远，有五公里的距离，当时没有自己的交通工具，鞭长莫及，去一次就需要半天时间，这也是管理上欠缺的原因之一。

3. 处理残次商品和库存，公司有权利限制，金额大了，超过一定额度，都得报局里批示。而且，局里都要查明原因，相关责任人都要写检讨、被批评和通报处分，这种追究让人望而却步，造成了没有人认真查库，害怕发现问题，对已经出现的问题也捂着盖着。再说，公司领导任职超过一年以上的都不多，岗位调动非常频繁，客观上也没有人去追究这些陈年旧账。

4. 如果报损，当然要冲减经营利润。谁的任期都不想出现亏空，财务也是报喜不报忧，就一直拖到现在，造成了目前这种情况。

现在对我来讲，月月有经营效益，职工每月都发放奖金，所以我必须面对现实，通过彻底清查仓库，弄清我公司的家底，理清责任原因。否则，我们的经营成果到最后也讲不清楚，也负不起这个多年的历史责任。

班子会议开过以后，在一个周日，当天营业部休息，我组织班子成员、开票记账员、保管员、仓库主任，带领装卸工，一起对库存进行清点。当然清点之前要开会，要讲注意的事项和措施，特别是强调两点：第一，按库存现有的摆放顺序清点；第二，点数不清的、看不准确的要搬动位置查点，重新摆放，点过的数要在垛上挂牌；第三，记数由开票员和保管员同时在场记录，并强调要认真记录，这两份记录要由全部参点人签字后留档。点库进行很顺利，四个仓库，四个小组从早晨8点开始，下午2点就结束。

我们彻查了库存，发现的问题触目惊心，如此严重的问题若追究责任，应属犯罪。相差最多的是在糖茶库和小食品罐头饮料库，烟和酒库问题还少些。

彻底清点后重新建账，我发现残次缺损商品的总金额近100万元。

其中糖茶库最大的几笔白砂糖和绵白糖共差20多吨。散装冰淇淋粉已经固化成硬块了，有30吨，这种是淀粉加奶粉用布袋包装的，是夏天做冰糕的原料。在吉林常年湿度较大的天气条件下，保质期不会超过三个月，已无商业价值。有超过几百斤茶叶，散堆在库中，这种茶叶是用布袋和纸箱包装的，由于长期管理不善，包装已经被老鼠咬破，茶叶散落在地上，无人管理。

在食品罐头库里，300多箱出口转内销的250克铁皮听装梨罐头，由于多年滞销，部分铁皮都锈透漏水，几年未动，还在那充着库存商品，顶着国营资产。还有多种铁皮罐头和玻璃瓶罐头的铁皮盖子都是锈迹斑斑，只是当时的商品没有标识保质期，虽然销不动了，但还在苦苦撑着。清查库存时也发现，凡是多年的存货，账货相符的几乎没有，不是缺斤就是缺数，只有罐头类多了12个玻璃瓶装的花生米。

点完库存以后，我与财务商量，把变损的商品和缺货的商品，单独分开记账，真正可经营的商品重新立账，这样一个商品就产生两页账，但两账相加还等于原账。这样不影响公司财务科的账目管理和经营核算，记账员和保管员的账目统一，可对可查。

接下来，我把这次清点仓库的残次、报废和缺损商品，金额共计80多万元的清单照实报告公司财务科。这个结果，当然震惊到了他们。公司党委、领导班子和财务研究以后，告诉我这件事不要对外讲，他们上报商业局，寻求解决办法。后来这个事情只反馈给我两点意见：听装梨罐头挑一挑，没坏的还继续卖，保留这个品种；茶叶筛一筛，晒干再包装好，可降价三分之一继续出售。领导还特别强调，这是商业局主管业务的常局长的意见。领导的指示，我当然要执行。这些“家丑”，不能也不敢向外张扬，只能忍下去。

关于点库这件事，当时老王书记跟我说，不要那么认真，听上级意见就可以了。但是，这次清查库存，我却实实在在地得罪了公司财务科最有权力的老科长了。对此我也是感到很郁闷，本来快人快语的我，也不敢到处讲仓库的问题了，当然我心里清楚这事要追究起责任来，公司班子和财务科都要承担责任的。

不管怎么说，我经营范围内的账，还是要继续记下去，实际库存和残存损失的账分别记。这是谁也改变不了的，起码在我的管理范围内是不会变的。王书记讲的话我当然理解，这事不能讲，“家丑”不可外扬。当时国家不富裕，人们的平均工资收入不足50元，刚参加工作的才30多元。如果按真实情况报出来，给国家财产造成这么大的损失，很多人是要被追责的，不仅公司领导，就连商业局主管局长也要负责任。

一年多以后，《吉林日报》（大约是1985年）刊登了某市糖酒公司在彻底清查库存时，发现因管理不当造成经济损失200多万元。这可是惊人的新闻，一部分人肯定是要接受处分的。其实，这种情况是新中国成立以后成立的国营商业公司的通病，在阶级斗争和计划经济时期，只讲政治和计划供应，管理和经济效益流于形式。领导走马灯地调换，职务任命只讲政治条件，哪管你是外行内行。在这种模式下运行三十多年的老商业企业，吃大锅饭，所以造成损失是必然的。

我心里不快，但也要忍下去。我认为我的做法是符合商业规律的，是真正地为企业为国家负责的正义之举。只是，这样的做法，当时谁能认可呢！

第二十五章　1983年，幸运与辉煌

1983年3月19日，通化市财贸办正式下达任命书，任命我为糖酒采购站经理。这一年，是我人生中辉煌的一年。我从3月开始承包糖酒公司采购供应站，全面主持经营工作。这一年里，市领导到商业局及糖酒公司领导，不仅对我的工作给予全力支持，对我的经营成就也是赞赏有加，地方媒体还不时地报道我的改革创新事迹。此外，由于采购供应站的班子都是我提名组建的，所以我在工作中也是顺风顺水。在企业内部，我的权力可以说是至高无上，工作起来都是命令式的，每一条指令都会得到百分之百的贯彻执行。职工因为奖金丰厚，也都拥护我领导，很少有反对的声音。

这一年我释放自己被压抑多年的才智，把全部精力投入工作中。抓管理、抓货源、抓经营，虽然有些时候不免给人妄自尊大的印象，但我懂得自我约束，知道自律。在努力工作的同时，为企业争取更大效益，为职工争取更多的奖金，以加倍努力回报各级领导对我的支持和职工对我的信赖。

该年度糖酒公司财务报表显示，糖酒采购供应站全年完成销售1729.4万元，比去年同期的1154.7万元，增加了574.7万元，增幅

一九八三年度

财务分析

通化市糖业烟酒公司

一九八四年一月十日

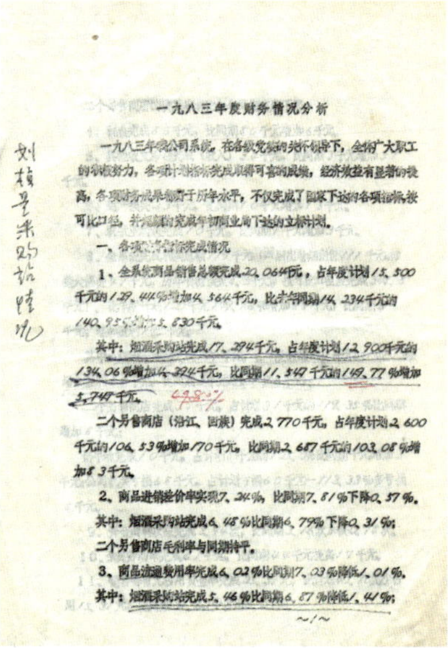

一九八三年度财务情况分析

一九八三年我公司系统，在各级党委的关怀领导下，全体广大职工的积极努力，各项计划指标完成取得可喜的成绩，经济效益有显著的提高，各项财务成果都高于历年水平，不仅完成了国家下达的各项指标按可比口径，并超额的完成年初商业局下达的文标计划。

一、各项主要指标完成情况

1、全系统商品销售总额完成20,064千元，占年度计划15,500千元的129.44%增加4,564千元，比去年同期14,234千元的140.95%增加5,830千元。

其中：烟酒采购站完成17,294千元，占年度计划12,900千元的134.06%增加4,394千元，比同期11,547千元的149.77%增加5,747千元。

二个另售商店（沿江、团结）完成2,770千元，占年度计划2,600千元的106.53%增加170千元，比同期2,687千元的103.08%增加83千元。

2、商品进销差价率实现7.24%，比同期7.81%下降0.57%。

其中：烟酒采购站完成6.48%比同期6.79%下降0.31%；

二个另售商店毛利率与同期持平。

3、商品流通费用率完成6.02%比同期7.03%降低1.01%。

其中：烟酒采购站完成5.46%比同期6.87%降低1.41%；

~1~

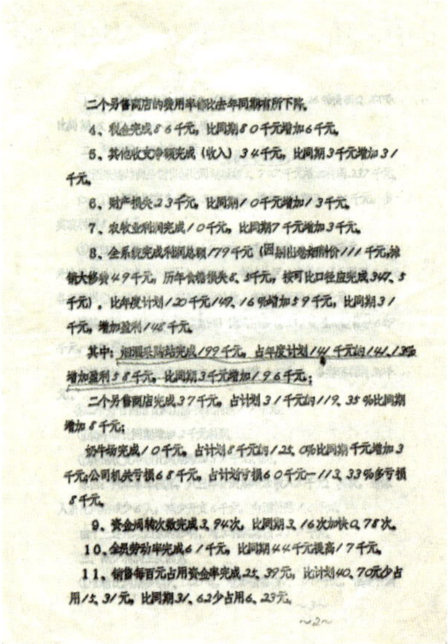

二个另售商店的费用率都比去年同期有所下降。

4、税金完成86千元，比同期80千元增加6千元。

5、其他收支净额完成（收入）34千元，比同期3千元增加31千元。

6、财产损失23千元，比同期10千元增加13千元。

7、农牧业利润完成10千元，比同期7千元增加3千元。

8、全系统完成利润总额179千元（因副出卷烟削价111千元，操销大修费49千元，历年食糖损失8.5千元，按可比口径应完成347.5千元），比年度计划120千元149.16%增加59千元，比同期31千元，增加盈利148千元。

其中：烟酒采购站完成199千元，占年度计划141千元的141.13%增加盈利58千元，比同期3千元增加196千元；

二个另售商店完成37千元，占计划31千元的119.35%比同期增加8千元；

奶牛场完成10千元，占计划8千元的125.0%比同期千元增加3千元；公司机关亏损68千元，占计划亏损60千元—113.33%多亏损8千元。

9、资金周转次数完成3.94次，比同期3.16次加快0.78次。

10、全员劳动率完成61千元，比同期44千元提高17千元。

11、销售每百元占用资金率完成25.39元，比计划40.70元少占用15.31元，比同期31.62少占用6.23元。

~2~

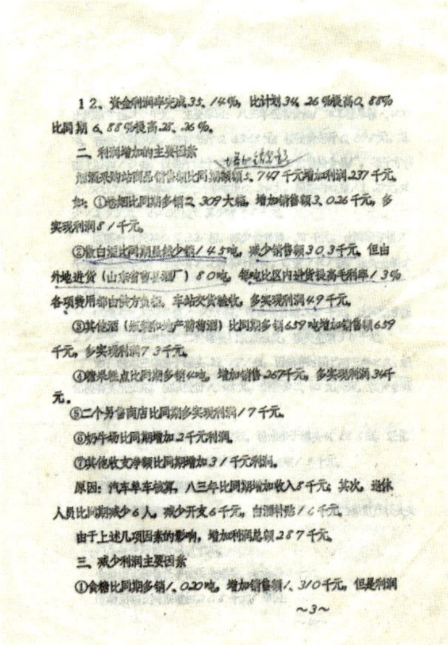

12、资金利润率完成35.14%，比计划34.26%提高0.88%比同期6.88%提高28.26%。

二、利润增加的主要因素

烟酒采购站商品销售额比同期增加5,747千元增加利润237千元。

如：①卷烟比同期多销2,309大箱，增加销售额3,026千元，多实现利润81千元。

②散白酒比同期虽然少销145吨，减少销售额303千元，但由外地进货（山东省曹县酒厂）80吨，每吨比区内进货提高毛利率13%各项费用都由供方负担，车站交货验收，多实现利润49千元。

③其他酒（瓶装和地产葡萄酒）比同期多销659吨增加销售额659千元，多实现利润73千元。

④糖果糕点比同期多销40吨，增加销售267千元，多实现利润34千元。

⑤二个另售商店比同期多实现利润17千元。

⑥奶牛场比同期增加2千元利润。

⑦其他收支净额比同期增加31千元利润。

原因：汽车单车核算，八三年比同期增加收入5千元；其次，退休人员比同期减少6人，减少开支6千元，白酒补贴16千元。

由于上述几项因素的影响，增加利润总额287千元。

三、减少利润主要因素

①食糖比同期多销1,020吨，增加销售额1,310千元，但是利润

~3~

通化糖业烟酒公司1983年度财务分析。（144—146页）

比同期亏损22千元。主要原因：八三年经营食品厂加工糖果糖1、400吨。按省公司规定，进价每斤0、6315元；按批价每斤0、698元，基础上回扣10%，以每斤低于进价的0、6282元售给食品厂，每斤亏损0、0033元。今年单位利润每吨赚0、54元，同期每吨赚13、27元，减少12、73元。(400吨计算少赚18千元。

②茶叶比同期少销321担，减少销售额138千元，比同期亏损7千元。主要原因：今年有12种茶叶削价，数量341担，损失金额5千元。

③罐头比同期多销1、955箱，增加销售额245千元。比同期亏损11千元。主要原因：二种罐头削价或报废，损失金额34千元。

如：绥水三年李子罐头23、171瓶。因储存时间已有三年之久，经化验有变质征兆。由原批价1、45元，削价为0、45元处理，损失金额19千元。

其次：万县桔子罐头7、092瓶。绥水李子罐头4、866瓶。经化验全部变质不能食用，以报废处理，损失金额15千元。

④财产损失比同期增加13千元。原因：

80年食糖短吨挂帐8、5千元。已查明原因，经批准做财产损失处理。

汽车肇事赔偿费2、8千元。

仓库被盗和责任事故丢失罐头、卷烟等2千元。

⑤费用额比同期增加208千元。原因：

~4~

运杂费比同期增加118千元，总购进额比同期增加4、844千元，提高35、3%，外地进货大幅度增加。如：云烟比同期增加2、000大箱，其它烟酒比同期增加30%以上。这样运距离的进货相对的增加运杂费。

利息比同期增加[illegible]9千元，银行借款比同期增加568千元，相对的多付利息。

工资比同期增加10元，八三年四季度职工调资影响。

家俱用具摊销比同期增加13千元。采购站烟库增设一部分生产用具和两栋处理一批旧家俱。

其他费用比同期增加32千元。公司机关有部份经费（八二年与采购站合属）。

除此，如包装、保险、福利、折旧、修理费等都比同期有所下降，节约支出33千元。

总之，费用额相对增，是比去年同期增加，但费用率确比同期下降1、01%，可节约开支156千元。

⑥税金比同期增加6千元。主要原因二个另售商店超销多付部份。

毛利率比同期下降0、57%。主要是：省内十四种卷烟削价影响。如按可比口径计算，与同期持平。十四种卷烟调价损失金额为119千元。1～12月份已处理进帐数151、603条，损失金额111、447元（已全部进帐），尚有8千元延续八四年处理。

~5~

四、资金运用分析

1、资金周转为3、94次，比同期3、16次加快0、78次。其中商品资金周转为6、72次，比同期4、51次加快2、21次。

2、全部流动资金周转天数为91天，比同期114天加快了23天。由于扩大销售，加速了资金周转，给国家节约了一定的资金，发挥了资金的利用效率。

3、资金占用率25、39元比同期31、62元减少15、31元，每百元商品销售额占用的流动资金比同期少，取得了用较少的流动资金取得较大的经济效果，为国家节约了资金。

4、资金利用率完成35、14%，比同期6、88%增加五倍。

5、清理职工欠款，取得显著成绩。年初欠款人数为55人，欠款金额12千元，年末已清理还清人数45人，收回欠款金额10千元，尚有10人，欠款余额2千元。

五、库存情况的分析

重点分析采购供应站的库存情况

商品库存为2、608千元，比同期2、801千元减少193千元。从质量分析其中：正常商品1、886千元，占库存总额72、3%；销小存大163千元占库存总额6、25%；冷背呆滞44千元占库存总额1、68%；残损变质515千元，占库存总额19、77%。

有问题商品积压在库的有：各种瓶酒1万瓶，价值40万元；有的长达三至五年之久，虽然经几次推销但效果不大。目前已采取加大回扣幅度20至30%推销，或者采取削价处理。其次[illegible]30吨价值90千元，已接近变质。人参茶浸泡四年之久，价值10千元。以上几个积压品种虽经几次努力扩大推销，但效果不显著，必须引起注意，否则将会给国家造成巨大损失。

~6~

一九八四年一月十日

~7~

利润完成情况分析表

单位：千元

项目	年度计划	实际完成	上年同期	实际比计划 金额	实际比计划 %	实际比同期 金额	实际比同期 %	其中：采购站 年度计划	采购站 实际完成	采购站 去年同期	采购站 实际比计划 金额	采购站 实际比计划 %	采购站 实际比同期 金额
商品销售额	15,500	20,064	14,234	4,564	129.44	5,830		12,900	17,294	11,547	4,394		5,747
毛利额		1,453	1,112			341			1,121	785			336
%		7.24	7.81			−0.57			6.48	6.79			−0.31
费用		1,209	1,001			208			944	794			150
%		6.02	7.03			−1.01			5.46	6.87			
税金		86	80			6			3				3
经营利润		158	31			127			174	−9			183
%		0.78	0.2			0.58			10.06				
收支净额		34	3			31			45	20			25
财产损失		23	10			13			20	8			12
农牧业利润		10	7			3							
利润总额	120	179	31	59		148		141	199	3	58		196
%		0.89	0.21			0.68			1.15				1.15
资金平均占用额	6,310	5,094	4,501	1,216		593		4,950	4,662	3,992	−288		670
资金占用率	40.70	25.39	36.62	−15.31		−6.23		38.37	26.95	34.57	−11.42		−9.62
资金利润率	34.26	35.14	6.88	0.88		28.26		38.82	42.68	0.75	3.86		41.93

商品大类分析表二

单位：千元

类别	项目	本期	同期	对比 比 十减一	备注
烟类	数量（大箱）	6,367	4,058	2,309	
	销售额	6,667	3,641	3,026	
	差价	300	164	136	
	%	4.49	2.60	1.89	
	费用	262	209	53	
	其中：利息	85	79	6	
	利润	40	−41	81	
	单位利润（元）	6.24	−10.15	16.39	
散白酒	数量（吨）	579	724	−145	
	销售额	1,009	1,312	−303	
	差价	99	99		
	%	9.81	7.54	2.27	
	费用	53	85	−32	
	其中：利息	23	31	−8	
	利润	65	16	49	
	单位利润（元）	111.46	20.12	91.34	

商品大类分析表三

单位：千元

类别	项目	本期	同期	对比 十或一	备注
其它酒类	数量（吨）	2,872	2,213	659	
	销售额	3,782	2,441	1,341	
	差价	294	199	95	
	%	7.77	8.15	−0.38	
	费用	199	178	21	
	其中：利息	55	61	−16	
	利润	96	23	73	
	单位利润（元）	33.42	10.22	23.20	
食糖类	数量（吨）	2,753	1,733	1,020	
	销售额	3,869	2,559	1,310	
	差价	221	170	51	
	%	5.72	6.64	−0.92	
	费用	219	150	69	
	其中：利息	96	29	67	
	利润	1	23	−22	
	单位利润（元）	0.34	13.27	−12.73	

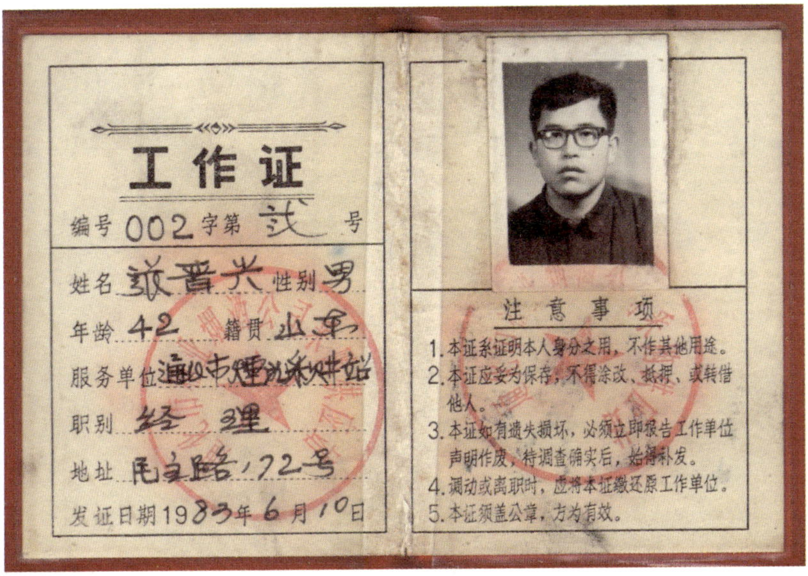

我在通化市糖酒采购站任经理时的工作证。

49.8%，完成利润199万元，比去年同期3万元增加了196万元。这是1984年1月10日，通化市糖业烟酒公司的1983年终的财务决算报表上的数据。

糖酒公司统计科张淑华的统计分析报告上表明，1983年销售总值1729.2万元，比1982年提高51%，白酒销量305吨，比上年同期增长281%，食糖销售2811吨，比上年提高62%，卷烟提高63%。总之各类商品的销售额都不同程度地超过了1982年。

糖酒公司的年终报表和统计科的分析总结表是真实情况的历史原证，也是对我在这一年努力工作、敢于创新的见证。

对于1983年取得的优异经营成果，我总结了几条经验：

1. 感恩、敬业、认真、刻苦、努力。我18岁被定为“右派分子”，二十多年来一直处于被管制的状态，长期以来都是在躲藏、在逃亡、在对抗、在挣扎、在愤慨中努力生存着。现在赶上了拨乱反正的伟大时代，我恢复了正常人的身份，走出暗无天日的苦难，

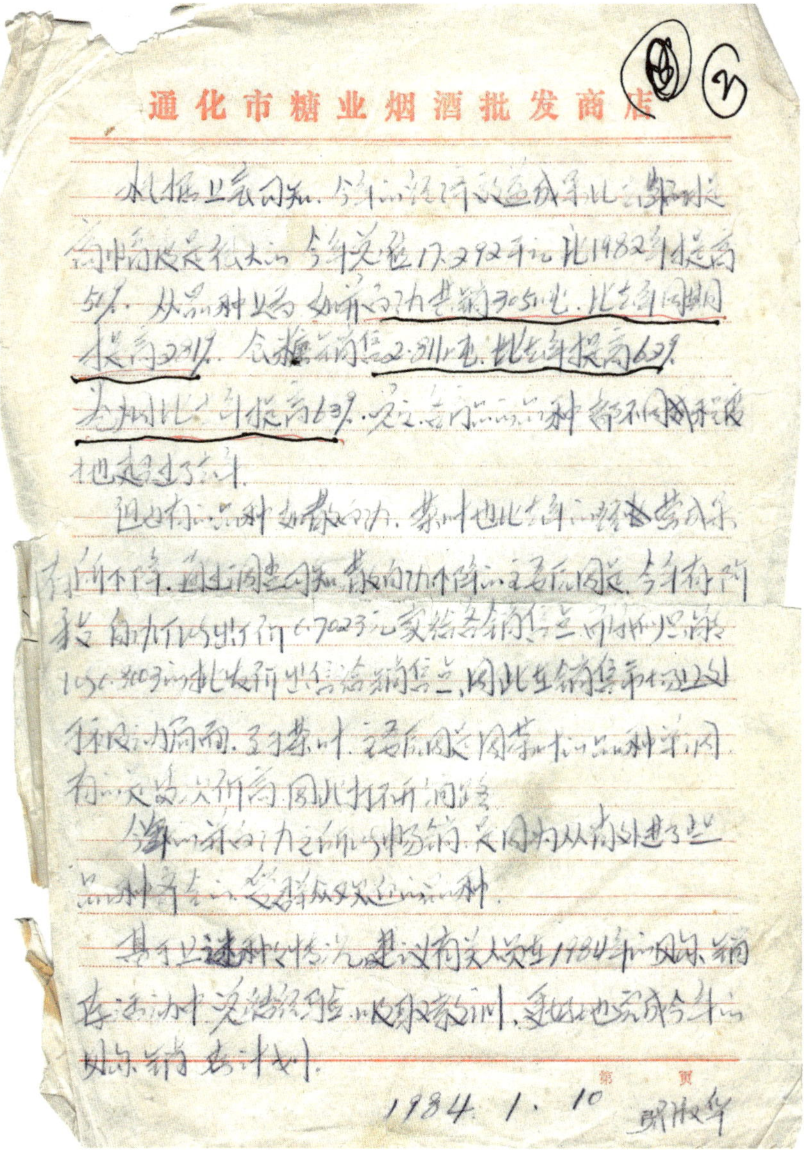

1983年，糖酒公司统计科张淑华的统计分析报告。

恰逢改革开放的大环境。历史给了我机遇，时代给了我平台。我从内心感恩市委、市政府对我的赏识，感激各级领导对我的肯定。我打心眼里要求自己，必须全身心、无私地奉献出自己的一切，在工作中回报党和组织。

2. 我要求自己带头执行公司各项规章制度，把做好业务工作的紧迫感贯彻在每个细节中。这一年，去省城长春的业务洽谈都是我亲自前往。当时延续计划经济时期的分拨办法，省糖酒公司的计划商品依然占很大比重，这样我都是在下班后去通化火车站，乘坐晚上8点的列车，第二天一早到达长春，办完事，当天晚上立即乘车返回通化，次日早7点我准时出现在工作岗位。我亲力亲为到省里，争取拿到更多的紧俏商品，亲自去长春卷烟厂，与厂长对话，争取来了好多优质烟。这一年，对外业务洽谈、购销业务合同的签订，往来业务联系的书信、电报全部都是我亲自参与和动笔。对于财务核算、商品仓储管理、新商品的划价定价，我也都直接参与。工作的激情让我的身体里好似充满无穷无尽的能量，不知疲倦。

3. 狠抓典型，调动一切积极因素，及时消除不利因素，大胆处理不利于经营管理的消极怠工的人。即使是从事多年仓库管理的主任和资深的老采购员，如果不支持我工作，不适应我的管理要求，我不需要与任何人研究，坚决调整其工作岗位。例如有两个长期上班就睡觉的职工——一个是商业局领导的儿子，一个是党委办公室人员的弟弟，我毅然将其调离管理岗位，安排他们从事力所能及的具体工作。这些举措震慑了消极怠工的人员，激发了全员职工遵纪守纪的工作积极性，让更多勤奋肯干且胜任岗位的员工有更多提升机会。

4. 拒绝从相关的同行业批发单位进货，不做二批商。这一年，我几乎没有从梅河口烟酒站进货，也把以前从桓仁县城进的一批货退了回去，一律改为从厂家进货。此举增加经营毛利差，这也是该年度经营效益增加的一个重要举措。

5. 举办库内商品调剂会。经过近一年的经营，在参加省内商业系统会议后，我发现各县市糖酒公司因计划经济分配的商品，不能适应各地居民的需求，与市场脱节，有些产品在一个地区是紧俏货，在另一个地区是滞压货。于是，9月，我未通过省糖酒公司，自主在通化市召集糖酒公司“库内商品调剂会”。我的这个提议获得了同行积极的响应，得到了兄弟企业的大力支持。调剂会在通化政府宾馆举行，参会的有20多家企业，各糖酒企业经理带来当地库存积压商品名录，大家互通有无，两天的会议达到了预期目的。

通过这次调剂会，我公司库内常年积压的梅香曲酒返还辽源原产地，积压的江城白酒返还吉林烟酒站。用洮儿河酒与白城子烟酒站交换回通化畅销的大泉源白酒。另外，公司库内积压多年的松鼠香烟交换给榆树县（今榆树市），榆树县的蝶花香烟返给我们通化。榆树县需求大量红糖，正好我们积压了不少红糖……参会的都是经理，对本地的市场都很熟悉，积压商品彼此调剂了很多，盘活了库存，解决了难题，彼此都取得满意的收获。我也利用这个机会把通化葡萄酒销往省内各糖酒公司。

这次会议由我发起，是一个改革商品流通渠道的创新举措。当然，这也是我一个擅作主张的举动。值得庆幸的是，此次活动虽然没有通知省糖酒公司，但省公司的领导并没有批评我，甚至还在系统内对我提出表扬。

会后，因故未能参会的长春市糖酒公司主动找我，希望我帮助他们调剂出蝶花香烟。长春卷烟厂厂长亲自来通化拜访我，开门见山地说他是给我送钱来的。原来，他们得知我们能销售蝶花香烟，特意把库存的这种香烟大幅度降价供给我。他们计划给我发一个车皮的蝶花香烟，同时搭配给我95件最紧俏的、需厂长批条才能出厂的大人参烟。我欣然接受。消息传出后，轰动了全省和省外同行。

我也借此与其他公司交换了好多紧俏商品。

6. 有福同享。1983年，采购站每人大约发放奖金超过400元，大部分职工的奖金收入都超过了工资收入。当然，这只针对采购供应站员工，糖酒公司机关人员是没有的。但是人人都有攀比心理，他们是我们的上级，却没有奖金，由此形成的矛盾是很难调和的。所以年底要发福利，我一定不能忘记他们。这是感恩，也是调和潜在的矛盾。这一年，公司每个职工都获得了一套毛料服装，当年，这可是高档商品，90%以上的职工从来没有过。另外，我从沈阳购回煤气罐，全公司每个职工一人两个，到通化钢厂灌气，每罐气1.3元。这两项普惠全公司的福利，是年终的大礼，糖酒公司机关人员人人有份，全体员工皆大欢喜。

1983年是糖酒公司经营历史中效益最好的一年，职工得到最多的奖励和福利。但是1984年以后，我失去了完整的经营权，1985年春天，我就离开糖酒公司了。后来，糖酒公司换了几任领导，经营状况每况愈下，从未取得一分钱利润，一直到十多年后解体。

1983年是我人生巅峰的一年，也是值得留念和总结的一年。这一年的实战确实是锻炼了我，使我增加了战胜一切困难的勇气和信心。我坚信，以后的人生之路，无论是平坦的康庄大道，还是崎岖的羊肠小径，都无法阻止我前进的步伐！

难忘的糖酒公司，难忘的1983年！

第二十六章　1984年，邯郸糖酒会

1983年的辉煌过后，迎来了崭新的1984年，更大的理想需要实现，更多的效益需要产出，管理也需要在这一年上一个台阶，元旦过后的春节供应工作带来的效益当然超过了去年。春节过后，第一要务便是着手准备参加每年一届的春季全国糖酒购销会议。这是改革开放后新兴的全国性食品饮料行业的采购盛会。每一届参会人员都超过十万人次。在当时，全国的食品饮料相关生产或销售企业，无论规模大小，如果不在会议期间签订购销合同，基本上当年就会丢失超过50%的效益。

糖酒会规模宏大，盛况空前，各企业都把未来一年发展的希望寄托在这次会议上。生产企业会尽力包装、推销自己的产品，展位广告以及宣传海报铺天盖地。销售企业会极力展现自己企业在销售、仓储、资金等各方面的实力。有时候，为了抢购新品和紧俏货源也是费尽心思。托关系、访老友，酒桌饭局，觥筹交错。因此，参加全国糖酒会都会列入各企业的年度计划，而且是最重要的计划。

1984年的全国糖酒会在河北老城邯郸召开。

我做了两方面准备：推销通化知名品牌——通化葡萄酒；采购糖酒公司全年的销售货源。这一切都是我的工作范围，也是取得经营效益的必要举措。但没想到的是葡萄酒的销售计划遇到了阻力，糖酒公司张玉林副经理通知我，禁止去邯郸销售通化葡萄酒。

1984年，我在全国糖酒会。

当时在国内只有两家知名葡萄酒品牌——吉林通化葡萄酒和烟台张裕葡萄酒。通化市民包括我在内，都以地产葡萄酒为荣。通化葡萄酒几乎就是一张通化城市的绚丽名片，离开葡萄酒销售，我们将会丢失30%的经营效益。再者，没有通化葡萄酒，我拿什么在糖酒会上和其他企业交换紧俏商品呢？

于是，我立即回复张玉林副经理：“必须让采购供应站销售通化葡萄酒！”张玉林副经理感觉到这件事情恐怕不好收场了。他在局领导面前答应不卖葡萄酒，但在我这里碰壁了，他很生气，他认为我应该无条件服从他。张玉林副经理是我的直管领导，为人平和，有知识有文化，个人修养也不错，我也最尊重他。但是涉及采购站的经营大局，我不得不坚持己见。他来电话告诉我，他被我气得肝疼。我只嗯嗯啊啊地应声，让他保重身体，笑了笑便应付过去，但我心里不以为意，继续按计划筹备参加糖酒会，计划大量销售通化葡萄酒。

全国糖酒会如期召开，采购供应站派出规模空前的12人队伍参加会议。张玉林副经理为了不让我卖葡萄酒，也随队参会并监督。我们的参会人员已提前两天到达会议现场。当我和张玉林副经理到会时，采购供应站的通化葡萄酒摊位已摆好，并已签订了几笔销售合同。我们的这个举措，已被通化梅河口地区糖酒站汇报到通化市，在他们的嘴里，我成了破坏经济、扰乱秩序的犯法者！

当时，计划经济管理模式尚未被完全取代，商品供应严重不足，供不应求。商品从生产到销售都是按计划进行的，通化葡萄酒是当地的主导经济产品，每年产量的分配如下：糖酒公司20%，且只可供应市内；梅河口糖酒站60%；酒厂自身配额20%。酒厂自身的20%额度，因为销售力量薄弱，也给了梅河口，而糖酒公司往年连5%也销售不了，实际上，95%的通化葡萄酒都是由梅河口糖酒站销售的。这个情况，酒厂本身也同意，实际上葡萄酒厂的生产计划都是由梅河口糖酒站下达的，所以他们几乎成为葡萄酒厂常年独家代理的销售部，也是货物缺乏时期计划经济划拨的执行者，不存在市场经营因素，只是取得规定应得的利润。

但是，当年由我提出的承包改革却打破了这个局面。1984年春节前，几乎省内各糖酒公司的通化葡萄酒都是由我们采购供应站供货，销量也早已突破了20%的配额，梅河口糖酒站因此多次提出异议和不满。还有一点，春节前，我提议给通化市每户供应一瓶节庆葡萄酒。鉴于这样的局面，他们哪能允许我到全国销售他们自以为垄断了的通化葡萄酒呢？市里、商业局、酒厂都在背后支持他们，酒厂也认为他们长期包销对厂子有利，可我就是不信这个邪！

看到我已安排在糖酒会销售通化葡萄酒，张玉林副经理很生气。他胃不好，肝病也犯了，最后真的去了邯郸人民医院住院。张玉林副经理的病因我而起，我很是内疚。于是，我派职工去护理他，我也陪护了两个晚上。晚上没事的时候，我和他推心置腹地倾诉我对企业改革的认识和想法。回应我的是张玉林副经理长久的沉默。

三天的糖酒会如期结束，我们完成了预期计划，取得了圆满结果，采购了当年需要的一些商品，也销售了11车皮通化葡萄酒（每车皮3400箱）。春季是播种的季节，我们也迎来了洋溢着美好花香的季节。

张玉林副经理出院后，我陪他提前一天返回通化。因为他身体尚未痊愈，我还超标购买了软卧席的车票。

回到通化，就传来了不好的消息，主抓工业企业改革的市委常委，在一次工业企业会议上讲道："采购供应站张晋兴同志，让他卖地产白酒他不卖，上级不让他卖葡萄酒，可他在全国糖酒会擅自签订购销合同，等他回来后一定要处理他。"

听到这些，我不以为意。因为我深信我没有错，所以我不在乎！几天后，局里忽然通知我到糖酒公司会议室开会。我走进会议室，看到十几个人已经在座，他们是商业局主管业务的常局长，糖酒公司主管领导，财贸办公室负责人，轻工业局领导以及白酒厂厂长等。

大家落座后，常局长首先开口讲话："张晋兴，这次会议就是讨论你的事情。你要讲清楚为什么你不收购白酒厂的酒，如今造成白酒停产，带来巨大的经济损失。如果讲不清楚，市里领导要追查责任，并要严肃处理，希望你能重视，必须讲明白。"

这是兴师问罪啊！该来的还是来了，我深吸一口气，稍微平复了一下心情。我发言的语气平缓而坚定。我说："首先，我知道白酒厂是全市乃至全省的改革典范，从省内报道也知道，白酒每增加一吨酒产量，全厂职工可分到41元奖金，工人从未有过这样的干劲，这是市领导主抓工业改革的成果。我当然要全力支持企业的改革。我曾经多次与彩印厂领导去白酒厂，协助他们研究新产品开发和新商标设计印刷。但是，我现在为什么不能收购白酒呢，理由是：第一，我们储藏能力有限。仓库现有酒柜只能储存100吨，而现在订制酒柜根本来不及，因为做酒柜需要红松木、毛头纸、猪血、白灰，工艺复杂，工期长，造价高，另外这属固定资产投资，我无权也无能力购置。无能力储存这是主要原因。第二，我们当地邻县的大泉源酒和集安白酒是吉林省优质白酒，通化人都喜欢喝这两种酒。而大泉源的酒库和批发部就在市内，通化酒厂的白酒在人们的心中是劣质酒，只是计划经济时期还能按计划分配销售一些，现在市场放开了，它的质量和价格也都没有优势，而大泉源和集安白酒却是畅销品。没有市场的产品，我们也是无力推销的。第三，今年春节1至3月份，我们收购酒厂的酒是去年的三倍，说我们不卖，是站不住脚的，散白酒是需要酒库的，我们当然不能收购之后倒到河里吧。”

我阐明了以上三点意见后，又提出建议：“如果一定要解决目前的难题，就请政府做出决议，禁止大泉源和集安白酒进入我们通化市场；同时，制定一个政策，供应本地居民每户每月二斤酒，就此解决这个难题；另外补充一点，散装酒改为瓶装酒，以利于我们收购与储藏，销不掉的损失由政府或者商业局负责。”

我发言结束后，会场上十几个人，包括常局长和工业局领导都陷入了沉默。大约过了五分钟，没有发言的，常局长说：“就这样吧。”

通化市人民政府文件

通市政发〔1984〕44号

通化市人民政府批转

《关于酒类专卖管理暂行办法》的通知

各乡、镇人民政府、街道办事处，市直各委、办、局：

市政府同意市专卖事业管理局制定的《关于酒类专卖管理暂行办法》，现批转给你们，请认真贯彻执行。

通化市人民政府

一九八四年四月二十三日

（发至生产、经销酒类单位）

抄　送：地区行署办公室、市委办公室、人大常委会办公室、政协办公室、市人武部、法院、检察院、各人民团体。

通化市人民政府办公室　　一九八四年四月二十三日印发

（共印二·五〇〇份）

1984年，通化市人民政府批转《关于酒类专卖管理暂行办法》的通知。(157—159页)

关于酒类专卖管理暂行办法

根据中央关于加强酒类专卖管理的指示精神，为了有计划地组织酒类生产和消费，节制粮食消耗，打击违法活动，维护正当经营，增加国家财政收入，保障人民身体健康，更好地为四化建设服务，特制定我市酒类专卖管理暂行办法。

一、专卖范围

凡属散、瓶白酒、果酒、啤酒、黄酒、兑制酒和其他一切饮用酒及酒曲、酵母等半成品都列入专卖品。产、购、运、销必须统一由国家实行专卖管理。

二、生产管理

凡从事酒类生产的国营、集体单位必须持有市专卖事业管理局、工商管理局、标准计量局、市卫生防疫站等部门的批准手续和营业执照，否则，任何单位和个人均不得私自进行生产，违者一律查封取缔。各种酒类产品必须保证质量，严格执行轻工业部、卫生部颁发的质量和卫生标准，严禁生产有害于人民身体健康的产品。酒厂停业、转产、临时停产、复工应向主管专卖部门报告。

三、收购管理

我市生产的各种散、瓶白酒、果酒、葡萄酒、黄酒、啤酒等必须由市糖酒公司采购供应站统一收购经营，其他任何单位或个人都不准插手收购。当前统一收购有困难的，工、商要搞好衔接，妥善安排。同时，商业部门要从大力支持地方工业生产出发，积极做好收购。

四、销售管理

遵照国务院“关于要加强批发业务，扩大商品流通，发挥主渠道作用”的指示精神，今后酒类（包括散、瓶白酒、果酒、啤酒、葡萄酒）批发业务必须统一由市糖酒公司采购供应站经营，其他国营、集体、个体商户都不准经营批发业务。酒类零售业务，必须由市专卖事业管理局批准并颁发酒类专卖许可证，不经批准，任何单位都不得从事酒类的零售业务。各经销单位（包括个体户）必须到市糖酒公司采购供应站进货，不经批准，不准直接从酒厂和外市县进货。

五、加强领导

酒类专卖，是建国以来就实行的一项重要经济政策。专卖管理部门要加强领导，充实得力人员，切实负起责任，认真搞好管理，充分发挥专卖部门的职能作用。工商、税务、卫生、银行等部门，要紧密配合。鉴于目前酒类产销比较混乱的实际状况，从四月份起，对全市酒类生产、销售工作要进行一次彻底整顿，对生产或经销单位（包括个体）都要由专卖事业管理局、工商管理局、卫生防疫站负责统一核发专卖品许可证，坚决取缔无证经营。对于违犯专卖管理规定的单位和个人，应本着教育为主，处罚为辅的精神，可分别给予批评教育，经济制裁，没收实物，吊销营业执照的处罚。对于重大投机倒把，屡教不改，抗拒专卖政策的要送交司法机关依法惩处。

本办法自公布之日起执行，如与上级规定相抵触时，按上级规定办理。

通化市专卖事业管理局

一九八四年四月二十日

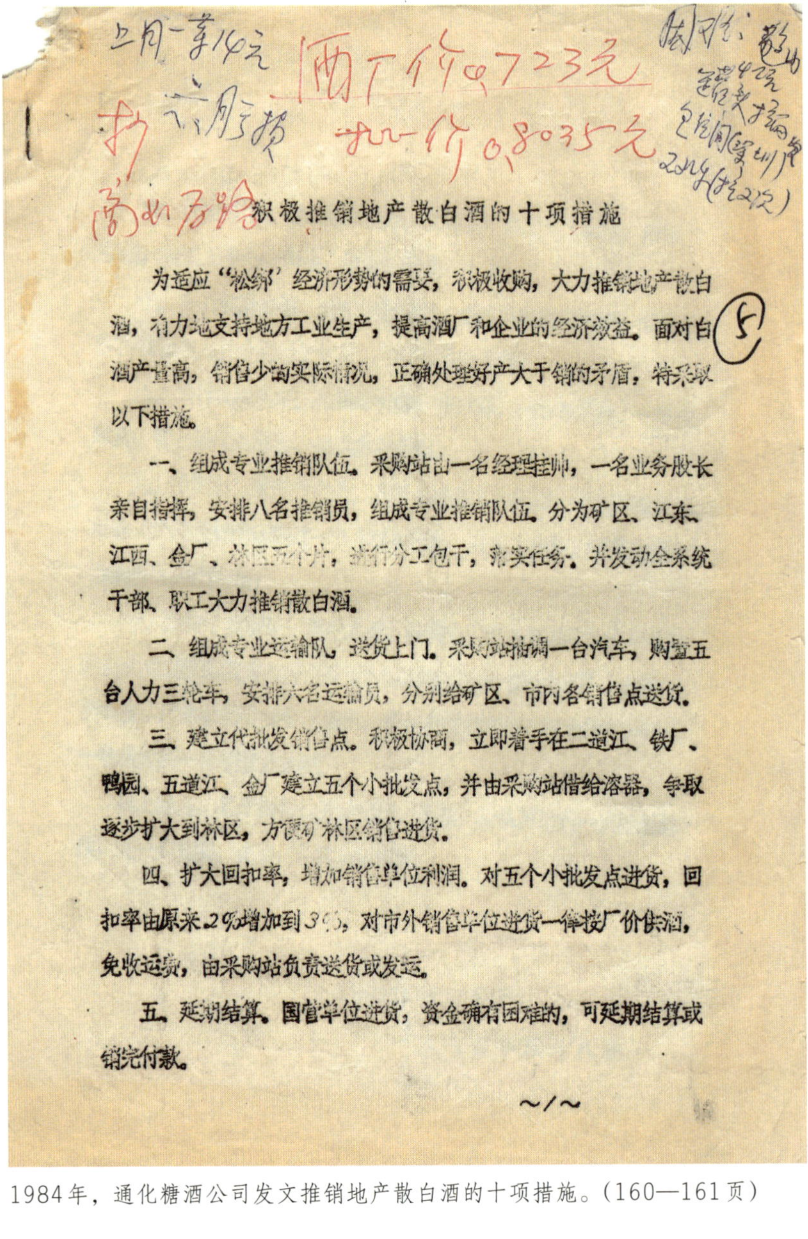
积极推销地产散白酒的十项措施

为适应"松绑"经济形势的需要，积极收购，大力推销地产散白酒，有力地支持地方工业生产，提高酒厂和企业的经济效益。面对白酒产量高，销售少的实际情况，正确处理好产大于销的矛盾，特采取以下措施。

一、组成专业推销队伍。采购站由一名经理挂帅，一名业务股长亲自指挥，安排八名推销员，组成专业推销队伍。分为矿区、江东、江西、金厂、林区五个片，进行分工包干，落实任务。并发动全系统干部、职工大力推销散白酒。

二、组成专业运输队，送货上门。采购站抽调一台汽车，购置五台人力三轮车，安排六名运输员，分别给矿区、市内各销售点送货。

三、建立代批发销售点。积极协商，立即着手在二道江、铁厂、鸭园、五道江、金厂建立五个小批发点，并由采购站借给溶器，争取逐步扩大到林区，方便矿林区销售进货。

四、扩大回扣率，增加销售单位利润。对五个小批发点进货，回扣率由原来2%增加到3%，对市外销售单位进货一律按厂价供酒，免收运费，由采购站负责送货或发运。

五、延期结算。国营单位进货，资金确有困难的，可延期结算或销完付款。

~1~

1984年，通化糖酒公司发文推销地产散白酒的十项措施。(160—161页)

六、修复溶器，增加储酒能力。立即着手修复五个酒柜，四百个铝桶，购置五十个塑料桶，增加储酒量八十吨。

七、实行奖励办法。对专职推销员，销酒单位的采购员、售货员和其他推销人员分别给予奖励。（奖励办法另行）

八、实行流动批发。采购站安排一台汽车、一名开票员、一名收款员，背上酒罐到临县，边远农村卖酒。

九、保证出酒质量和数量。本着先进先出的原则，优先下拨原库存酒，对新进酒保证酿造一个月以后出库，对短斤少两，不足数量的，由采购站及时补给。

十、加强专卖管理。集中力量，抽调专人深入销酒单位或个体商户，大力宣传落实市政府“关于加强酒类专卖的暂行办法’，经常进行检查，严格执行专卖管理条例，违犯者按规定进行批评教育—罚款—收缴专利—吊销营业执照。

以上措施，已于四月份开始落实，目前，要认真进行一次检查总结，进一步充实、完善，认真加以落实。

通化市糖酒公司

一九八四年五月八日

第二十七章 “拆庙撤神”

后来，白酒厂还是停产了。

经过上级几轮的多方面调查，证明白酒厂停产与我无关。

1984年6月初，通化市商业局决定撤销糖酒采购站经营业务，由公司业务科直接管理。而我则被安排到酒类专卖局，任专卖科长，职级不变。这距我承包经营，仅仅一年零两个月的时间。

起初，我认为这应该不算撤职，只是机制改革，属于正常的工作变动。领导搭台我唱戏，既然台子撤了，我的工作变动也正常嘛。然而，就在撤销糖酒采购站的第二天，通化人民广播电台突然播出一档节目：对于阻挡改革的行为要“拆庙撤神”，为企业改革开绿灯。

我觉得其事蹊跷，大有文章。这“拆庙”拆的就是我组建的糖酒采购站，“撤神”就是撤我的职啊！而且给我的定性，就是我犯的重大错误，阻挡改革。这档节目播出后，我便成为阻挡改革的绊脚石，被给予处分，撤职了。《通化日报》也刊登了同样的报道。与此同时，中共通化地委办公室以此为题材，印发了《通化情况》

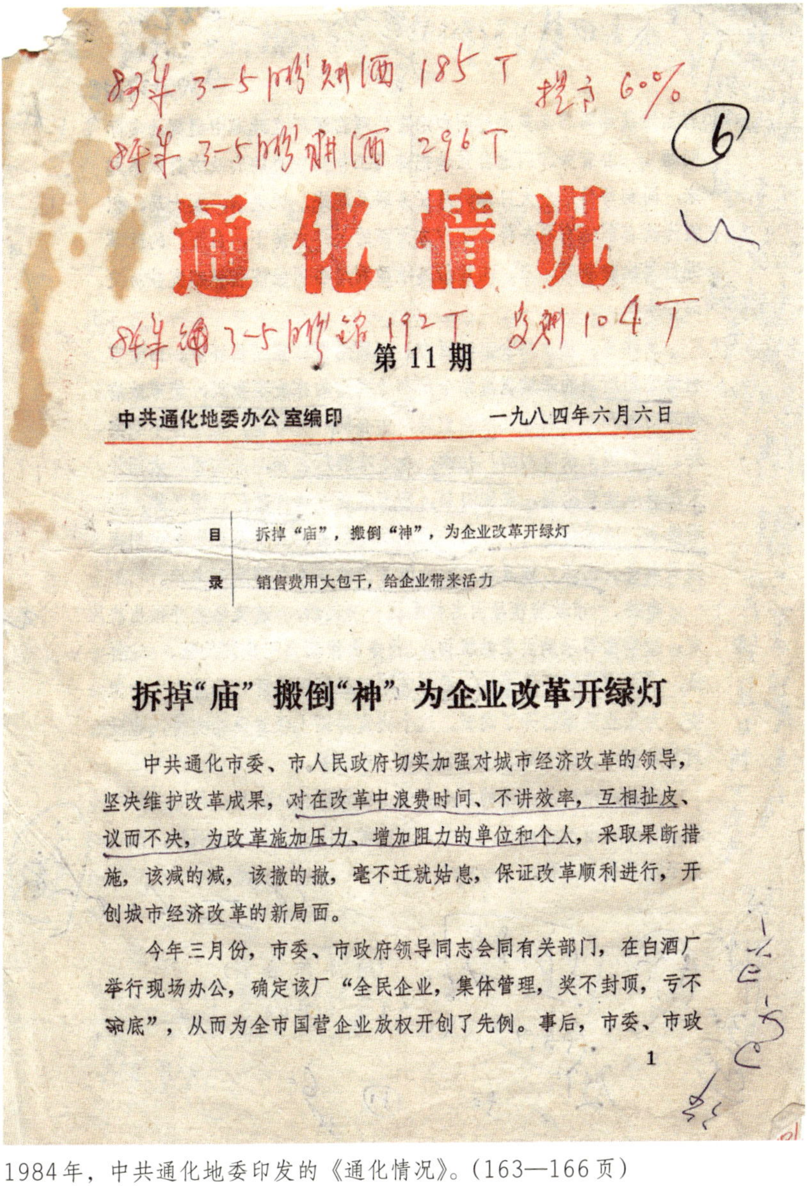

通化情况

第11期

中共通化地委办公室编印　　一九八四年六月六日

拆掉“庙”搬倒“神”为企业改革开绿灯

中共通化市委、市人民政府切实加强对城市经济改革的领导，坚决维护改革成果，对在改革中浪费时间、不讲效率，互相扯皮、议而不决，为改革施加压力、增加阻力的单位和个人，采取果断措施，该减的减，该撤的撤，毫不迁就姑息，保证改革顺利进行，开创城市经济改革的新局面。

今年三月份，市委、市政府领导同志会同有关部门，在白酒厂举行现场办公，确定该厂“全民企业，集体管理，奖不封顶，亏不保底”，从而为全市国营企业放权开创了先例。事后，市委、市政

1

1984年，中共通化地委印发的《通化情况》。（163—166页）

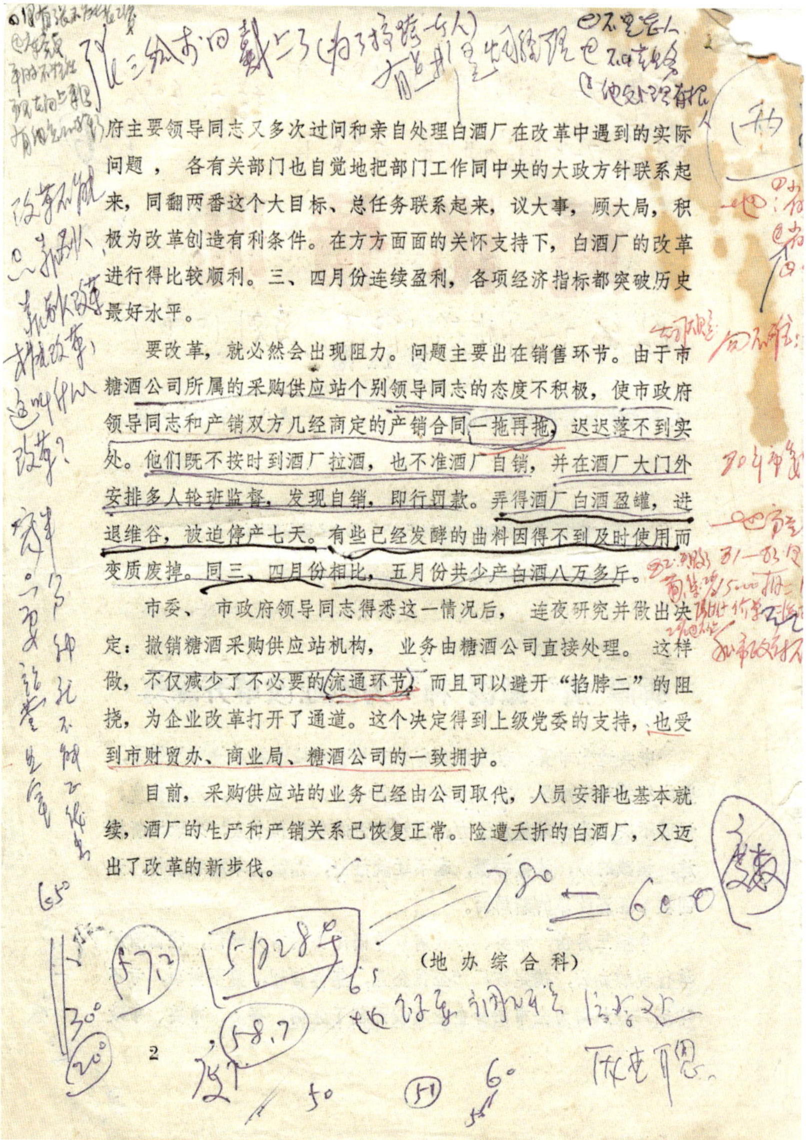

府主要领导同志又多次过问和亲自处理白酒厂在改革中遇到的实际问题， 各有关部门也自觉地把部门工作同中央的大政方针联系起来，同翻两番这个大目标、总任务联系起来，议大事，顾大局，积极为改革创造有利条件。在方方面面的关怀支持下，白酒厂的改革进行得比较顺利。三、四月份连续盈利，各项经济指标都突破历史最好水平。

要改革，就必然会出现阻力。问题主要出在销售环节。由于市糖酒公司所属的采购供应站个别领导同志的态度不积极，使市政府领导同志和产销双方几经商定的产销合同一拖再拖，迟迟落不到实处。他们既不按时到酒厂拉酒，也不准酒厂自销，并在酒厂大门外安排多人轮班监督，发现自销，即行罚款。弄得酒厂白酒盈罐，进退维谷，被迫停产七天。有些已经发酵的曲料因得不到及时使用而变质废掉。同三、四月份相比，五月份共少产白酒八万多斤。

市委、 市政府领导同志得悉这一情况后， 连夜研究并做出决定：撤销糖酒采购供应站机构， 业务由糖酒公司直接处理。 这样做，不仅减少了不必要的流通环节，而且可以避开“掐脖二”的阻挠，为企业改革打开了通道。这个决定得到上级党委的支持，也受到市财贸办、商业局、糖酒公司的一致拥护。

目前，采购供应站的业务已经由公司取代，人员安排也基本就续，酒厂的生产和产销关系已恢复正常。险遭夭折的白酒厂，又迈出了改革的新步伐。

（地办综合科）

2

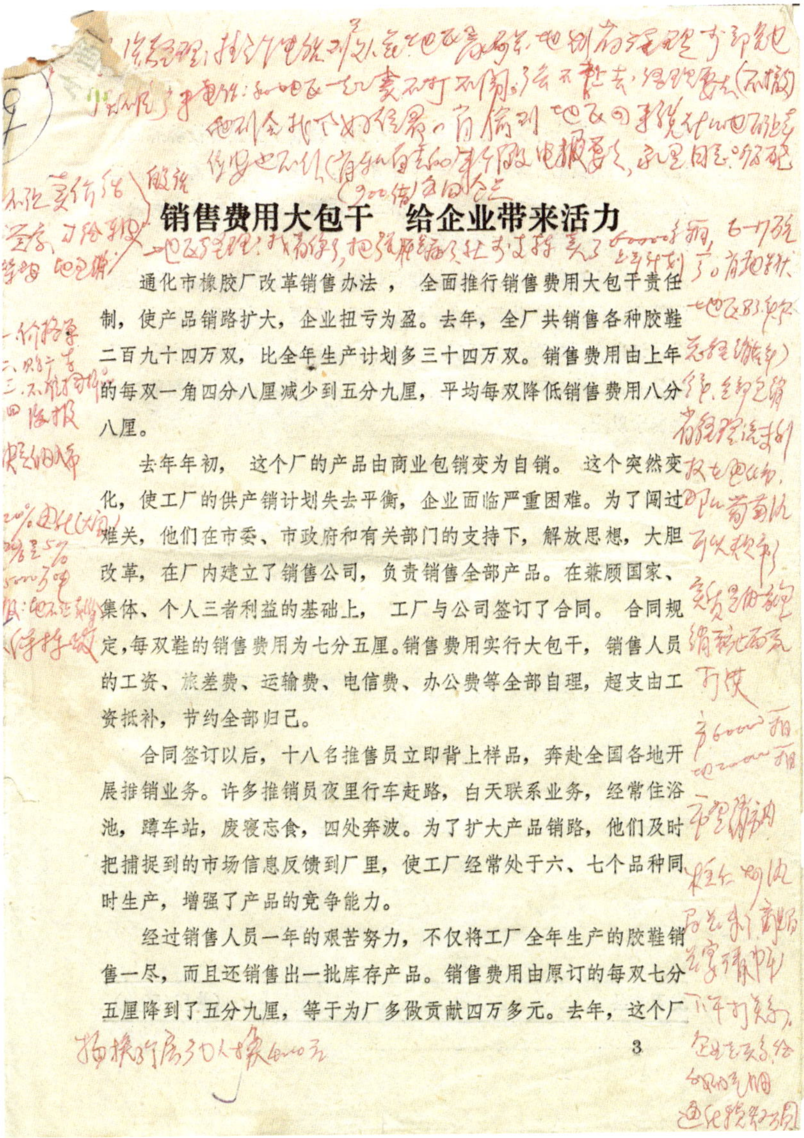

销售费用大包干　给企业带来活力

通化市橡胶厂改革销售办法，全面推行销售费用大包干责任制，使产品销路扩大，企业扭亏为盈。去年，全厂共销售各种胶鞋二百九十四万双，比全年生产计划多三十四万双。销售费用由上年的每双一角四分八厘减少到五分九厘，平均每双降低销售费用八分八厘。

去年年初，这个厂的产品由商业包销变为自销。这个突然变化，使工厂的供产销计划失去平衡，企业面临严重困难。为了闯过难关，他们在市委、市政府和有关部门的支持下，解放思想，大胆改革，在厂内建立了销售公司，负责销售全部产品。在兼顾国家、集体、个人三者利益的基础上，工厂与公司签订了合同。合同规定，每双鞋的销售费用为七分五厘。销售费用实行大包干，销售人员的工资、旅差费、运输费、电信费、办公费等全部自理，超支由工资抵补，节约全部归己。

合同签订以后，十八名推售员立即背上样品，奔赴全国各地开展推销业务。许多推销员夜里行车赶路，白天联系业务，经常住浴池，蹲车站，废寝忘食，四处奔波。为了扩大产品销路，他们及时把捕捉到的市场信息反馈到厂里，使工厂经常处于六、七个品种同时生产，增强了产品的竞争能力。

经过销售人员一年的艰苦努力，不仅将工厂全年生产的胶鞋销售一尽，而且还销售出一批库存产品。销售费用由原订的每双七分五厘降到了五分九厘，等于为厂多做贡献四万多元。去年，这个厂

3

扭亏三十一万七千元，盈利一万七千元，扭转了企业的被动局面。十八名推销员的平均收入为一千四百元，比基本工资高出一点二倍。收入最高的突破了五千元。有五人因没能完成销售任务而被扣减工资，最多的扣减二百多元。

一九八四年，橡胶厂继续推行销售费用大包干责任制。每双鞋的销售费用由去年的五分九厘调整到五分五厘。到五月末统计，全厂已订出合同二百六十万双，占全年销售计划的百分之八十七；已发货一百二十二万双；收回货款四百万元，占全年销售总额的百分之四十以上。

（地办综合科）

发至市县　　（共印450份）

4

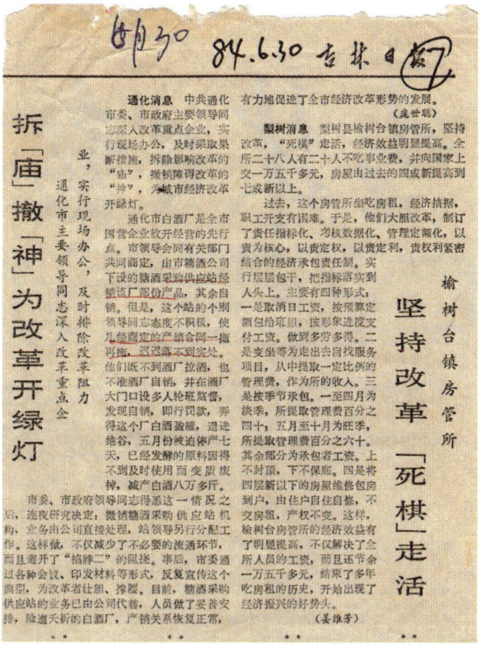

84.6.30 吉林日报

拆“庙”撤“神”为改革开绿灯

通化市主要领导同志深入改革重点企业，实行现场办公，及时排除改革阻力

通化消息 中共通化市委、市政府主要领导同志深入改革重点企业，实行现场办公，及时采取果断措施，拆除影响改革的“庙”，撤销障碍改革的“神”，为城市经济改革开绿灯。

通化市白酒厂是全市国营企业放开经营的先行点。市领导会同有关部门共同商定，由市糖酒公司下设的糖酒采购供应站经销这厂部份产品，其余自销。但是，这个站的个别领导同志态度不积极，使几经商定的产销合同一拖再拖，迟迟落不到实处。他们既不到酒厂拉酒，也不准酒厂自销，并在酒厂大门口设多人轮班监督，发现自销，即行罚款，弄得这个厂白酒盈罐，退进维谷，五月份被迫停产七天，已经发酵的原料因得不到及时使用而变质废掉，减产白酒八万多斤。

市委、市政府领导同志得悉这一情况之后，连夜研究决定：撤销糖酒采购供应站机构，业务由公司直接处理，站领导另行分配工作。这样做，不仅减少了不必要的流通环节，而且避开了“掐脖二”的阻挠。事后，市委通过各种会议、印发材料等形式，反复宣传这个典型，为改革者壮胆、撑腰。目前，糖酒采购供应站的业务已由公司代替，人员做了妥善安排，险遭夭折的白酒厂，产销关系恢复正常，有力地促进了全市经济改革形势的发展。

（庞世聪）

坚持改革“死棋”走活

榆树台镇房管所

梨树消息 梨树县榆树台镇房管所，坚持改革，“死棋”走活，经济效益明显提高。全所二十八人有二十人不吃事业费，并向国家上交一万五千多元，房屋由过去的四成新提高到七成新以上。

过去，这个房管所坐吃房租，经济拮据，职工开支有困难。于是，他们大胆改革，制订了责任指标化、考核数据化、管理定额化，以责为核心，以责定权，以责定利，责权利紧密结合的经济承包责任制。实行层层包干，把指标落实到人头上。主要有四种形式：一是取消日工资，按预算定额包给班组，按形象进度支付工资。做到多劳多得。二是变坐等为走出去自找服务项目，从中提取一定比例的管理费，作为所的收入。三是按季节承包。一至四月为淡季，所提取管理费百分之四十；五月至十月为旺季，所提取管理费百分之六十。其余部分为承包者工资。上不封顶，下不保底。四是将四层新以下的房屋维修包房到户，由住户自住自修，不交房租，产权不变。这样，榆树台房管所的经济效益有了明显提高，不仅解决了全所人员的工资，而且还节余一万五千多元，结束了多年吃房租的历史，开始出现了经济振兴的好势头。

（姜维秀）

1984年6月30日，《吉林日报》发表《拆“庙”撤“神”为改革开绿灯》。

通报450份。《吉林日报》发表相关报道，吉林电台也播出了相关信息。

一时间，我竟然成为阻挡改革开放的罪人！

事发突然，恰似天降灾难，我与我的采购供应站110多名职工都被这一变化砸蒙了。为什么我们采购站的业务开展得顺风顺水，恰似明媚的艳阳天，而今却突然被描绘成漆黑而恐怖的黑天呢？采购站的班子成员和职工都明白我们的处境，纷纷要我带领他们一起去商业局讲理，伸张正义。可多年的经验告诉我，要冷静，不能冲动，现在最需要的是慢慢思考，决不可意气用事，更不能带头闹出群体事件，影响大局，给社会带来负面影响。

回想一年前，上级领导重用我，信任我，给了我机会，让我“粉墨登场”，我也曾受到赞扬和报道。可是面对眼前的“拆庙撤神”的诸多报道，我心灰意冷。但是我知道生活还要继续，我坚信在共产党领导下的社会主义中国，倡导实事求是，秉持实践是检验真理的唯一标准。所以，面对挫折，我不会趴下，更不会沉沦。

当然，我知道这一切还是因白酒厂事件而起。

1984年3月春节假期过后，白酒厂开始恢复生产。3月至5月，采购供应站购酒296吨，销售192吨。进货比去年同期增加185吨，增幅达60%。库存还剩104吨。但是，我们的仓库酒柜只能装下100吨左右。而酒厂只顾生产，根本不管不顾销售情况。当时，我正好外出开会，会期半个月，采购站因无处储存，不能再收购白酒，酒厂因此而停产。酒厂和轻工业局不能理性面对这种困难，也不能正确分析原因，于是向市领导汇报，说停产是因为我们不收购，造成了他们生产无法进行，七天的原料（发酵周期七天）全部报废，给国家财产造成重大损失云云。他们把责任推给我们采购站，酒厂的责任甩得一干二净。

而此刻，商业局领导因我平日就不服从上级，也有意借此“修理”我一下。我想起来了，就在前不久，在一次知识分子座谈会上，大家都在赞扬领导有方，只有我给领导提了改正意见。现在，借着改革之名来一个“拆庙撤神”，既彰显了局领导支持工业改革的决心，也拔掉了我这个眼中钉。

白酒厂停产，引发了“拆庙撤神”，市委于副书记提出要处分我。我自然要找他理论。他的侄媳妇倪秀芬是我们采购站的开票员，有天晚饭后，我让她带我去于书记家。于书记在他家的客厅里接待了我。我们不认识，通过小倪介绍后，他即刻说：“你卖葡萄酒我不管，但是你不卖白酒我很生气，我了解到你还是有能力的，听我们工业局的同志讲，离了你更卖不了酒了，我马上在经委（经济委员会）成立个酒类经销公司，你来当经理，专卖通化的三种酒怎么样？”

于书记是有名的急性子，说干就干，其干脆与利落在通化市领导班子里是有名的。他马上用毛笔写下了他的设想：在经委领导下成立通化市酒类经销公司，任命我为经理，统筹通化的葡萄酒、白酒、啤酒全部销售工作。我虽然知道此事很难成功，但我知道于书记对我的态度转变了，开始信任我了，从要处分我改为提拔重用我。此举，无疑是对“拆庙撤神”的否定。针对我的争斗，第一个回合，我胜利了。

白酒厂的改革由他分工主抓，企业改革成功与否，与他紧密相关。16开信纸，于书记整整写了2/3的文字。内容主要讲的是成立酒类经销公司，任命我当经理。当然这信是公开的，让我转交商业系统领导。一个小时的交谈后，走出于书记家时，我的心情、我的脚步一改进来时的沉重，进门前准备的战斗状态和交恶的决心，全部烟消云散了。我倍感轻松，感到了书记的魄力和胸怀，从怨恨变得崇敬。我这一晚回家虽晚，但睡了个安稳踏实的好觉。

我向职工宣读了于书记的信，采购站拥护我的职工和班子成员——按现在的说法就是我的铁杆粉丝，都表示一定跟着我干，他们跟我分享着这看似胜利的喜悦。

我有些飘飘然，走起路来昂首阔步了。

拆“庙”，就是把“通化糖业烟酒公司采购供应站”这个“庙”拆掉了。撤“神”撤的是我，就是把一年零两个月前招聘的承包经理张晋兴这个“神”罢免了、撤掉了。理由是我阻挡了通化市白酒厂的改革，具体罪名就是不收购白酒厂生产的大量白酒，使得白酒厂红红火火的改革因此停顿，给国家造成了重大损失。

这可是1984年通化改革初期一件重大的有影响案例。通化市政府的通报上讲：今年3月份，市委、市政府领导同有关部门，在白酒厂现场办公，确定该厂“全民企业，集体管理，奖不封顶，亏不保底”这个重大的决策，表明了通化市委、市政府领导紧跟党中央做出英明的创造性决策。国营经济实行集体性质的管理模式，具体是多酿造一吨酒，可多给职工40元的工资分配，因此全厂职工干劲冲天。

白酒厂的决策实施后的头两个月，也就是1984年3、4月间，因为糖酒采购站的酒窖原是空的，明知白酒卖不了，也不敢不收，行政命令不能违背。我们盲目收购的结果，却是白酒厂扭转了多年的亏损，连续盈利。

这些形式上的改革，苦的还是我们自己。糖酒采购站的酒窖早已装满。我总不能也不敢继续收购吧，难不成把库存倒掉。这就是我的实际情况。某些人刚要沾沾自喜，立马就露馅儿了。白酒厂两个月的短暂盈利后，因没有销售渠道，接着就被迫停产了。商品生产哪能不考虑销售？当初那些只管生产不顾销售的决策是注定要失败的。只是，失败的后果，谁来承担？

商品经济的发展，越是进入纵深阶段，便越能体现商品销售的重要性。名牌产品质优且产品定位精准、渠道畅通，就可以销售全世界。一瓶500毫升的53°茅台酒可卖2000元以上，同样的一瓶53°高粱酒，只能卖5元左右，而且茅台酒供不应求，而5元钱的低价酒却常年滞销。

糖酒公司500吨的酒库已经装满，散白酒无处存储，又销不出去。酒厂停产以后，后续情况更加严重了，因为是发酵酿酒，周期七天，七天的投料全部作废，损失确实不少，而造成的原因，竟然是因为我不收购而导致停产。

面对种种非议，我都以平常的心态，实事求是地阐明实际情况。当着我的面，也是当着事实的面，领导也都认为我在理上，不存在任何非议，可该发生的还是发生了。

我这个“小神”被撤掉了，白酒厂终于也破产了。

几年后，通化糖酒公司破产解体了。

第二十八章　1984年，申述与翻身

于书记的亲笔信，由我交给了糖酒公司一把手张殿英经理。三天后，我接到市长办公室通知，主管商业的林副市长要见我。

我兴高采烈地骑着自行车直奔市政府而去。一走进副市长的办公室，我就感觉气氛似乎有些不对。副市长严肃地端坐在里面靠窗的办公桌前，面对着整个屋内的参会者。他年近60岁，个头不高，矮矮胖胖，圆圆的脸显得很严肃，与普通的老工人几乎没有差别。据说他是一个老革命，新中国成立初期在安东市的百货公司当经理。我环顾屋内，这里坐着市财贸办、经贸办、商业局的各位领导，还有糖酒公司书记、正副经理，总共十几人。

正当我要和他打招呼的时候，林副市长突然开口说话了："张晋兴，你有什么了不起！谁允许你承包三种酒的销售了，不能老老实实服从领导，不好好工作还异想天开！"

我一下子蒙住了，此情此景和我心里想象的完全不一样！林副市长的话如同一盆凉水，把我从头浇到脚。我大脑空白了几秒钟，本来心想于书记指示的好事，怎么到这里就突然变了。我提高嗓门对他说："林市长，谁告诉你我要承包？是在座的哪位诬告我？我什么时候、什么地点向谁讲了我要承包？讲话要有证据！我看你不是找我研究问题，而是训我，羞辱我，你这样态度，你自己讲吧，我不和你谈了。”说完，我转身就向外走去，这时，糖酒公司副经理王庆茂一把将我拽了回来，强硬地拉着我坐在他身旁。

整个办公室的气氛凝固了，谁也不讲话，职务最高的和最低的发生了战斗，而且火力猛烈，气势逼人，谁又敢出声呢？

林副市长也没想到我竟然敢这样顶撞他。停顿了几分钟，在尴尬的气氛中，林副市长又开始说话了，态度却有了一百八十度的转变。他语气平缓地说道：“张晋兴，我的意思是通化市三个酒厂不能与糖酒公司分开，那样糖酒公司不是要解体了吗？中国没有这个先例，任何人不能违背国家这个现实。”

接着，他讲了酒类不能分离的现实原因，却只字不提我的事了。态度也和蔼正常了，像是认识到了自己刚才态度的错误，恢复了领导平日说话的口吻。他讲了十几分钟，再无一人发言，他的主要意思就是表达了于副书记提议的酒类经销公司不能成立。最后他还说：“商业局安排你为专卖局局长（对外局长、对内科长），职务是平调，不是撤职，我看这个职务更轻松。”

会议结束后，我无精打采地低头向外走去。在走廊里，工业办公室程元福科长喊我到他办公室坐会儿。我们是在研究白酒销售的协调会上认识的。他小声跟我讲：“这个老林头纯粹是欺负你，等我告诉于书记，你别怕，他不能把你怎样。”接着，他又讲了一些安慰我的话。

实际上，这次矛盾发生，主要是因为分管工业的领导还想支持我，而商业局的领导却想批评和教育我。事已至此，于副书记的酒类销售公司的方案在幻想阶段就夭折了。我又是这个幻想事物的受害者，从管商业的副市长，到财贸办、商业局糖酒公司我都没讨到好，在整个商业系统中，我还有立足之地吗？这不更加大了我与商业系统的怨恨吗？

1984年7月，糖酒公司职工杨福成找到邻居姜风才，跟他说起我的遭遇。姜风才是省作家协会的成员，也是吉林电台的通讯员，写过电视剧，发表过文学作品和新闻报告。他曾撰写过一篇关于通化某机械厂违规的批评报道，结果使该厂领导接受处分，大部分班子成员遭撤换。姜风才为人刚正不阿，儿时生活清苦，曾卖过黄泥（做烧煤的黏合剂），练就了一副好身板，获过摔跤比赛冠军。姜风才听完我的遭遇，非常气愤。他主动执笔为我写了申诉材料，亲自带着写好的材料找到刚调来通化市的姜副市长。

姜副市长刚调来通化市不久，住在通化招待所。见到姜副市长，他自我介绍说："市长，我是为糖酒公司张晋兴的事情而来。我市对他不公平。我写给《人民日报》的材料已经向报社通报了，他们听完我的汇报后，意见是先跟市政府领导打招呼，要把市政府的态度也写上。"

他们两个人也是初次见面。姜副市长让他把材料放下，回去等着听处理结果。

通过这件事，姜风才胆大正直的性格，让我肃然起敬。我们无亲无故，他却仗义执言，出手相助，处在困难时期的我为此感激不尽。从那以后直到现在，近四十年，我们一直是无话不讲的亲密朋友，他的家庭生活困难，我经常给予尽可能的资助。

不久后，我接待了一位政府秘书处的工作人员。他详细地了解了我的情况。其间，姜风才也多次去找过姜副市长，两个人心平气和地交谈了。当年8月，公司通知我去姜副市长办公室，路上我有些忐忑，不知是福是祸。

姜副市长见到我，没有多余的寒暄，直接说："我来通化市时间不长，主抓改革，商业系统方面你的改革，加上工业企业的人造毛皮厂、水泥厂，这三个改革试点都因为是新事物而受到习惯的旧势力阻拦，都不顺利。关于你，应算是处理有误，但目前不好解决。我有个想法，你也不要在这争论，别赌气，我相信你的能力，你的工作我重新给你安排一下。”

姜副市长态度和蔼可亲。他认为我应该欣然接受他的意见，毕竟，这是对我的关怀，也是打破目前僵局的上策。但是，我没有半点思考与停顿，回答道：“感谢姜市长的关怀与爱护，我张晋兴从来就不是做领导的料，二十多年来一直被专政、被改造。现在改革开放了，这一次，我在糖酒采购站的是非曲直，我希望领导给我一个公正的评价。”

姜市长听到我的回答，眼睛瞪大了，也愣住了。他万万没想到我竟然这样回答他。他肯定想眼前这个人怎么如此另类。稍许沉默，他说：“好吧，那你回去吧。”

市长办公室，两分钟的交谈，就这样结束了。我说：“好，谢谢市长。”转身迅速离开。

我与姜副市长这是第一次见面，也是第一次正面交谈。他一米八以上高大魁梧的身材，英俊潇洒，据说他是大专毕业，以往常年从事宣传工作。回来的路上，我也在担心，不服从市长安排，会不会惹怒了他？这种做法会让他产生什么印象呢？是不是会产生不良后果，影响我今后的工作呢？事情已经发生，后悔也没有用了，一切听天由命吧，今天的谈话要永远埋在心里了。我不禁苦笑，只有傻瓜才会这么直接拒绝领导惜才爱才的好意吧！

不久，我得知商业局劳资处有人要对我工资下手，于是立即将情况反映给姜副市长。姜副市长知道后，打电话了解情况后，把劳资处相关人员训斥一顿，并嘱咐必须保证我工资的正常发放。

10月，我再一次接到通知来到姜副市长办公室。我依旧站在办公室中央，姜副市长面带笑容地说：“昨晚市长班子会议，定下提升你为糖酒公司主管业务的经理，会上我力主推你为一把手，但商业系统的人说你当领导的时间短，还需要锻炼锻炼，那好吧，你就当主管业务的经理。”

领导简单的几句话，让我欣喜若狂！但在那样的场合，我强压着内心的喜悦，尽量心平气和地回答：“谢谢姜市长厚爱！”

显然，人品高尚的姜副市长没有因为我的拒绝而记恨我，相反力主把我推向更重要的岗位。

我不记得自己是怎样走出市长办公室的了，胜利的喜悦充溢着我的全身。天晴啦，可以说是“沉冤昭雪”！这段时间里笼罩在我心头的阴霾终于散去！这里面没有天地神明护佑，也没有烧香拜佛，有的只是我自己顽强的坚持。当然了，这里更离不开崔书记、姜副市长、纪检委干部、王记者、姜风才以及糖酒采购站的全体职工的支持与帮助。

走自己的路，认准目标，勇往直前。这将是我一生不变的信念！

1984年10月，市委财贸委员会正式任命我为糖酒公司业务经理。我顺利接管了糖酒公司副经理的工作，还是主抓购销存方面的整个业务。我又恢复了从前忙碌的工作状态。

回想过去的两年，自1982年11月承包烟酒业务开始，一个月后被选举为烟酒采购副经理，四个月后，商业局招聘我组建糖酒采购站，都是政府财贸部门下令任的职，我是被表扬宣传的改革者，可承包后一年零两个月，我又被扣上了阻挡改革的帽子，成了改革的绊脚石，以“拆庙撤神”的形式被撤职，甚至险遭处分。我不得不接受了狂风暴雨的打击，当然这一切也是一次巨大的洗礼。“拆庙撤神”的闹剧中，我被罢职四个月，而今我偏偏又胜利了，赢了“官司”，还提升了职务，天底下有这个先例吗？闹剧变成喜剧，这也是反败为胜这个成语的标准注释吧，支持我的全体采购站的员工再次为我欢呼雀跃。

提职后又过了半年，1985年3月，我自己辞去职务，得到商业局批准，来到通化市政府驻大连办事处工作。此举也得到了姜副市长的支持，把我的关系从企业系统调到政府编制，我的工资到政府套级，定为正处级月薪105元。1984年8月，我的二儿子考入吉林化工学院时，我带他和已在大连工学院读书的大儿子，一起去姜副市长家看望他。他异常高兴。我和他从来也没有礼品和金钱的往来，却结下了深厚的情谊。姜副市长是一个清廉正直的好领导。

2018年，我经过多方打听得知，姜副市长从吉林省广播电视厅厅长的职位上离休，年近80岁了。我们通了电话，电话中我向恩人汇报了我的近况，我在大连创办了自己的企业，企业经营状况良好，儿孙也都成才，希望他能来大连旅游，让我有机会报答他当年的知遇之恩。

第二十九章　1984年，正义降临

糖酒采购站这个独立的纯业务经营企业被撤销以后，整个经营业务由糖酒公司的业务口正式接管，我的职务未降，平调安排到了酒类专卖科当科长。但是负面舆论的形成和蔓延，对我的工作业绩是一种莫大的否定，并由此形成了对我的恶意侮辱。这不仅是对我的否定，也是对采购站全体职工辛勤工作的否定啊。我们清楚来了几个不懂业务的领导对我们意味着什么。一年多的团结向上、奖金丰厚的好日子结束了。此时，全站职工和我都有抗议、申辩乃至抗争的心态，群体事件真有一触即发的态势。义愤之余，我清楚这种事情的后果，于是我尽力安抚住职工的情绪，稳住队伍，在职工面前避而不谈这件事。职工说三道四，我也不表态不参与，但是我的内心比他们更愤怒，也更加苦不堪言。

我觉得我应该按照组织程序进行申述。书记、市长以及政府有关部门的领导，都秉持正义，主持公道，在仅仅四个月短暂的时间内，查明了真相，还原事情本来的面目。结果，我没被撤职，反而得到擢升，进入了糖酒公司的领导层。

1984年6月中旬的一天，我与我的得力助手王延昌副经理，去了通化电视台和市委整党办公室，原因是电视台播出了对我不真实的报道，整党办的郝主任也在整党通报里提到我。实际上，去这两个单位申述，也辩论不出什么结果，就是为自己出口恶气，痛快一下罢了。发了一顿牢骚，心情好些，于是我和王延昌来到通化唯一的公园——玉皇山公园。我们平日工作紧张，极少有时间休息。这次也算是借机放松一下沉闷的心情吧！

我和王延昌逛完公园，下山，在市政府右边的大道上，碰到崔书记。他是市委一把手，决定选举采购站副经理和组建领导班子，他都参与了，而且在会上发表了鼓舞人心的讲话。

崔书记见我，诧异地问道："你们干什么呢，这么清闲？"

我说："上级'拆庙撤神'，我这个'神'撤掉了，我失业了。"

"你再说一遍，什么意思？"书记追问道。

于是，我详细地讲了事情的来龙去脉，承包采购供应站之后，从拓展购销渠道到为企业增加经济效益，从转亏为盈到为职工谋求奖金与福利……我一口气讲出这些成绩，也倒出我的委屈，心情复杂，不知不觉中眼里也差点涌出泪水。

从头到尾，崔书记认真听我的陈述。我说完了，他沉默了良久，忽然说道："好，今天到此为止吧，以后你无论在什么场合和什么人都不要再讲了。今天回去后，老老实实地听上级安排。"

与崔书记的偶遇，短短几分钟的对话，我心里却滋生了一种隐隐的希望。崔书记是土生土长的当地人，从基层一步一步提升上来。与那个年代的许多干部一样，他可能没有多少文化，但是凭着思想进步，忠厚肯干，成了通化市一把手。他身上有着老共产党、老八路的正义感。我来通化市只有两年多，很幸运认识了这样一位老领导。

三天后，通化市委宣传部委派了一名王姓记者到访糖酒公司。接着，纪委书记带队来调查"拆庙撤神"事件。调查之后，纪委书记找我谈话，掌握了基本事实之后，他代表组织，对我做出了肯定的结论。

在8月末的一天，上午10点多钟，组织部王副部长带领组织科张科长，没有事先通知，突然来到糖酒公司，召集全体职工开会。会上，王部长开门见山地讲道："今天我来是组织大家选举糖酒公司经理的。"

选票就是一张白纸条，由张科长发给每人一张。选举现场，要求不准交头接耳，每名员工写一个被选人名字。提名是根据选拔干部的三项指标——对党忠诚、有文化水平、有实干精神，能带领大伙致富。张科长从东发到西，接着再收回来，不到十分钟会议结束。

当选票揭晓时，参加会议的人数为74人，糖酒公司当时的一把手得了18张选票，我得了48张选票，其他人8张。有的在职的副经理，只得一票，还有的一票未得。中午吃饭时间，因在外面工作没有参会的职工十几人又来到组织部，要求给我投票。据说王副部长感慨地说："张晋兴牢牢地抓住了糖酒公司职工的心啊！"

记者走访、纪委调查、干部选举，是崔书记砍出的三板斧，这是一位优秀共产党员实事求是精神的体现，是他公正、公开的工作作风的集中表现，也是对我这样一个基层干部的真情实意的关怀和爱护！他和我无亲无故，更没有个人交往，我只能心怀感激，在心里默默祝愿崔书记工作顺利，健康长寿！在这期间，崔书记的夫人专门找到我，想让我去她的公司工作，担任她们公司的副经理。我知道这是她惜才与爱才，但是我这个人啊，就想哪里跌倒就在哪里爬起来，再说我当时也不舍得支持我的这些下属员工，所以我婉言谢绝了她的好意，但是崔书记一家人的恩情却让我倍感温暖，终生难忘。

2013年，我经多方打听找到崔书记的联系方式。我在通话中得知他很健康，他也想接受我的邀请来大连旅游。但是，当我在2015年回通化时，却意外得知他已经离世了……此生恩情无以回报，不能不说是一个巨大的遗憾！

第三十章　1985年，惜别通化

我从1984年10月升职，正式接任糖酒公司业务经理的职位后，感到工作压力很大。以往在采购供应站时，班子队伍都是由我一手组建，他们对我信任，服从我这个一把手的工作安排。现在，我虽然身处主抓和分管业务的重要岗位，可论资历，我在公司班子里是最没有发言权的，班子里的其他成员都是老资格，十几年或几十年在商业圈子里摸爬滚打，一步步从基层提上来，在商业系统都任职过多个公司，书记与副书记、经理与副经理，都是资深老领导。我呢，不但不能与之相比，而且进入领导岗位不足两年，就遇到商业系统"拆庙撤神"，其实是真正被撤职的。这次复职，不是班子的意愿，是市里直接压下来的，他们不能不执行市里领导的决定。我也清楚我的处境，可是工作还得干，会顺心吗？能迈开步子吗？我感到非常不适应，也放不开了。

糖酒公司的业务营业厅和水产公司在一个院，我们与水产公司总是和平相处，都是商业系统的基层公司，系统内发生的一切变化互相都是清楚的。水产公司的徐副经理，是一位任职多年的资深老商业，也是有能力、有威信的老经理。一次，他在与我交谈时，恳切地说：“凡事都是三十年河东三十年河西，你这可是一年河东一年河西，虽然你这次是胜利了，你想想你得罪了多少人，整个领导层，你这一上来夺走了一部分人的权力，自然形成了一些矛盾，今后工作会好干吗？多少人在盯着你，今后你的成就无人讲，你的失误肯定会被夸大，甚至会遭到诬陷，你以后不好干啊，小心点吧！”

徐副经理的一番话，让我醒悟了。他的一番掏心窝子的话是友情的告诫，也是现实的写照。他的话使我陷入了深深的思索，也使我戴上了重重的思想枷锁。

从1984年6月被“拆庙撤神”，经过四个多月的奔波，取得市领导及公司广大职工的支持，不但平了反，还提了级，社会地位和威望得到大幅度提高。但是工作起来却不是那么自由和顺心了，我的工作热情和劲头也没有从前承包时期的那般高涨了。思想有压力，工作就放不开，请示汇报的程序也多了，新的工作创意被否定的也多了。

既然无法改变，是不是就该考虑远离啦？

1985年3月，我去市政府办事，偶遇原军队医院后勤处的赵处长。我们原来有业务往来，转业后他进入市政府工作，又提升为经济协作办公室副科长。我很欣赏他的才干，相遇时表达了衷心的祝贺，同时表达了如果有机会，我也想换个岗位的愿望。他很认真地告诉我，现在政府驻大连办事处正在筹建中，每个实体局抽调一人去大连。商业局抽调的人因为年龄偏大，身体状况不佳，不想去大连，你与他职级相同，如果想去的话，可以争取一下。此事正好由他们科负责，他马上告诉我，筹建办事处的负责人是交通局原来的王局长。他告诉了我王局长的地址，他还说你先接上头，我再向王局长推荐。

得到这个消息，我很是兴奋，本来就萌生了离开糖酒公司的想法，到改革开放的前沿大连，那又是与我山东威海老家一海相隔的地方。从1960年逃亡到东北，谁不想着有朝一日回到老家啊?！再有，我的长子张伟正在大连工学院读书，去大连，也是一家人的团圆啊！所以，就在老赵提供消息的次日，我就奔赴大连，去找王局长。不承想，他在前一天回通化了，我们走了一个交叉。我紧接着返回通化。他见到我很高兴，当即表示，只要商业局同意，他就可以接收。

得到王局长的同意，我马不停蹄地找到主管我的业务局长程洪训。开始并不顺利，单位不想放人，于是我几乎是天天找，就怕错过这个机会。经过半个多月的努力，有一天程局长对我说："我看你是铁心了。"我回答："对。"

于是他就说："据我了解，这次是临时派遣，以后能否定下来不好说，你要走我们就得把你的副经理免职，因为这里不能缺编，马上安排别人。"

我明白他的意图，商业局领导是不喜欢我的，我的调动想法正暗合了他们的心意。我立即回答说："我同意辞去副经理职务。"他当即同意了我去大连的想法。这一瞬间的心情，超越了几个月前提为副经理的喜悦，感觉一道道缠绕在身心的枷锁瞬间被砸开了。

1984年4月末，商业局和糖酒公司通报了我职务的变动，事情原委我已预知，所以心无波澜，但是其他人却炸了锅：支持我的职工都埋怨我把他们扔了，说我太绝情；反对我的人欢呼雀跃，因为权力又回到他们的手中。

我的得力助手王延昌，是我的同盟，也是我的好伙伴。他情绪激动地说："经理，你把我们扔了，有没有考虑我们的感受？这么多职工对你忠实支持，你这么做，有些绝情吧?!"

在场的人听到他的话，有人甚至掉下了眼泪。这是延昌第一次也是唯一一次向我发火，我却不能埋怨他。几天后，他给我写了一封信，信中表达了以后有机会还希望一起工作的想法。四十年了，

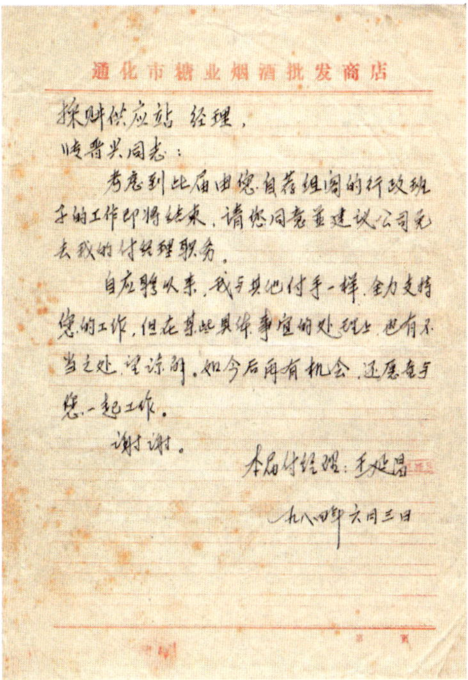

通化市糖业烟酒批发商店

採财供应站 经理，

曲晋兴同志：

考虑到此届由您自荐组阁的行政班子的工作即将结束，请您同意并建议公司免去我的付经理职务。

自应聘以来，我与其他付手一样，全力支持您的工作，但在某些具体事宜的处理上，也有不当之处，望谅解。如今后再有机会，还愿意与您一起工作。

谢谢。

本届付经理：王延昌

一九八四年六月三日

1984年，通化糖酒公司副经理王延昌在得知我即将离开公司后给我写的信。

我至今还保留着。那是一份滚烫的友情啊！

党委书记杨德林，他得到消息后，第一时间就骑着自行车到了我家。他发火说：“晋兴经理你对得起谁？我一贯支持你、配合你，你却偷偷地决定离开公司，为什么这么保密，连一个招呼也不打就走了，太无情无义了！”

我无言以对，只能以笑相迎，此刻我苦涩的心情向谁讲起呢？我五个月前是胜利了，出气了，经过糖酒公司全体职工三次选举投票，我才得以上台洗刷身上的冤屈。但是，我眼前这困难重重的路怎么走呢？我无奈，只能止步，另开新路，我所舍弃的管烟管酒的权力是多少人梦寐以求的。但面对眼前的困局，放弃这个权力虽是明智之举，是解脱压力之举，但谁又能理解呢？

决策利落，在急流中能够勇退，这是我一生练就的风格。当时我调到政府，工资套级定为正处级。闯关东二十多年的经历，使我的社会地位和收入大为改观。家里还有两个大学生，这些都给了我满满的自豪感！相比之下，这些小的波澜算得上什么呢？

工作变动以后，我去姜副市长家相告。他似乎有些无奈，看了看我，没有再问什么，只是点点头，说：“好，听说以后能落户口，去吧。”后来，大连办事处的定员以及工作调转，直到后来进入政

1985年，通化糖酒公司职工合影。

府编制，也都是他亲自给我办理的。

顺利交接了工作，我迅速离开了糖酒公司。对于那些曾经一起战斗过的伙伴、职工，我只能默默地说声对不起！但是，对于我的人生，成就我的、锻炼我的永远是在糖酒公司的这段经历。四年四个月的工作，从普通员工到业务经理，从罢职到升职，曲曲折折，短短的时间发生了太多事情，有荣光也有低谷，最后以辉煌告终。四年四个月，我两年两个月在台上，两年两个月在台下，从默默无闻到升任糖酒公司副经理。现在回忆起这段人生经历，酸甜苦辣，跌宕起伏，还有采购站那个充满活力的集体，都是值得我永远记忆的。

1985年4月，我脱离了糖酒公司。

我从不考虑一时的得失，这也是我的性格。到了大连办事处，10月份办理定编，定编后我的人事关系就算正式转到了市政府，进入政府编制内，工资定在每月105元。

由此，1986年，我们全家正式迁来大连。后来张辉从吉林工学院毕业，也分配到了大连。直到现在，我在大连已经生活三十七年了，全家老小十二口，全是大连居民了。

2015年，是我惜别通化三十周年。我回到通化，召集了当年老友旧部聚会，参会的不到40人，大半都是耄耋老人。很多熟悉的人已经去世了，还有部分人去了外地工作或者养老。当年20岁的小姑娘，现在也退休了，我亲密的助手王延昌已多年生活不能自理，变成了植物人，让我不禁有些唏嘘。

聚会开始，由原党委书记杨德林做开场讲话，接下来是我的发言。我在讲话里，主要讲了当年放弃了实权的业务经理职务而离开通化的缘故。国家机密一般保守五十年，我这一秘密已经保守了三十年，可以公开了。发言中，我讲述了当时的处境和无奈，为什么抛开我心爱的职务和追随我的职工绝情离开。其实那时候我的心情也是难舍难离的，但由于思想压力太大，离开是无奈的选择。会

2015年，昔日通化糖酒公司职工在三十年见面会后的合影。

上，我公开了我保存的1983年公司的财务报告和统计分析。我与在场的人共同回忆当年的辉煌，其间大家都忆起了发放奖金的惊险与曲折。最后，我也向我的老友旧部介绍自己创办企业的种种经历，更与他们分享了目前在全国创办了八个企业、年盈利超过千万的喜悦和成就。我就是愿意有福同享，我愿意与支持我的老友和部下一道分享我的喜悦。

会后，我安排的一场盛宴，在通化当时最好的宾馆里的宴会厅，推杯换盏，觥筹交错。在欢声笑语里，我们一道回忆与畅谈起三十年前的奋斗与友谊。在座的许多人，自从1997年公司解体后，也都是第一次见面，欢声笑语里，我们留下了珍贵的合影，以做永久的纪念。

在糖酒公司工作的四年四个月，在我整个人生里不足二十分之一的时间，但是就是这短短的时间，却给我留下太多回忆，留下最为珍贵的友谊与思念。四年前，儿女给我举办80岁生日寿宴时，原糖酒公司林英石经理和王文刚、姜秀义等职工还不远千里来大连为我庆寿，也说明我们的友情是恒久的、坚固的。

使我不能忘怀的还有烟草公司的那些职工，他们是从采购站分离出去的，也是当年跟随我、支持我的老部下。烟草与酒类分家时，我对烟草的经营最有感情也有经验，曾经把库存的烟草在省内进行调换，此举解决了长春卷烟厂的大批库存积压，为此长春卷烟厂奖励了我们95件大人参烟。这是当年的畅销货啊！省烟草公司领导非常赏识我的工作能力，告诉我，分家一定选我。后来，是我没有坚持，所以分家后我们自然失去了烟草经营权，在交接之际，省烟草公司王经理又批给我两车皮的云南香烟（那是唐国臣去找云南省烟草公司总经理特批的），算是对我工作的鼓励与奖励。这在全省都是特例了。

后来，糖酒公司亏损解体了，接着听说烟草公司也出现过亏损。

第三十一章　1985年，一车江鲤鱼的故事

通化市驻大连办事处组建之初，加我一共五个人，都是从通化市内各工业局、商业局临时抽调过来的，都属于临时工，等待正式定编后才能决定取舍。我自1960年逃亡东北，被迫远离山东老家，现在越来越思念家乡了，思乡之苦常伴。大连和山东一水之隔，听说可以把家搬到大连，这对我充满了诱惑，虽然能否实现理想尚且未知，但是距离老家近了一点，心里总是愉快的。再说，当时我的长子张伟正在大连工学院读研究生，次子张辉就读吉林化工学院，我谋划着我们家未来的远景，希望一家人能相聚在大连并在这里度过一生。为了这个愿望，我宁可舍弃通化糖酒公司业务经理这个既光鲜又有实权的职务，来到大连重新开始生活。

当时，因为改革开放的形势需要，通化市政府已相继在北京、长春、海南设立了办事处。大连是计划单列城市，是东北改革开放的窗口，应大连市市长的邀请，东北三省凡地市级以上的政府都可在大连成立办事处，全国的外省市政府和大型国营企业也受到邀约，纷纷来连设立办事处。通化市在大连设立办事处自然是顺理成章的事情。当时，大连在册的外地办事处有70多家，其中以东北三

省与内蒙古居多，享受到大连市政府的各方面优惠待遇。办事处是政府间联络的桥梁，主要任务是传递与交流改革发展中的新消息、新事物，以便指导通化当地经济发展，进而做到互相交流、互相支持、共同发展。当然，每一个办事处都想为本地经济的发展引进国内外的资金投入，但具体实施起来，却是很困难的事情。所以办事处的五个人，常常处于一种无所事事的状态，有的人因为家属还在通化，大部分时间都回家了，小小的办事处更显得清闲了。

当时的大连市办事雷厉风行，设立专门的联络处负责管理驻连办事处的工作与生活，经协办管理交流业务，经常是书记、市长带领我们参观大连市建设取得的新成就，我们也经常参与大连的各种节庆活动。除此之外，办事处没有多少具体的任务与活动，最多是接待通化政府来连办事的领导和各局的负责人，招待和游玩成了重要的工作内容。

我是5月中旬来大连工作的，一个月后，恰逢端午节，得到主任的许可，我返回通化过节。

这次回通化过节，属于休假状态。这是我自参加工作以来最放松的时刻，时间自由，心情放松，那几天经常骑着自行车在市内溜达，看看热闹，观察点风土人情，从前都是上班工作，哪有这样休闲的状态啊。只是，这般看起来最为休闲的状态没有持续几天，我就进入了自己人生最为“惊险”的一个生意。

这一天，我来到新站广场，看到一群人在销售江鲤鱼。经过攀谈，我了解到他们是在处理春节期间职工分福利剩下的江鲤鱼，每斤1.5元，领头的年轻人姓范，他们都叫他范经理。范经理告诉我这几乎半价赔钱处理，他还说租的冷冻库已付不起租金，并说他们是通化县农业生产资料公司的，库存还有十几吨。

我当时灵机一动，这鱼新鲜啊，整条一斤左右，大小与新鲜程度都是销售的最佳商品。范经理还说这是长江里的鱼，不是湖里养殖的，不带土腥味。我马上联想到临江的鸭绿江里的江鲤鱼已很少了，而且价格昂贵，就立即挂长途电话去找临江食品厂采购供销员于洪礼。我与于洪礼是山东老乡，1966年我们同在浑江市做采购员，吃住在一起，交往相处得非常好，是知心朋友。他当时告诉我，临江市场的江鲤鱼是每斤6元，而且少有，很抢手。我让他马上去临江水产食品公司，研究这样的鱼是否可以收购。他很快就回话，每斤2元2角可收购，而且四吨一车的量没有问题。

得到这个信息，我思量这可是一笔好生意，四吨的解放汽车可拉8000市斤鱼，每斤去除0.1元的杂费，可剩下5000元的利润，再除去送礼和分给于洪礼等人的佣金，我可以挣到3000元以上。我觉得这笔生意可以做，想到马上可以净挣这么多钱，不免心花怒放啦。

当时我并没有做生意的本钱。那时我的工资每月是80多元，我爱人工资可开到50多元，家庭月收入总共是130多元，还要供养两个儿子上大学，钱都在爱人手里，我身上可以自由支配的金额常年不超过10元，但是我有信心凭着自己的交际能力，不用先交钱就能做成这笔生意。

第二天，我找到范经理，把我的想法跟他讲了，也讲了我的身份，并保证卖完后马上付款。他一听，觉得我很靠谱，就同意把鱼先赊给我。第三天早晨，我又去找原先在糖酒公司的副经理王延昌，请他给我找了辆运输公司的解放车，接着，顺利地去冷库装上了四吨新鲜的冷冻鱼。装车完毕，我要押车往临江进发，这时已近上午9点钟，司机说这车发动机有毛病，不能去临江，要回运输公司换另一台车。当时的运输车辆不多，车也难找，司机的社会地位都很高，权威不可侵犯，我只好随他去换车。换车当然就需要把原先装好车的篷布都揭开，把一坨一坨冰冻鱼卸了再装，这个过程都是运输公司给安排的，我是货主，只是负责看好自己的货。

这时，我的思想压力来了。当时中国的汽车状况都不好，在公路上抛锚的车到处都是，通化到临江要行驶六七个小时，而且都是山路，有名的惊险路段老爷岭就在这条线上，翻山越岭，要是路上再出现问题怎么办，这货款是12000多元，出一点问题我都担不起这经济责任啊，弄不好还要承担法律责任……担心和压力在内心涌动，原先的喜悦一扫而空。

这天正好是艳阳天，太阳当空照，温度已达20多摄氏度，在倒换装车时，冰冻鱼化得直淌水。我的身体在流汗，心在淌血，想到还有八九个小时到临江，不知道这鱼还要融化成什么样子，这真是当家才知柴米油盐贵啊！

路上还算顺利，下午6点多到达目的地，虽然是翻山越岭，一路颠簸，好在无风无雨无事故，心里很庆幸，心想终于顺利到达目的地了，一会就可以算账拿钱走人了。可是，不承想，食品公司管理业务的人讲，这批鱼质量有问题，冰化了。我申辩说："冰冻只是表面化了一点，鱼的质量绝对没有问题。"与他争论，没有结果，但他跟公司的书记经理一反映，公司就决定不收购了。

这简直是晴天霹雳！我的脑袋轰地一下蒙了，这真是货到地头死，对我来说10000多元的货款是一笔巨款，也算是生死攸关的事，出了事我几年也还不起啊！我心里清楚，他们是借机在为难我，于洪礼讲得没错，市场上的江鲤鱼每斤是6元，这个鱼卖4元一斤都是抢手的畅销货。

我亲自找书记讲："你冷库租给我保存几天，费用我付，我自己销售。"书记答复："不租。"

这可怎么办呢！我真是蒙了！

我让于洪礼去找食品公司领导，结果也是一样糟。实在没有办法，又不能放弃，人在屋檐下，不得不低头，我晚上买了烧鸡和香蕉（当时香蕉是进口的，是市场上最好的水果）到书记家，几乎是苦苦哀求，把书记说成是救命恩人。书记的爱人看到我真的动情了，一直帮我说好话，经过两个多小时的交谈，讲质论价，书记答应我，1元8角收购，比原价2元2角少给4角。这样一来，我只能有3角的毛利差了。书记的态度坚决，我也只能认了。本来预计的5000元的利润，现在缩水了——只有2000元。我虽然心里不满意，还得表现出对书记的感激。

第二天一早，检斤入库，因为每坨都是标准的净含量，很快便查验完毕，顺利入库了。当我拿到产品入库单到财务人员处结账时，又被告知，得待货销完才能付款。财务人员说："这是公司的规定，再说了，现在账上也没有这么多钱。"

我感到这事麻烦了，又找了书记和经理，都是这样的答复，腔调没有区别，再找到于洪礼，他连谈都不想去："怎么办呢!"

有病乱求医，事关成败，有一线希望也得努力，绝对不能轻易放弃。临江当时是归浑江市（县级市）管辖，这里有个烟草批发部的于经理，1983年春节香烟紧张时我支持过他，他应该还记得我。于是我找到他，他出乎意料地热情接待了我，满口答应替我办好这件事情。我们又一同去食品公司，因为他掌握烟草的权力，食品公司领导也有求于他，所以这回接待得很热情，但结算方式没有改变，只是双方确定他是我的代理人。带着未知的结果和不安的心情我回到了通化，端午节还得正常过，可是心里每时每刻都牵挂着未了的生意，想着如愿清账，偿还欠下的12000多元货款和汽车运费。这是实实在在真金白银的人民币，经济的责任要负，但不能转化成法律责任，这成了我的心头病，我心里不禁责怪自己，安安稳稳的日子你为啥不好好过呢?

烟草于经理告诉我，这些鱼，4元一斤批发，很快销售一空。他们压我的价，却换来了自己的高额利润。好在他们告诉我下月就可以结钱了。生意总算有了头绪，我心稍安，也只能静静等着吧。

到了7月中旬，烟草于经理来电话告诉我："钱可以给了，但必须是公对公转账，要我找个单位账号接收，而且必须是商业单位，不能给现金。"

这可怎么办啊？我在大连工作，必须回通化才能找到他们需要的单位账号啊。可是，我在通化仅仅工作四年，认识的人有限，上哪里找这个单位呢？我真的犯愁了！7月底，我回通化办事，找了几家能接收货款的公司，都商议未果。这时，我想到了通化轻工业供销公司的刘经理，她是市委崔书记的爱人。刘经理把公司经营得很好，也是通化市的一个名人，办事干净利落。我在糖酒公司工作变动时，她还曾让我去她那里工作呢，因为崔书记对我印象好的缘故吧，她想要我给她当副经理，但被我善意地回绝了。

我带着一线希望找到她，彼此寒暄几句，我先讲了我在大连很好，感谢崔书记对我的支持和提升，并邀请她到大连游玩。稍后，我提出请她帮忙接收转款的事情，她很痛快地答应了。从刘经理处走出来的时候，我几乎是跳跃着回家的，这难题解决了，马上打电话通知于经理转账单位和账号。我心想，总算可以偿还农机公司的12000元货款和运输公司的300元运费了，这桩生意也总算可以了结啦。

款转进通化轻工业供销公司了，8月，我回通化找刘经理取款时，她讲了好多困难，意思是不能给我现钱，需要变通一下，按厂价给我通化葡萄酒。

又是一个突转！鱼卖了，却拿不到钱，接着还需要卖酒。卖鱼变成了卖酒。

没有办法，我只有认可。怎么办呢？这又是一个大难题，酒怎么能换回钱呢！刘经理的意见不能更改，我只能认了。

我离开糖酒公司近半年了，如果我在任上，这点酒何足挂齿，可现在糖酒公司与我是不友好的，而且这事又不能向任何人透露，因为当时，政府人员经商是违法行为，我不能找死啊！还得自己想办法，别无出路。此事像重担压在心头，和任何人包括家人都不敢讲，工作之余，我想的就是这事怎么解决。

回到大连，有一天我到居住在昆明街的通化老乡刘主任家串门，途经友好广场，发现有一家食品公司的批发部，是专门经营酒类饮料的。当时大连市经营酒类批发的只有糖酒公司和大连第一副食品公司、第二副食品公司。批发部购进我这点酒，应该没有问题。我辗转托人，找到批发部主任刘老先生，他是聪明人，很快明白了我的来意，加之通化葡萄酒的知名度。他当即表示，卖葡萄酒是可以的，但首先你必须是厂价供货，可稍加点运费，第二必须国庆节前半个月到货，第三待我们销售完才能付款，再就是我这没有进货权力，你要到总部找兰经理，他同意才行，我把你的情况向他介绍一下。

离开刘主任处，我心情爽朗了许多，心想世上还是好人多，当然也想到世上无难事，只要去努力。第二天我去找兰经理，他先与刘主任沟通一下，马上就决定可进货，我千恩万谢地离开坐落在沙河口火车站前的第二副食品公司兰经理的办公室。可是出门不久，我又愁了，通化离大连800公里，运送这些易碎的葡萄酒，无论是用铁路运输还是公路运输，运到大连的运费，都是一笔不小的开销啊。正常发货的话，我就不可能赚钱了。走零担的铁路货运，时间会很慢……结果，我不得不回到通化想办法。

我想到通化石油化工机械厂，这是我在逃亡期间与我结下深厚友谊的地方。该厂有十多台自用解放车，他们与大连会不会有业务往来？如果有，能不能顺路把酒捎到大连呢？我知道我在凭空想好事。

我做临时工时，在浑江第八中学建立铸造厂，主要是替通化石油化工机械厂生产油田用的铸造件，我与该厂合作六年多，也可以说是石油化工机械厂养活了我们铸造厂，所以我跟厂子的外协、技术、保管、财务、供销等部门都很熟。后来，我在糖酒公司任职时与他们也有往来，特别是生产厂长孙尔敏，我们交往很好，我往大连搬家时他还给我做了一个可拆卸的活动床。想到他，内心萌生了一线希望。我找到孙厂长，寒暄之后直奔主题。他很痛快地说："好，我来安排。我们厂与大连瓦房店轴承厂有业务往来，近期就要出车，空载过去拉货。"于是，过了几天，他们厂子的一台解放车，装上了我的三吨通化特产葡萄酒，直奔大连。我一路同行，也算押车，路上只招待了司机十几元的饭钱，当天顺利到达大连。

货卸到了二副食友好广场批发部。这时已经是国庆节前夕了，直到春节货才销售完毕，货款也算拿到手了。

这笔好生意。经过半年左右的曲曲折折，总算有了完满的结局，共计盈利2000多元。

整个"倒腾"过程，我没有向任何人讲，包括家人和办事处的同事，所以没有人知道我遭遇的错综复杂的困境。折腾了一大圈，整个过程没有一点能与人分享的欢乐，只能把这些事默默地埋在心底。账目和清单，我都放在家里的衣柜中。春节，我大儿子放假回家看到了账单，告诉他妈，爸爸卖了一车鱼，赚了2000元。

后来我看到了当时中国首富牟其中的经商传奇故事，他以鱼品罐头去苏联倒换飞机的故事轰动了全国。他原先倒腾农村的竹编，本来是很正常的生意，既搞活经济，又增加收入，但是在那个年代，他却背上了投机倒把的罪名，被判处了五年徒刑。那个特殊的年代，国家的政策是不准个体随意经营的，营业额超过10000元，利润超过1000元就要判刑五年，这两个金额——营业额和利润，在我这里都够得上被抓被捕的了，所以，在这以后好长的一段时间，我都隐隐地有些担心。

我是1965年进入商业领域的，应该说也是老商业了。这一生几乎80%走的是经商之路，可现在如果有人问我经商的经验，我能怎么回答，也是个难题吧！

商业涉及的是真正的系统社会大工程，也是人类永远在研究的社会大课题，虽然我讲的只是一个小小的生意，但是“窥一斑而知全豹，处一隅而观全局”，从我这个小小的生意里，我们感知的不正是社会的形态和时代的变迁吗？

现在想起来，卖鱼的这次经历，是对我未来经商的一次难得历练。体制、人情、财务核算、管理成本，账面上赚了2000元，心理上得到的财富何止千百万啊！

第三十二章　1988年，创业从49岁开始

1988年1月8日，良辰吉日，我在大连经济技术开发区（今金普新区）注册了经销处。由于当时开发区有较宽松优惠的新政策，在无资金、无场地的情况下，可在园区内注册经销公司，随着这个改革开放的浪潮，我也开办了无资金、无场地、无职工的商业经销公司。当时大连是全国14个开放的沿海城市之一，也是国内少有的计划单列城市之一，政策是最开放的，我还是政府干部，响应国家最新政策的号召，故借此条件就兼职办起了公司。

公司成立伊始，我是一无资金，二无场地，购货凭赊货，运货凭人力三轮车。当时的大连市，零售批发的公司大约近百家，基本上都是国有或集体所有性质。他们是食品行业里的巨头，资金充足，占据着大部分的市场业务份额，比如大连糖酒公司、大连百货公司以及日杂公司、果品公司、蔬菜公司等，还有大连第一副食品公司、第二副食品公司、供销总社及分社等。此外，几个大型的食品商店和百货商店也设立有专门批发部。

当时，我的公司既没有银行贷款支持，更没有政府权力后台，而且我初到大连，也没有人脉。但是，就是在这重重困难面前，我

1998年夏，大连黄河商贸公司建成初期时我的办公照片。

在困境中崛起，知难而进，冲破一切阻力。短短三年，我的公司赶超大连各大商业批发企业，一跃成为大连家喻户晓的集食品、饮料、日用百货批发为一体最大的食品百货经销公司。而且，这个骄人的成绩一直保持了十年！在经营批发业务的十年里，我们大连黄河商贸有限公司（从2016年开始更名为大连黄河商贸集团有限公司）一直是业内闻名的龙头，企业的每一步发展都是同行效仿的目标。十年里，公司引进了品类繁多的畅销国内外的名优新产品，繁荣了大连市场的商品供应，也取得了惊人的企业效益。

1998年，我毅然离开已现疲态的批发行业，转入食品生产行业。同年6月，正式携手某纯净水品牌集团，在大连成立第一个生产桶装水的企业。

当年，大连公司斥巨资350万元，购买了生产场地，共建了10000平方米厂区以及6000平方米的生产经营用房。厂房改造完毕后，公司再投入400万元从美国引进反渗透桶装水生产线，成为某纯净水品牌集团的授权生产企业。

大连公司成立时，我已经拥有了办公用车加运输车辆60多台，此外还有企业转型前的库存商品，货值高达400多万元，总资产超1500万元。这些，就是我十年经营批发业务的效益。

1998年，在饮料副食品行业，我们公司已经是大连家喻户晓的知名企业了。

短短的十年经营，我没有投机钻营，没有巨额的行业暴利，没有欺行霸市，没有特权背景，没有足够资金，我们安分守己、踏踏实实地做事，从一无所有到最终成长为颇具规模的企业。这期间取得成绩，都依仗辛苦的努力和不懈的坚持。现总结出点滴启示，送给我优秀的、还在国外留学的第三代孙儿、孙女、外孙，以期他们可以把我优良的奋斗精神传承下去。

当时，改革开放的诸多政策颁布不久，国内经济开始复苏，各地政府都采取了好多发展经济的激励措施。这是计划经济开始向市场经济转型的初始，社会商品还很匮乏，许多商品供不应求。北方市场上的新产品刚刚从南方引进，还未真正影响到国内商业的经营形势，个体经济也是刚抬头，许多地区还是延续着计划经济模式。这种形势下，对我们这种被称为皮包公司的小公司，最大的实惠就是可以延续计划经济时期的经销模式——先进货后付款。当然，这种先货后款的交易模式针对的是国营对国营或对集体的相互对等的企业之间，而我们这样新办的小公司想享有这样的优惠，需要的是经营者的社会关系和个人信用。关系和信用是在有的基础上去加强，无的情况下去创建，这虽然有一定的技巧，但离不了诚信，这是在弱势时需要突显的原则和信条，更是发展与存活下去的最主要的战略思想和行为。诚信，是经营者必须坚守的准则，这正是我过去走过三十多年的商业之路的基本信条。

先货后款，第一批进货不要钱，但是进第二批货时必须把第一批货款结清，这就是诚信。我进的第一批货是国内著名的通化葡萄酒，第二批也是通化葡萄酒，也是在第一批货款结算之后，才有的第二批进货。第三批货是通化电池厂的电池，再以后开始了从大连至全国各地进日用百货、饮料食品。一年以后，经营项目发展到了100多种商品，这一切的顺利进行，都是沿用先货后款的运作方式。

有了货源以后，加之我们勤恳工作，全面推行劳效计酬，加强企业财务管理；对外执行顾客第一的优质与让利服务的战略方针，我们公司虽小，也因此得到迅猛发展。

当时大连市内只有100多万人口，如果加上距离市内200公里的庄河、长海，距离100公里的瓦房店、普兰店，总共500多万人口。可在市内有经营商业批发的企业100多家，比较大型的是商委下属的几大国营商业公司——糖业烟酒、日用百货、蔬菜果品、五金交电、日杂、钟表、眼镜，大连还有一副食、二副食，这些都是规模以上的大企业。仅糖酒公司一家，就在市内设有12个独立的批发商店。除了这些国营商业公司之外，还有各大零售百货与副食日杂。商店都在零售之外，设立了小的批发部，更有号称中国“第二商业部”的从事零售批发的供销社，在市外各区、各乡镇、村都有直属的零售批发门市。此外，还有各区商委、街道、部队、学校办的各种商业企业，都具有批发零售功能。

改革开放的一个重要举措就是全民办企业，而且重点是商业领域。这种投资少、无技术性、门槛低的企业发展最多，在这种企业群体之内，我们是最弱小的，但是我深知“星星之火，可以燎原”的真理，只要有艰苦奋斗、不畏艰难的精神，在新的长征路上勇往直前，也会迎来新的曙光。

我们是早起的鸟儿有虫吃，有了货源，先从人力车送货起，三轮车送食品饮料，自行车送电池。我们首先瞄准的是大连的10000多家小卖店。这些小卖店都是20世纪80年代改革开放后首批兴办的个体户，经营者大都是没有职业的老人、残疾人和待业青年，场所都是利用临街的铁皮房或者家庭窗户店。这些小卖店人手紧，资金少，运输进货能力差，进货多数靠人力肩挑背扛，国营与集体批发企业都高高在上，根本瞧不起他们这样的“虾米”。只是，在别人眼里的“虾米”，在我们眼里却是满天繁星。我们把大连这星罗棋布的10000多家小卖店作为我们的供货对象，他们需要什么我们就送什么，我们把肥皂、洗衣粉、电池、牙膏、牙刷、方便面、火腿肠、饮料、酱油、醋、白酒、啤酒、黄酒、卫生纸、火柴等等，按照小卖店的需要定期提供。为了方便供货，我们从自行车、三轮车发展到购买二手汽车，主要是轻卡，焊上高栏，专门运送货物。开始的三年，我们从买旧车到后来买新车，从开始的要购车批示，到随便买车，我的送货轻卡从20多台发展到50多台。

在大连甚至于全国，面对零零散散的小卖店，我们开创了送货上门的先例。遍布大连城乡的小卖店，每天都像嗷嗷待哺的小鸟一样等着我们送货，从城内到城外的小卖店都是我们服务的对象。由于我们周到的服务，渐渐地，我们也开始给大连的各大商场、大型门市送货了。就这样，三年以后，我们发展成大连最知名的副食品百货批发企业。

企业的迅猛发展，还有一点十分重要，我们在进货时都要求供应商提供广告支持，同时还要让利促销品的支持，我们把这些促销品和让利都送给了大型商店和批发部门。在大连兴起批发市场时，我们不但给供货，还在市场上设立30多个摊位，广告与让利，形成了巨大的销售声势，一时间，我们在大连市场独领风骚。我们的仓库也从最初50平方米，发展到500平方米，三年后发展到1000多平方米，后来是2000多平方米，公司规模在迅猛发展。20世纪90年代，我们是大连最具规模、最有影响力的食品百货综合批发企业。

第三十三章　1988年，信奉诚信

忠厚、诚实、诚信是我在整个经营活动当中最为坚守的信条，也是我人生唯一的法宝。人类社会共同追求的优良品质很多，毫无疑问，诚信是古往今来的世界各族人们共同推崇与遵循的价值观。

诚信使我解决了资金不足的问题，也是我的制胜法宝。

改革开放之初，我国在经济领域里开始推广市场经济，从计划经济向市场经济转型，市场开始了全面开放。生产、销售、物价经营等领域全面开放，这个时期国营经济和集体经济成分还是占有95%以上的份额，社会上的个体经济形式只有小卖部或者个体家庭作坊，私人经济的生产能力尚未形成，国外的合资、独资企业刚刚进来。社会商品还是严重不足，但产品的更新换代又很快，从国外引进的产品和国内创新的产品层出不穷。很多新产品夺人眼球，既时髦又实用，令人眼花缭乱。市场日新月异，丰富多彩。当时国家由计划经济延续的交易形式还是先货后款，这种交易形式成全和解决了我无资金的困境。

我是1986年从吉林通化进入大连并安家落户的。1988年初，我开始创业，这年我整整是49岁。虽年近半百，但我自认创业不晚，只要是有决心持之以恒，年龄不是问题的。

公司成立初期，确实是一穷二白，起码的启动资金一分钱也没有。时逢1988年春节，因我是通化调入大连的，所以最先捕捉的商机还是跟我熟悉的通化有关。我通过原来的关系，先请求通化方面发来一车皮共3400箱葡萄酒。春节前，酒类畅销，3400箱葡萄酒一周之内便销售一空。于是，我又发了第二车，大年三十到货，仅用半天时间便销售50%，另一半，正好准备供应正月十五的销售高峰。

两车皮葡萄酒销售成功，使我信心大增。于是，我回到通化寻找其他地产商品。我很快锁定了第二个优选产品——电池。那时，通化生产刚刚兴起的铁皮电池，而市场上销售的，多是纸皮电池。当时大连的城乡照明设施布局较差，电池需求量很大。在我开始经销铁皮电池不久，通化电池厂全部的产量都不够我销售的。

有了适销对路的产品，还需要畅通无阻的渠道。我们销售的葡萄酒与电池，主要依靠的是个体小铺，也就是那个年代常见的街边破窗开门的个体小卖店。

麻雀虽小，五脏俱全，个体户虽小，也是一个完整的商业独立体，每个小铺的品种多到不下千种，烟酒糖茶、日用百货、油盐酱醋、卫生洗涤用品、妇婴儿童用品、文具纸张，大的物件几十元，小的不足1分钱，应有尽有。他们的销量如此之大，因此个体户这个渠道不可忽视。我们决定，我们的经营伙伴就是个体小商贩，确定了产品定向是个体户，为这个群体做好优质服务就是我们主要的宗旨。

当时公司的全部销售人员，包括我在内一共四个业务员，除了我，其余三人都是大连市商业系统的退休人员。我们四人各走访五户个体户，了解他们的从业人员构成、经营场所、商品种类、销货量、进货运输能力、资金状况、对供货要求以及需要解决的问题。

这样一个详尽的市场摸底，使我们了解到了个体户的真正需求。

按照小卖店的经营商品种类，我们组织准备货源，按他们要求的做好一切优质服务，急他们所急。他们效益好了就是我们工作和服务的胜利，会促进我们共同发展，自然会形成一种友谊的结盟。这也是牢不可破的利益共同体。

明确了经营方向，我就组织货源，首先地产商品、畅销的商品全部采购，近水楼台先得月，如各种酒类、调味品、食品罐头、洗涤用品等，这些占据了我们经营品种的50%以上，如大连的白酒、山枣蜜酒、黄酒、金州的曲酒、旅顺的酱油、金州的白醋、四海肥皂、地产罐头、可×可×等。仅长兴岛山枣蜜酒、黄酒，我们的销量占他们产量的50%以上；旅顺的酱油、金州的醋我们销售达他们产量的80%以上；大连某品牌白酒、某品牌肥皂、可×可×等，我们都是大连市场最大销户。因我们公司销量大，厂家都保证向我们优先供货，当然这所有的产品都是先货后款，我们向当地的企业形成紧密的经营共同体，相互支持、共同发展。

由于我在整个销售过程中讲诚信守信用，厂家自然可以放心发货。采用同样的销售模式，我陆续引进了某纯净水品牌系列产品、某果仁味饮料、宁波某电池、康××方便面、冬×洗衣粉等知名品牌以及一些大连地产商品。特别在1991年，国家清理企业间三角债，对资金实行严格管控，我因按时付款，解决企业的资金不足，赢得了良好的信用。虽然我们企业也缺少资金，但因为我们诚信经营，保证了流动资金链不断，才赢得了有序、有效的经营。当时，某果仁味饮料厂一次可以给我预发货额高达50万元，解决了我们进货资金的缺口。50万元的额度，在当年可是一个不小的数字，这就是信任，就是诚信经营取得的回馈。在我经营批发业务的十年中，商品库存始终保持在400万元至500万元，这都是厂家的赊账，也是对我信用的认可。

从现代商业经营意识的角度考察，我们当时承载着生产厂家和个体商户两个利益共同体，我们打通了生产与销售中间最为关键的“一公里”，这无疑是激发市场活力的高级模式，这种模式也必然更好地促进经济的繁荣与发展。

经商十八年，我们为个体送货的经营方针一直不变，从1988年开始，我们先用两轮车送货，后来购进了第一台汽车，一直发展到50多台车辆，从未停止送货上门。我们都是早晨5点开始装货，6点半交通高峰时段前出城，全是给个体送货。大连十多家批发市场，上门送货的，只有我们一家。车辆每天穿梭于大连的城市和乡村，风雨无阻。送货服务满足了大多数个体户的需求，我们的车全是清晨出发，对于个体户来说相当于当天进货当天销售，不占资金，解决了个体商户无仓储运输能力和进货不便的问题，而且他们不用再东奔西走求货源，全部由我们提供优质的服务。

可以说，我们成全了个体户，个体户促进了我们发展。

需求，就是我们的市场。

服务，就是我们的宗旨。

诚信，就是我们的法宝。

第三十四章　1989年，拥抱市场

20世纪80年代末，个体代销点在市场兴起，对繁荣市场、方便人民群众生活需要起了很大作用。开小店的主要组成人员是老人和残疾人，还有部分没有固定职业的社会闲散人员，有一些是服刑期满人员。因为无工作或家庭生活困难，这些小店经营场所较简陋，好多是窗户店、路边店、铁皮简易房店，条件差、卫生差，也就是个存货的小仓库，谈不上环境卫生。白天大部分都摆在马路边和道牙子上。他们的进货能力较差，老人年老，老太太又是小脚居多，没有交通工具，大部分进货是肩挑人背。大部分小店都是依靠家里的年轻人下班、休班进货。当时所有批发商都是国营企业——国营与集体、区里与街道等都是国营，工作人员都端着国营、集体的铁饭碗，看不起新兴的小商贩，服务态度根本谈不上好。我们充分利用了这种形势，一开始经营就是用人力三轮车送货到家，解决个体小店的运输难题。

几个月后，我花了8500元购置一台二手汽车，用汽车送货。商品运输是流通的关键，业务的发展离不开运输车辆，三年后10多台车，五年后20多台车，十年已达50多台车。前五年全是购置二手车，五年以后全是新车。我们送货与进货不限数量，多少都可以，因为车多，有的上午去送货，还有的下午去补货。我们的车早上7点可到，晚上7点还在送，这在国营集体批发部那里是不能想象的。大连、旅顺、开发区、金州、普兰店有店就有我们的货，100公里范围内的小店都是我们的服务对象，200公里之外的批发部也是我们的客户，送货的对象后来包括大连范围内所有的国营、集团批发、零售都从我处进货，后来山东威海糖酒公司多次来批发我们公司的康××方便面。

大连某大商场的董事长曾下令不允许进我公司的货，理由是国营大企业为什么要进个体的货。但是，他此举违背了商业分工规律，不进我的货，一个大连有名的商场，没有康××，没有×梅洗衣粉，没有今××面，没有华×面，没有喜××等，这些有名的产品都是我的专营商品，厂家不给他发货。不进我的货，你的柜台就没有名优产品，柜台闲置，广大消费者就不买你的账，从经营效益和社会影响都会有重大损失。不到三个月，他的禁令只得作废。后来，他们从厂家直接进货了一个6吨集装箱的八宝粥，因为滞销，还是恳求我帮助解决销路。我的商品是以火车皮为单位购货，康××方便面我们一次进货6车皮，因为我们有着稳定的销售渠道作为后盾。

任何违背市场经济发展的举动，一定要受到市场规律的惩罚。作为一个商业批发公司，主要靠销售运作来取得效益，如何激发业务员的主观能动性，是我经常思考的问题：

首先，汽车送货。送货车最多时近50台，每车三个人，他们的工资收入是以销量比例提成，多销多得，每个车都是早起晚归，多装快跑，汽车都安装高栏，想尽各种办法，多装货，多销货，到每家小铺、小店态度和蔼，认真服务，有的是提前把货订好，缺货也及时送达，把每个小店主都变成自己的朋友。因为能力和送货的积

极程度的差别，取得的效益也各有不同，差别很大，有的销量一天过万元，有的只有几千元，每月的工资收入差别也很大

其次，批发市场摊位销货。20世纪90年代初兴起的批发市场，大连市内有十几家，我公司在市场上有30个摊位销货，每个摊位销货都无固定工资，按销量提成，每个摊位负责人都是积极热情地推销，以取得好的业绩，增加个人的效益工资。

最后，商场销售业务员实行基本工资加业绩提成的办法。大连市内国营、集体的批发部、商场都有我们供应的商品，计划经济转入市场经济时，销售行业蓬勃发展，业务员众多，市内的销售员的人数可能我公司最多，他们渗透市内的各大销售部门，对我公司新产品铺货促销起了很大作用，他们实行的是业绩提成，所以积极地投入，迸发强烈的工作热情。

当时社会上普遍实行大锅饭，干好干坏一个样，都拿平均工资，有时候多干的还受打击，少干还占便宜，社会上的平均工资六七十元，大学生本科分配试用期工资50元。由于我们采取了积极的业绩提成制度，销售员每月的收入都超过100元。

企业的繁荣与发展离不开职工的劳动积极性，收入则是每个人的动力，我们始终贯彻按劳分配的原则，用能力与业绩决定收入。

汽车送货，批发市场推销与业绩提成，是我们公司经营的三条线和经营的原则，而且是充分有力地贯彻始终。

第三十五章　1989年，我们的销售战略

我们所有经销的产品都有供应商的广告宣传配合，在购货业务洽谈时，这作为首要的条件。特别是厂家刚刚推出的新上市产品，没有广告支持，我们基本不接。

我深刻地意识到广告的推动性力量不可代替。从前的媒体一直都是以政治宣传为主，“文化大革命”结束以后才有部分广告出现。中央和地方的电台、电视台鲜有宣传产品的广告。广大群众相信媒体，由电台、电视台播出与宣传的产品一经推出必然火爆。这种情况下，我们也要把这一手段利用好。

20世纪90年代起，在大连商界，我们的影响力是最大的。从规模到市场销货量，可称得“巨无霸”一般的存在。从个体户到国有、集体公司，从社会各商业批发零售点到市内的十大批发市场，离开我公司供货，它就不是一个受欢迎的经商者。无论你什么时候打开电视——那时大连地区的电视总共才有中央电视台和大连电视台两个频道，地方台各种食品类广告，几乎80%以上经销单位都是大连黄河商贸有限公司。我们公司成为当时众多厂家新产品上市首选的合作伙伴。

促销品也是必不可少，牵涉经营者的直接利益，这是他们可直接见到、摸到的收入。我们在订货时，第二个要谈的是按货量带多少促销品，我们的目的是要求得到3%～5%的促销品。这并不是我利益的一部分，我们要运用这3%～5%的促销杠杆，撬动市场的大门，尤其是作为进军国有、集体商店的武器。当时商店工作人员的工资收入每月只有30～50元，促销品作为商店工作人员的回佣，一个大商店的班组长在我们这里每月拿到的促销商品价值可超千元，这是他们在国有或集体单位不可想象的一个数字。你可以说这是利益驱动的结果，但是我觉得这是合理地运用市场手段，最大程度地调动一线销售人员的积极性。这也是我们企业的优势。他们因为促销品的所得，积极进货，大力促销。至于促销品到了商店以后的去向，我们都心知肚明，谁都不去议论。促销品打天下的力量是迅猛的，大连的销售市场很快被我们有效地控制住了。

广告、促销品，就是我们经营取得优异成绩的两大法宝。

改革开放以来，好多政策都宽松了，企业经营的自由化大大地加速了企业的发展，特别是价格放开，让市场充分自行调节，除国家控制的能源、烟草、食盐，几乎所有的商品都由企业自行定价，只要明码标价，不缺斤短两就好了，我们充分利用了这个政策，取得不可忽视的效果。

商业在满足人民生活的需求、繁荣当地经济、促进社会发展的同时，其本质的目的是赢利与赚钱。在商言商，这没有什么需要隐瞒的。经商赚钱是王道，是目的。所以我也不放过任何机会，在不违背国家政策的前提下，在政策许可的范围内，用较高的定价取得较高的利润，这也是我们一贯的选择。

比如从湖南采购的某品牌蚊香，这可是大连人民使用了几十年的传统品牌了，市场认可，知名度高，当时该产品一直缺货，而且没有替代品。我们大胆将批发价调高至100%，进价每箱45元，我们批发90元，投入市场后几乎在一两天内抢光，一车4000件，赚了18万元，这在20世纪90年代是一笔不小的数目。

台湾出品的某品牌奶糖，是台湾的婚礼必备品，在天津投资建厂之后，产品更名了，品质确实优良。我独家代理在大连经营，与大连商场联合促销，销售经理亲临现场指挥，把一块糖剪成两块给顾客品尝，结果市民排队抢购，我们利润达30%以上，两个月的努力取得的效益是纯收入40万元。

大连的电池市场，我们独家经营了十几年。当时社会需求最多的是一号电池和五号电池，大连所有的百货、日杂、小卖部，包括金州、旅顺、开发区全由我们供货，每月两种电池的销量都在20万支以上，经营利润在22%，加上厂家一号电池每箱（100支）回佣3元，五号电池每箱回佣12元的所得，其净利润都达30%以上。

某果仁味饮料的市场缺货了，原因是铁路运输跟不上。我找该公司王总求援，他将厂内的10台5吨解放卡车全部派出，每台载1000件饮料，第二天抵达大连，我每件利润10元，一天即被抢光，总共1万件，一天，一个品种，净利10万元。

1996年，某纯净水品牌500毫升瓶装的纯净水上市，市场供不应求，该品牌厂家供货价每件32.8元，我加价到58元批发，这在全国经销该品牌的同行业中是比较高的销售价格了，但是市场欢迎，消费者接受。

价格是市场调剂的杠杆，多数价格体现了产品的真实价值，但很多商品的价格又不是这样。这主要取决于是不是具有稀缺性，是不是唯一的、不可多得和不可求的资源，比如茅台、五粮液等中国八大名酒，劳斯莱斯豪车与政府专卖的烟草等名牌商品，其价格都不是它的实际价值的体现，其高定价的原因只不过是它的独创、稀缺和唯一。像是各类名酒，它们生产过程、酿造方法、原料投入同普通酒基本差别不大，酒精度也无区别，一瓶茅台与一瓶普通的高粱大曲，差别不会像价格表现得一般巨大，但是，因为商品附加的价值巨大不同，价格就有了天地之别。

价格定位是一门科学。我们了解市场，也了解人心，所以充分利用价格这个手段，取得了不俗的业绩。

第三十六章　1995年，狠抓管理、占领市场

路线对了头，一步一层楼。

我们确定了正确的经营策略，公司迅速发展。起步时的经营场地，仓库不足100平方米，两年以后，我们租下大连信成街400平方米的基督教堂和600多平方米的大麻厂白云山防空洞。车辆购置到四台，经营对象从个体小店小铺延伸到了大连市的整个商业领域。我们树立的是蛇吞象的鸿鹄之志，两年的起步与练兵，使得我们对未来充满信心。

在国内名优产品上下功夫，向大型商超进军，这是我们的宏愿。要控制市场，就要控制产品；控制产品，就要从控制名优商品的独家经销入手。以名优产品的知名度提高我公司的知名度，这比任何宣传广告的作用都要大。

在大连市场，我们专营了某果仁味饮料、某纯净水品牌系列产品、康××、统×、华×、今××、双×、金×、双×、宝×等品牌及冬×洗衣粉、××卫生纸、喜××果冻、××奶糖、宁波某电池等名优商品。国内的饮料食品、小百货、新兴的知名品牌，80%以上都是我公司独家经营。

大连市的人口不算太多，与全国市场对比，我们的销售业绩都是很高的。我们销售某果仁味饮料三年，销量全国第一。1995年一年的销量，超过东北三省其他地区的总和；康××方便面的销量进入全国前十，东北三省稳居第二；某品牌纯净水年销量达1700万元，仅比“巨无霸”的沈阳商贸城少销3万元。销售天津××奶糖，两个月净利40万元，华×方便面的三年销量，按大连人均比例，全国第一。一年销售哈尔滨冬×洗衣粉27车皮。经销某品牌卫生纸时，大连年销量300万，三年间我们达到1500万元的销售额。

我们这些骄人的成绩，主要与我们服务的优质、周到、全面、细微密不可分。我们公司没有背景，没有后台撑腰，没有权力加持，没有投机钻营，没有欺行霸市，我们有的只是诚实忠信、科学经营、优质服务和严格管理。

勤奋是每个成功企业家的基本素质，如某纯净水品牌老板祝先生、台湾商人王永庆，他们每个人的付出都是常人不可想象的。他们取得的辉煌成就是我不可企及的，但是内心，我一直都以他们的勤奋为榜样。

回想起八年来的创业历程，我们从一个一穷二白的“三无企业”，成长到了现今的规模。当年，第一车葡萄酒到货，3000多件，我当时还是个光杆司令，卸车和装车都由我带领老伴，还有读研究生的长子张伟、读高中的女儿张红，一家四口上阵。女儿累了，说：“爸，我腰累得疼，不能干了。”我狠狠心说：“歇会儿再干。”事后心疼得不得了。1988年9月，长子研究生毕业，在位于西安路的东方电脑公司工作，同年，次子从吉林化工学院毕业，被分配到位于鞍山路的大连橡胶厂，我和老伴及女儿住在唐山街不足20平方米的租赁房。我们一家五口人，近在咫尺，却分三处居住。这种辛苦的日子一直延续了五六年。那时我所有的精力、物力都投入经商中，个人、家庭生活，吃穿住都可扔在一旁，有一点资金就全部投入企业里了。

十八年的经商历程里，我始终感到不仅资金不足，时间不足，精力也不足，经常幻想有分身术，把自己分成几个人。这十多年来，整个经营管理、财务管理等都是我一个人亲力亲为。公司没有副经理，更谈不上领导班子分工，没有采购员，所有产品货源的组织都是我一个人，包括供应商的走访、产品考察、合同签订，国内的城市几乎走遍了。每年大约三分之一的时间在出差，我没有游山玩水的习惯，去过郑州，却没上过少林寺；去过泰安，没登过泰山。满心焦虑，风尘仆仆，对于名胜古迹，哪里有心思去游览。

经商的十八年，在公司上班，我早上都是最早一个到，晚上最晚一个离开。周日、节假日对我来讲都在岗工作，除了因病住院以外，从未缺勤过。我的这种敬业精神，也许就是天生的秉性吧。现在总结和回忆，也会为当年的勤劳而感动。今年是2023年，我84岁了，这种持之以恒的工作态度也丝毫没有改变。有时候想，这是不是山东人特有的勤劳基因呢？现在公司的管理文件、日常烦琐的财务报表、公司的规章制度、考核奖励规则规范、员工的行为准则等等，我都全部监督审阅。有时候觉得自己好似一部永动机，时时刻刻都不会停顿！

财务工作是企业的灵魂，也是企业的领头羊，必须实事求是地体现企业真实状况。一些上市公司去做假账，欺骗股民属犯罪行为，这样的公司是必须走向消亡的。

财务的管理和日常的规范运作，是我公司始终如一的法宝，直到现在，我们集团十多个独立的分支机构，还照样能做到日结日清，我们每月每日都像在做年底的财务决算，清清楚楚。财务管理、财务估算、账账相符、账目与资金、账目与商品、账目与往来，必须是都能对话，各种账目都日结日清，随时准确清晰。

财务上的管理理念清晰，账簿表册齐全先进，把公司的经营行为、收支详情、财产盈亏的实际情况，反映得真实可靠，有力地推动和促进企业的发展。

我们的几十台车送货，都是日结日清，早晨仓库出库有出库单，晚上回库有入库单，差数当晚结账交款，当晚款不清，次日早上停车，不得出库。算账员收款员是紧紧跟踪的，与商场送货的业务员当天出库商品，当天回收货款，当天每家的往来账也做到日结日清。批发市场的售货员也是做到每日到货记账，收入当日缴款，商品保管员做到每日每个商品库存的点库记账，总的财务记账员要把一天的经营情况、资金的流动情况汇总给领导。这是一套完整的财务体系，虽然20世纪八九十年代都是人工的笨拙劳作，但财务人员的辛勤付出，使我们经营管理有序，账目清晰，有力地带动和指导了整个公司的有效运作。

商场、饭店、娱乐场所等都建在人们出行方便、有消费人气的地方，因场所自身的地理位置和其利用价值带来的效益，从来都是无形和不可估量的，这对零售商业和大众服务商家尤为重要。可大型商业批发行业要选择的是仓储运输方便、运货距离短的地方，我公司从开始到后来的发展始终重视选址，这为企业发展创造了有利条件。

开业不久，我租下了通化政府办事处楼下的整个仓库，加上办公室也不足100平方米，一年以后，我便租下了约400平方米的大连基督教传教大堂和600多平方米的大连麻纺厂防空山洞。三年以后，我又租下了800平方米的大连西站货运仓库，六年后，我又租下了1200平方米的大连北站货运仓库。这样一来，货一到站，车厢与我们仓库的卸车距离只不到一米。站台与仓库只用一块不足一米宽的铁板把车厢与站台连起来，就开始卸货，如此的方便快捷，让我们能争分夺秒地抢占市场先机。虽然租用火车站仓库年费用20万元，但可省下几倍的其他费用，每卸一节60吨车皮的货物，再运输

3公里以上的距离，按每节车皮计算费用不低于2000元，每年不少于300车货物，这样一算，就要花费60多万元，再加上两次装卸商品的费用，也是一笔不可忽视的费用。租用火车站仓库六年，极大地推动了公司业务的发展，也为公司节省下巨大的开销。随着高速公路的畅通，公路运输的兴起，运输成本降低了，我又购下了自己拥有产权的仓库。

大连黄河商贸有限公司从1988年1月8日注册开业，到2006年转型，商业批发业务共做了整整十八年，十八载风霜雪雨，十八载酷暑严寒，贯穿了全员职工的辛勤劳动、打拼，我们克服了种种困难，特别是资金、场地、经验方面的不足。

新中国成立以来，特别是1955年后实行的粮食统购统销、凭票供应以后，商品全面短缺，“大跃进”加上“文化大革命”的十年，僵化的计划经济造成了商品的匮乏，工农业生产无法满足人民的生活需求，一些名优产品更是极度短缺。这种情况下，人民大众对名牌产品也只能是望洋兴叹了。德国2000万人口，拥有世界名牌2000多个，我国的百年名牌又有多少呢？北京烤鸭、同仁堂、王麻子剪刀……因为贫穷，名牌商品那个时候不会对普通人群有吸引力。

20世纪80年代后期，由于改革开放的深入发展，尤其在服务行业，市场经济深入人心，中国人民的收入和生活水平都稳步提高，温饱解决以后，对生活质量的追求与需求也与日俱增。这种形势下，由于外资的引进，国内经济进入快车道，新产品日新月异地出现，比如儿童营养品和保健食品、方便面等商品开始走进了千家万户。市场不断更新，商品让人眼花缭乱，而我们始终盯住新产品和名牌产品，以名牌新品带动我们整个销售。康××、统×、华×、华×方便面，承德××、可×可×、健××等著名饮料品牌，心××卫生纸、宝×系列洗涤用品，冬×洗衣粉都是我们的主打产品。

1993年至1995年，共三年时间，我公司经销某果仁味饮料，大连每年销售总量都是全国第一，1995年的销量更是超过了东北三省其他地区的销售总量。

关于华×方便面的经销情况，按华×方便面厂家的统计，按照经营范围之内的人均消费，我们公司专营大连市内四区，人口按190万计算，在2003年人均17元，2004年人均16元，2005年人均16元，这三个数字，意味着我们连续三年蝉联全国销量第一。特别是2000年后，华×厂的某方便面上市时，我们的销售总量全国第一，连北京华×厂自营的销售总量也比我们低。

我们经销的康××方便面，销售量一直稳居全国前十名。我们也是华×面省内最有实力的经销商，也是喜××果冻市场的开拓者。特别是心××卫生纸，我们接手时大连市场年销售额300万元，我们经营三年后，发展到年1500万元的销售额。我们年销哈尔滨冬×洗衣粉达27车皮，对各种地产民需品，我们的销售也是惊人的。

1996年，我们销售某纯净水品牌系列产品1700多万元，仅比沈阳国有商贸城这样的大型商企销售额差3万元，为此，该品牌老板祝先生慷慨地奖励我，容许我使用该品牌商标的授权生产桶装水。现在，我在全国共有八个桶装水工厂，年收益过千万元，其中有三个工厂是该品牌经营十多年的工厂，都无偿转让给我了。特别是长沙工厂，每年收益在100多万元，祝先生以零费用转让给我们公司。现在，长沙水厂已经成为该品牌40多个授权桶装水厂的样板企业。

这个时期，也是我公司的黄金鼎盛时期，在商业界我们是家喻户晓，在消费者那里我们是妇孺皆知，我们公司——大连黄河商贸有限公司，已成为大连食品饮料行业的翘楚，销量高，口碑好，一时间风头无两。

第三十七章　1995年，奖品是一台奔驰车

我们公司经销某果仁味饮料的故事，值得单独说一说。

1991年夏天，我开始经销某果仁味饮料。当年，该饮料在大连已有七家经销商，公司派驻大连的市场负责人是张某生，他了解我们公司的实力后，决定可以先发货后结款。第一批给我们发了六吨一个集装箱的货，很快就销售一空，接着发了第二个集装箱，依然很快售罄。当年年底，经该公司统计，我公司不仅是大连八家该饮料经销商里销量最多的，而且我们一家销售量便超过大连其他七家经销商的总销量，并且批批不压款。

当年该公司对业务员实行激励政策，业务员的年底奖金按汇款额发放，张某生要求我们不要压款，这时我的资金比较充足，所以年底便多预付了10万元货款。就这样，他年底得了6万元奖金。6万元，在那个年代相当于天文数字，他成了该公司获得奖励最多的销售员。他非常高兴，公司老板也高兴。当时大连其他七家经销商都欠款，有的货没卖完，有的货销完也没付款，其中有两家还发生了经济纠纷，通过法律诉讼才完成了收款。面对这种情况，为了保证市场整体销售不会下降，张某生决心砍掉其他经销商。

1992年，张某生开始他的计划，针对这七家经销商采取不付款不发货的策略。这样一来，1992年，我开始独家经营该饮料了，到了1993年，大连市场的该饮料销量在全国排名第一。这只是按经销总量计算的，大连市人口在全国诸多城市里当然不是最多的，而北京应是该饮料的销售大本营，可作为一线城市的首都的销量和大连比起来也是望尘莫及。

1994年，该公司对大连的销售工作非常重视，派来特别有能力的左某到大连做销售经理，全方位地对我这销量第一的经销商给予支持。此举，也是要树立一个标杆，来推动该产品在全国的销售。左某来到大连后，就对市场加大了广告和促销的投入力度。左某首先约请大连电视台几个著名的编辑记者，组团去该公司实地拍摄广告片。这几位优秀的编辑记者，携带着最好的设备，实地现场采访，精心策划录制，把该公司由国外进口的生产设备、先进的生产工艺、安全卫生的严控措施和放心饮料的生产过程，都清清楚楚地展现在大连人民面前。广告片在大连电视台一经播出，获得超好的效果。这当然要感谢电视台编辑记者创造性的工作。当时大连人民只能收看到两个电视台节目——一个是大连电视台，一个是中央电视台，而收看大连电视台的观众能占受众的80%以上。我们经销商最向往、最受益的广告时代来临了。经过这一年的运作，我公司在该饮料销售全国排名中又是第一名。春节过后，该公司奖励了我公司一台十多万元的面包车，董事长还亲自送我一件香港观奇牌呢子大衣。

1995年，该公司在厂内召开大会，全国有400多位经销商参加，大会议程只安排了两人讲话，首先是董事长王某林，第二个便是我。王某林自然代表厂家，我则代表经销商，这也算是我创业史上的光彩一刻。

王某林讲的主要是该公司一年取得的成绩，表达了对经销商的感谢，并讲了本年度要计划销售5亿元，其间着重介绍了我们大连公司的销售在全国第一的概况。

我主要介绍了1993、1994这两年如何在大连这个三面环海、不算太大、人口不算太多，又不是商品集散地的沿海城市，能让绝对销量达到令人难以企及的高度——全国第一。我的发言得到该公司和参会者的一致好评，也为推动和加速该公司的发展和上市做出了应有的贡献。

会议的气氛非常火爆。会议期间，该公司对我提出要求并加以悬赏：第一，1995年我公司销售额要突破5000万元，如果完成任务，公司把老板两年前140万元购置的500SEL奔驰轿车奖励给我。第二，在大连合作建立分厂。

5000万元的销售量，那可是占了该公司十分之一的年产量啊！当年该公司的销售计划是5亿元，5000万元作为我的计划目标，是要比前一年的销量提高25%，这是需要付出巨大努力的。我知道压力虽大，但努力一下，还是有希望完成的。一台豪华奔驰和一个工厂的诱惑力是无比巨大的，为了这个梦想我也要努力争取。

会后回到大连，我的首要任务是落实销售，首先就要发动全体职工全力投入。这时，我已把我的长子张伟从东方电脑调回公司，让他来协助我抓全面工作。随后，我又把次子张辉从橡胶厂调回公司，负责公司的营销工作。他兄弟俩都是在原单位工作了五年，具备了相当的工作能力和经验。长女张红，大学毕业分配在中央电视台大连影视中心工作，两年后，她也调回公司，任财务负责人。我的三位受过高等教育的优秀子女，都加盟了公司。

这时公司已经具有一定的规模，年销售额已经几亿元，经营货物多达几百个品种，送货车辆20多台，仓储面积达到2000余平方米，有车站仓库和专用线，也确实需要聘用有能力的工作人员。这时我的老伴也是仓库负责人，一家五口加上近200个职工，已是大连一家知名的公司。总经销的品种都是国内著名品牌，大连一万多家小卖店，十大批发市场，知名的百货、食品、商品都离不开我们公司的供应。在大连，大连黄河商贸有限公司已经是家喻户晓的公司。

此时公司规模扩大，实力增强，我把子女都调回公司——上阵父子兵嘛，又在社会上招聘了几位行业精英，购置了几辆车送货，全面加强了销售能力，同时以该饮料作为销售龙头，带动其他产品的销售，使公司销售局面又扩展了不少。对该饮料的销售，把市内的空白点进行扫荡式的铺货，利用一切可利用的广告和促销形式进行宣传。统筹安排下，我把在该饮料经销获得的利润全部变现投在广告和促销上，同时，对我的销售下线让利也下了巨大的本钱。

这一年，电视广告片继续播放，播放频率加大，我们在全市召开了两次经销商大会，公布了我的让利和促销政策。由于策略得当，经销商都接受我们任务安排，销售热情大增。

这一年，张辉与左某也全身心地投入销售工作，他们共同创造了“夏天冰着喝，冬天热着喝”的理念。这个理念进入大连的每个家庭、小卖店、宾馆、酒店、饭店，也在年轻的消费群体里形成了一个时髦的消费理念，让人感受到了一种全新的生活方式。

当时，名震全国的足球是大连最为亮丽的一张名片。大连人民对足球的热爱空前高涨，以迟尚斌为教练、徐弘为队长的大连万达足球队，创下了56场不败的骄人战绩，连续多次获得甲A联赛的冠军。每逢大连主场开赛，一票难求，体育场里人山人海，人头攒动，座无虚席。我们的左某、张辉两位经理，利用球队中场休息，在赛场上进行宣传，大力推广我们“夏天冰着喝，冬天热着喝”的理念，并把该饮料分发给运动员品尝。他们这种工作能力和动力，真是熠熠“双”辉。这种欢乐的场面，奔放的气氛，带来了空前的巨大无比的声势。

这一年，左经理还投入了繁多的该饮料促销品——店招广告、雨伞、纸抽、钥匙扣、一次性纸杯、餐桌上的牙签盒……为了落实“夏天冰着喝，冬天热着喝”的消费理念，我们夏天给商家送去冰箱、冬天送去加热器。

另外我们还有一个重大举措。这一年大连电视台推出一档叫《今夜星河》的大型综艺节目，广告费每期3万元，因为火爆，档期都排满了。张辉和左某通过熟人关系，挤进去四期。这个节目每期50多分钟，主打广受欢迎的相声、小品和歌舞，中间有十多分钟是广告时段。

第一期，通过电视台采访左某，宣传饮用该饮料对人体的益处。第二期，以群众来信方式赞扬饮用该饮料的功效，同时以抽奖免费旅游的方式，邀请获奖者去厂家参观。第三期，宣传工厂先进的加工设备和安全生产。第四期，展示了各大商场火爆的销售情况。这四期电视节目，加之我们全面的“地推”，对当年的销售起到了重要促进作用。

这一年的8月，该饮料在大连供应断货。我打电话给王某林董事长急求货源，他当天便派出了厂里的全部解放车，共十台，每台车运1000件（每件24罐），第二天便把10000件饮料运到大连，当天售罄。这一天的销售额就是50多万元，该饮料在大连的市场已形成不可阻挡的销售洪流，只要努力，下的功夫从没有白费，目的自然会达到。

每天24小时，每月30天，地球总是不停地运转。1995年，我们公司如约完成计划内任务，销量超过东北三省其他地区的总量。大连销售经理左某为我们公司举行了盛大的庆功会，并邀请了十多家销量大户，畅谈一年来我们共同取得的成果，庆贺我们共同的胜利。成功的喜悦冲淡了所有的辛酸。这要感谢左某的营销团队和我公司全体人员不懈的努力，以及大连的广大经商者和消费者。

1996年3月18日，全国糖酒会在成都如期召开，该公司派出规模空前的展销团队，我自然也到会参加。3月23日，左某通知我：“你不要走，我们董事长王某林25日到，并要公布两件事，第一要奖励你奔驰车，第二要在大连建厂。”我马上改签机票，静候这天大的好事。

王某林董事长在成都简单地举行了奖励仪式，并把奔驰轿车奖励给我。此举，顷刻间在全国形成了相当大的轰动和反响。这可能是改革开放以来，厂家对经销商奖励最大的一单，厂家因此获得赞誉，我从此在业内也是名声在外。奔驰轿车在当时作为奖品，它的影响几乎要超过了诺贝尔奖呢。

4月10日，我把奔驰车从承德开回大连，它从此变成了我的公司财产。全家为之无比欢喜，我公司的全体员工都为之欢呼雀跃，亲朋好友也前来观赏庆贺，从此我这个小老板坐上了大奔驰。

当年，奔驰轿车在大连可能总数也不超过十台。我沾了奔驰车的光，为此名声大了起来。朋友与员工遇有婚庆都要奔驰来做头

1996年，我的夫人站在奔驰车前。

车。这台奔驰还接待过来连演出的著名相声演员冯巩、著名歌唱家殷秀梅等明星呢。

因为在大连的突出业绩，左经理也步步高升，公司当年奖励他一套三居室的豪华住宅，不久他就调回集团的上市公司，任职销售总监十年以上。

我这个小老板能得到一辆大奔驰，与左经理和王某林董事长是密切相关的。王某林董事长和左经理都是我家永远的座上贵客，某纯净水品牌集团董事长祝先生是我家的恩人和朋友。

第三十八章　1998年，转型

经过二十多年的改革开放，曾经百业凋敝的经济有了突飞猛进的发展。从计划经济转入社会主义市场经济，市场的组织形式从根本上发生了巨变。国家富强了，人民生活得到了极大的改善，社会商品从短缺变成了过剩，可替代品比比皆是。从凭票供应，到紧俏商品的抢购，到现在的产品过剩，市场上再也没有可以抢购、可以加价的紧俏商品了。与此相关的，厂家、中间商和零售商也都没有可观的差价可赚了。像我们这样的批发商，连基本的6%的差价都不复存在了。

显然，企业必须改行了。

企业转型，犹如大船掉头，说起来容易，操作起来，难上加难。中国的企业寿命不长，原因很多，不能及时转型，一定是一个重要原因。

在此我要郑重地感谢祝先生。我们企业能够顺利转型，饱含着祝先生对我的无比信任与深情厚谊。

1997年，祝先生在大连举行某纯净水品牌辽宁省经销商总结表彰年会。我们公司积极协助，参与了年会的筹备，并提供三台轿车为大会服务。前一年1996年，我们经销该纯净水品牌产品金额达到1700多万元，仅比省城的国有大企业沈阳商贸城少了3万元。大连是一个三面环海的“孤岛”，沈阳经销范围的人口是大连的三倍以上，而且它还是一个商品流通辐射全省的大城市。相比之下，祝先生认为我们创造了一个销售奇迹。他得知我为年会提供服务的奔驰轿车是因为我销售的突出业绩而获得的奖励，大为震惊，也颇受启发。祝先生当场慷慨地表示，授权给我该纯净水品牌商标使用权，而且承诺让我年赚利润达到1000万元以上。

该纯净水品牌当时是中国饮料第一品牌，当年的产值全国第一，从饮料行业的第二名到第十名加起来，没有该品牌一家多。我们能获得这样的一个誉满天下的著名品牌，投资少，收益快，真是让人欣喜若狂的好事啊！

祝先生说到做到，先免费给我发货，先打市场。只是这样销售，运输成本每桶要15元。后来改为从沈阳运货，成本也要十多元。1998年全年，我们销售的桶装水全部都是外运的。显然，就地建厂已经成为当务之急。

1999年1月，大连水厂建成并投产。当年即销售39万桶，转过一年销售74万桶，到2005年，已经销售150万桶，年利润可达200万元。这期间，2003年我们在锦州建厂，2004年在成都建厂。他不仅批准我在全国建立了四个工厂，还将他已经生产了十多年的三个桶装水生产线转让给我。特别是长沙工厂，当时的年利润已超过150万元。在祝先生的鼎力支持下，我们集中全部精力发展桶装水事业。仅仅十年的发展，我们在长沙、成都、武汉、大连、沈阳、哈尔滨建立八个有规模的生产桶装水企业，规模与影响在全国桶装水行业位居前列。

此时，桶装水生产已经是我们企业的主要经营方向了。

我一边转型新型产业，一边收缩传统行业。此时，公司食品批发经营已渐现疲软之态，新品牌不断减少，而原来经营业绩最好的品牌，如康××、华×、心××、统×、喜××等厂家为了多赚钱，都在大连成立自己的经销处，尽管他们以后由于经营管理不善，很快就收摊了，但对我公司的发展，影响是巨大的，所以我毅然决定关闭食品批发经营项目，彻底转型制造业。2006年，我决定撤出商业批发，收尾清算，抽出资金与精力，全力投入桶装水事业的发展。当时好多同行、朋友对我的决策表示不解，认为这个决策有点草率，都说像黄河经贸那么大的商业企业，规模与影响在大连没有可比的，轻易放弃，太可惜啦。

这就是我十八年的经商历程，十八年的艰苦奋斗的创业，十八年的酸甜苦辣的享受，十八年的辉煌自信的体验，十八年无法忘怀的人生阅历。

我的恩人是祝先生，他是我家三代人永远敬仰的中国首富，我的年利润早已超过1000万元，也祝愿祝先生健康长寿！

第三十九章　2001年，我们的“辽沈战役”

2001年秋，沈阳某纯净水品牌饮料有限公司（该公司是该品牌集团在1997年成立的，沈阳商贸集团占股25%）的总经理曲某某突然来电话跟我说：“老张，你的桶装水都销售到省内哪些地区？”我当即反问道：“你问这个干什么？”他说：“我厂的桶装水部分，祝老板批给应某某了，让他来建厂，专做桶装水，要先告诉他不要侵占你的经营范围，保证你的销售区域。”

听到这话我心里不平衡了。曲经理不会乱说，肯定是祝老板已经批示同意过的。但应某某是个小江湖骗子，不是个优秀青年，他哪有我的实力，哪有我对祝老板忠诚。我要亲自说服老板，目的是争取我来建厂，我会更有力地辅助老板的事业。

该品牌当时负责沈阳市场的销售经理是胡某某，我马上问他：“祝老板在哪儿？我要找他。”半个小时后，他回复，祝老板在北京，与集团销售经理于部长一起出差，并告诉我住在哪个宾馆。我立即启程登上去往北京的航班。我当天11点多到达祝老板住地，正在宾馆前台办理入住手续，巧遇祝老板和于部长进入大厅。他们见到我很高兴，热情寒暄后，祝老板告诉我马上到二楼吃饭。我匆匆到二楼餐厅，祝老板、于部长及该品牌的两个工作人员已经入座。我刚就座，随即进来两位青年男女，男的健壮帅气，女的漂亮俊俏，给人印象很有档次。于部长马上向我介绍："你们不认识吧，这是北京某纯净水品牌桶装水的应经理和夫人。"饭菜还未上桌，服务员正常倒茶，祝老板即问我："老张，你来有什么事？"我当即就说："听说您把沈阳公司的桶装水批给应经理建厂，我认为我的实力比他大得多，建厂我比他更有经验，我想求您把沈阳建厂的事批给我。"我话一出口，全桌人员都静默了，出现两分钟的停顿。我接着讲："老板你知道吗？应经理把辽宁市场都给卖了，他把地级市场丹东、辽阳等地市都收价八千到一万，出售专卖权了，我想这是你不允许的吧。"

祝老板思考了一下，马上说："应经理，谁允许你把市场区域给卖啦？你回去都收回来。"他又接着说，"我看沈阳交给老张来建厂，你就算了。"

我的目的即刻达到，比想象来得更快更顺。应经理的脸涨红了，一句话未讲。他没想到今天设宴请祝老板，竟会发生这样的事。此时哪里是"尴尬"这个词能够形容的，我也感到有点过分了。随着菜品上桌，大伙动起筷子，客套话也随着讲起来。这算什么宴，不能叫作"鸿门宴"吧！

我带着轻松愉快的心情回到大连，心想祝老板这样信任我，我一定得把工作做好。我立即收购了大连旅顺长城矿泉水厂，以保证辽宁市场桶装水的品种齐全，并计划在沈阳、锦州再建两个工厂，从而把辽宁市场全面覆盖。说干就干，我即刻写出申请，祝老板也不假思索地一起批准了。这是祝老板对我最大的信任，对我最大的恩情！我一生感恩，都不会忘记。

辽宁省共14个地级市，我在大连、沈阳、锦州建了三个厂，目的就是要覆盖全省。沈阳供给周围五个城市，大连供给营口、丹东，锦州是辽西五市的中心。全省除沈阳、大连两个城市以外，所有的地级市全部建立桶装水经销处。租房，装修，开设门店，招聘经理，并购置了载重量27吨的重卡，装1400多桶水，挨个地方铺货、送货，把桶装水事业当成主业。与此同时，我把在大连经营多年的有名气、有影响、占据市场绝对优势的黄河商贸有限公司全部停业转型。

此举可谓壮士断腕。

这时，黄河商贸有限公司经营多个国内知名品牌，比如康××、统×、华×、今××等方便面品牌和某纯净水品牌，此外还有人们耳熟能详的双×、金×火腿肠等肉类食品品牌，心××、冬×、宝×、强×等日化品牌，这些品牌都是国内名优特商品，曾经支撑我们企业多年的发展，带来了可观的效益。现在，我终止了经营权，各大商超批发市场一律清账。有几个品牌都是全市销量第一，我也是忍痛放弃。目的就是要主抓该纯净水品牌桶装水，集中优势资源，全力以赴，感恩祝老板对我的深情厚谊。我立志把辽宁建成全国该纯净水品牌桶装水覆盖率最高的省份。

现在，二十多年已过，我的规划实现了。辽宁省的该纯净水品牌桶装水总销量已过千万元，三个工厂鼎立的布局是合理的，成功的。

2006年3月1日，我带领大连公司的十位员工，加上沈阳当地招聘的五名员工，从沈阳该纯净水品牌饮料厂刘波总经理手中正式接收原有的桶装水部门，当日便开始了我们的工作。

当时，桶装水还是由原饮料公司的生产线出品，我们负责开票收款、日常管理以及经营销售。工作人员换成我们的人，双方交接时基本上只交接了水桶数量、部分设备以及沈阳饮料公司的账面折旧，其余的资产都是无偿转让的。这种做法，都是在祝老板指示下进行的。祝老板对我的这种深厚情谊让刘经理无法理解，从他那无法言表的表情上似乎可以看出他对我的疑问：老板怎么能对你这样好？

接收生产线后，我即刻开始寻找新址兴建工厂。祝老板批的企业名称是沈阳某纯净水品牌桶装水有限公司。当时，我整个公司的规模还小，没有能力征地建厂，为了更快投产，只有租厂房。

三个月后，2006年6月16日，沈阳某纯净水品牌桶装水有限公司正式挂牌了。从这一天开始，我们自己的桶装水公司正式成立并投产了。新建厂只是把原有的每小时400桶的罐装设备和刷瓶设备重新使用，其反渗透、制水设备和其他相关设备全是新投入的。三个月的时间，从租赁厂房、装修、上新设备、安装调试、产品试生产与检验办证，我们都是以该品牌的发展速度完成的。懂得和熟悉我们的人以及近百家水站，都向我们竖起了大拇指。这个建厂的努力和速度预示着我们企业辉煌的前景！

当时，沈阳桶装水市场占有量是30多万桶。我们面临的第一个问题是水桶陈旧，水站对此怨声载道。由于水桶破烂不堪，也影响该国内头部饮料品牌的形象。这时，我们开始了第一个艰巨的工程——换桶。

短短几个月，我们先后共投入了50000只ASB设备生产凹底新桶。凡是水站来进水，按进水量的10%换桶。具体做法就是以首次兑换10%新桶，以后再进水减去带来已换的新桶数，按余数的10%再换桶。

这个工作我们进行了约两年时间，最终水桶全换成新的，在沈阳市场赢得了好口碑。与此同时，水的销量也在迅速提高。这里还有一个故事，当时我们接手的销量最大的水站是海城水站，每月销量在4000桶左右，年销量50000桶。这个水站是自购水桶自用，水桶都是新购的平底新桶，形象当然是最好的，单独生产，单独存放，独自享用。可是两年以后，我们的水桶更新后，这儿的桶却变成最差的了。遇到主管部门检查，严重影响到我们整个水厂的声誉。后来经过协商，每只桶按6～10元折旧，全部换成我们统一的新桶。

正式投产后，我们又遇到了原有经营管理上留下的问题。沈阳某纯净水品牌饮料厂是该纯净水品牌集团与沈阳国有商贸公司合营的企业，桶装水分厂由商贸城出任的代表李某全面负责，李某的家人在水站开票收款，员工的家人也开水站。这两个水站也是销量排在前五名的水站。我们接收经营后，李某的家人趁我在沈阳工作期间，自行召集了20多家主要水站开会，准备好了18个问题，让我来回答，并当面威胁说如果我解决不好，就全部退出该品牌销售。会议是李某家人主持的，经过四个多小时的谈判，80%的水站表示支持我们，无一水站退出经营。至此，我们解决了遗留问题的阻碍。

与该品牌集团接收工厂的协议中约定，我们要接收原加盟水站交纳的保证金、水桶押金票和原工厂发放给水站的水票。没想到这三种票据给我带来了很大的麻烦。因为原来管理不规范，很多不是正规手续办理的，证票与白条子都有。后期找我做处理，特别是购货水票是一张5cm×5cm的白纸，票面价值8元钱，需付两桶水，盖有桶装水经营部的公章。但上面没有任何文字标识、有效期和票号，只要拿来我们就要付货。有的票据看来很破旧了，明显已经循环多次使用了。我公司兑换了一段时期后，感到这种票据实在太多了，于是，我们就实行了摸底登记，登记后有效，过期作废。

这时，我们发现拥有水票数量最多的是李某及开票员两家的水站。这种水票存量数几乎比我们接手账面水票数超出了几倍！超过规定登记日期后，李某水站又拿出了近500张。我们按通知规定执行，给予作废。他们找到饮料公司的老总跟我沟通，我即刻表示，他们属于多拿多占，来历不明，属于以职务之便欺骗，是在犯罪。

老总劝我不要太认真，按半数接收吧。我尊重了老总的意见，处理完他家的水票，他家的水站也停止了经营。

经过两年的换桶，沈阳公司水桶的形象大为改观，水站都为之喜悦，销售的积极性空前高涨。老水站平日执行增量奖励和年底完成任务的年底奖励，新水站全部供应新桶并执行增一奖一的政策。换新桶和以增量为奖励的两项促销措施，是我们看准并推行的两大法宝。接收的第二年，公司效益就有了30%的增长，以后的五年，平均每年都有20%以上的涨幅。

当时，我们唯一接收的灌装设备的生产能力是每小时400桶，其他的一切设备包括水处理装置都是与此配套的。到2011年，也就是五年后，我们在观音村上新厂房时，购置了全新的设备，是按每小时1000桶的规模组建的，由于产品质量的提升和销售业务的迅猛拓展，三年后，我们年产量已上升至近300万桶，每小时1000桶的生产能力显然供不应求了，满足不了市场需求，限制了我们的发展。2014年开始，我就计划选址，建自己的厂房，上每小时2000桶的设备。

很快，沈阳公司的赵东经理就找到了在沈阳与抚顺之间新建的太平洋工业城。这里全是工业用地的厂房，每个厂房约4500平方米，厂房高度12米，还有独立的厂院，占地12亩，属于国有土地，有房证的钢构房每平方米1800元，物业费每平方米每月0.1元。这比从前的厂房条件好多了。我当即在沈抚新城工业园购置了两套厂房，每套800多万元，并签订了购房合同。

购房合同签订半个月左右，沈抚新城的冯燕总经理带领太平洋集团公司陆董事长来大连探访我，原因是我们的桶装水品牌和一次购买两套厂房的行为，给他们园区的招商带来了很大的生机，为此，他们特地前来表示感谢。我们相谈甚欢，交谈中，陆董事长讲到又在沈阳市沈北新区购得一万亩地，准备开建一个规模更大的工业园区，并且园区内还要建商业区、广场、公园、住宅区、将来的沈阳北站也建在这里。这个位置当然好，属于沈阳市内，离我现在的工厂约10公里，位置在四环路道边，而且建厂房的设计和风格与沈抚新城相同，我立刻和他商议，我要改签沈抚的合同，签订新的购房合同，他当即拍板同意。

这里也叫太平洋工业城。2015年4月开园，举办了奠基仪式，他给我发了六份邀请函。这是他发出的唯一购房者的邀请，我带领家人及工作人员一起参加。奠基仪式如期进行，就在我选址的地块上（俗称为“地眼”），铺上了500平方米的红地毯，场面热烈喜庆。

奠基仪式于上午10时18分在鞭炮声后正式开始，有200多人参加，以承建方代表为多，仪式上第一位讲话的是祝老板，第二位讲话的是沈阳市副市长，第三位是购房者代表，也就是我讲话，第四位是工程负责人讲话，仪式用时约半小时。晚上7时举行记者招待会，招待会第一个讲话的是陆老板，第二个是沈北新区副区长，第三位是我。

我选址的厂房在园区的中心，也是最高点，是第一个动工建设的。2016年年底完工，建筑面积共4400平方米，占地12亩，总购价1100万元。这时我们购置了每小时2400桶的国内最先进的生产线，在2017年11月安装并调整完毕，正式开始生产。

沈阳公司建厂后，2007年，我们引进了三位核心管理人——厂长赵东、销售经理宁路平和车间主任张晓东。我们平时所说政策建立以后，干部才是决定胜负的关键。这三个人就挑起了企业发展、管理及运营的大梁。赵东作为厂长和总经理，始终对企业绝对忠心耿耿，精心管理，勤勤恳恳，以厂为家，精打细算，带领全体员工每年都胜利完成任务，对于集团的工作布置，执行起来也不打折扣。沈阳公司多年来能超常发展，他起到了主要的作用。

宁路平被聘为销售经理的当时，由于厂子刚接手，运营还很困难，他主动带头自购车和写字台、电脑，租用民房作为在市内的销售处。他亲自带领五名销售人员开始了沈阳市场的打拼，从开始的30万桶最低销量开始，迈出了我们发展的步伐。品牌和信心支撑了我们的干劲，每一步都带来了惊喜。

沈阳公司另一个关键人物，是车间主任张晓东。他文化程度不算太高，早年间是一个出大力的装卸工，一米八的身高，体格健硕，从不睡懒觉。俗话说早起的鸟儿有虫吃，建厂时，我把他由大连带到沈阳，委任为车间主任。他不负众望，虽然不懂技术和管理，但勤恳学习，工作努力，终于成长为一个优秀的车间管理者和技术能手。他十几年来从不计较白天黑夜地工作，保证能生产出合格产品，保障供应。沈阳生产车间是一个独立性最强的优秀集体，从来都能按要求、按规定、按计划、保证生产任务的完成，直到现在也是我们集团公司最值得学习和表扬的一个团队。

沈阳是东北三省的中心城市，建厂伊始，我们即把经营重点转移到这里，以沈阳为中心，100公里内共有六个地区城市，它几乎囊括辽宁50%的城市人口。这里是最佳的商贸集中地，沈阳的发展会带动我们整个企业的前进步伐。

在经营管理上，沈阳公司摸索和总结了如下经验：

1. 销售上对新户实行按月增量奖励，老水站以季度增量和年度计划完成奖励。

2. 坚定不移地奖励水桶，促使水站有桶才能多进水，坚持奖桶不奖水，这是发展的战略措施。

3. 业务员以开新户为主要奖励考核指标，当然也有收入提奖指标和业务人员留用及辞退的指标。水量增长始终放在第二位。

4. 财务管理上，我们推出五日销售报表，每销售一桶水，一只桶收入的每一分钱都一目了然地体现在一张表上，以此算出每月每年的经营状况，从不会有一桶水、一只桶、一分钱的差错。五日报表是我集团公司始终贯彻执行的法宝，它将会伴随企业走向发展的巅峰。

5. 计件工资，按劳取酬，以功论赏，这是生产和工作效益以及工作与分配的最佳考核办法。同样的生产设备、同样的岗位工种、同样的编制、同样的管理和核算，有对比才能分辨优劣，才能抛开任何理由说辞。现在，由沈阳公司开始的计件考核已推广至其他公司。男工女工分别计件工作，我们采取二元一次方程的计算办法，合理计算延续运用到现在。当然是以公司文件形式强制推广执行，一直适用了十几年。科学先进的企业管理措施，是我们始终追求的目标。

在沈阳公司的发展过程中，我们也遭遇了一些管理上的难题。2011年，旧厂拆迁的同时在观音村建新厂，这期间，还要找外协单位代加工水，人员管理就显得不够充足，而且一些工作人员素质差，管钱、管物的一些主要工作人员，不但工作不利还形成一些派别，工厂主要领导既要抓建厂，又要抓加工、抓市场，也是忙得不可开交。一些重要岗位人员，特别是保管、记账、收款的人员，在这关键时刻不能加倍工作，认真负责，造成一些工作失误。这期间，我们的空桶在新旧厂和代加工厂的交接账目不清，丢失近2000只桶。当观音厂建成投产并进入正规运行时，我们果断采取整顿措施，人员方面一次性撤换了收款、记账、空桶库、辅料库的四名工作人员。这个大行动，镇住了一些歪风，净化了企业环境。随着观音厂的开业，新设备、新组建的管理班子正常运作，我们又重新走上了正规高速的健康发展之路！

2015年年底，工厂的销量下滑5%，这是建厂九年多第一次出现负增长。2014年还是300多万桶的销量，下滑5%不是小数目，原因要查明，首先问责销售部，当然要批评销售不力。销售部共六个人，工作情况不公开，收入工资、奖金分配不公开，内勤工作人员无作用，要重新彻底整顿销售部，要把销售工作规范化，人员工资以效益分等级，奖金加大透明度，并撤掉内勤办公人员，我的想法在沈阳公司管理班子会议提出，表示了我的整顿决心。

经过了艰苦的努力，2017年，沈阳公司揭开了全新的一页，谱写了新的篇章。

11月18日，我们举行了盛大的开业典礼，受邀参加的各界人士及经销商朋友欢聚一堂，一同见证着沈阳某纯净水品牌桶装水公司乔迁的高光时刻。我们举办了销售启动大会，撸起袖子大干一场的气氛已经爆棚，未来，我们必定是辽沈地区桶装水行业的领头羊。

12月23日，我们整体搬家，举行了太平洋工业园内的揭牌仪式。

那一天，艳阳高照，没有严冬的残雪和萧索，水厂所有人器宇轩昂，威风八面，我们高高兴兴地装扮自己的“新家”。从此，我们拥有了属于自己的厂房，自己的家。我内心曾千百次幻想着的情景，如今终于梦想成真啦！

2018年的早春比往年来得更早一些，我们设计生产空间、调试设备、制定管理机制，一切就绪了。就在开机生产蓄势待发之际，我们遭遇了当头一棒——井水不足。

对于水产业，没水等于没有命脉。我们在厂区四周多处调研打井，仍然束手无策。坐以待毙不是沈阳公司的风格，我们主动联系了市自来水公司，接管进水，解决了井水不足的困难。自来水虽充足，但为了保证产品质量，我们严格按照集团总部要求，做好每一个环节的消杀和过滤工序，短短两个月，水处理一级膜堵塞、72根膜管也出现问题，我们全部换新，20多万元的维修成本，我们没有半点犹豫，想做好水，保证产品质量才是首要前提。在荆棘与坎坷中，我们一路跌跌撞撞，走过了2018年，那一年，我们的年销量是300万桶。

2022年，沈阳某纯净水品牌桶装水生产基地。

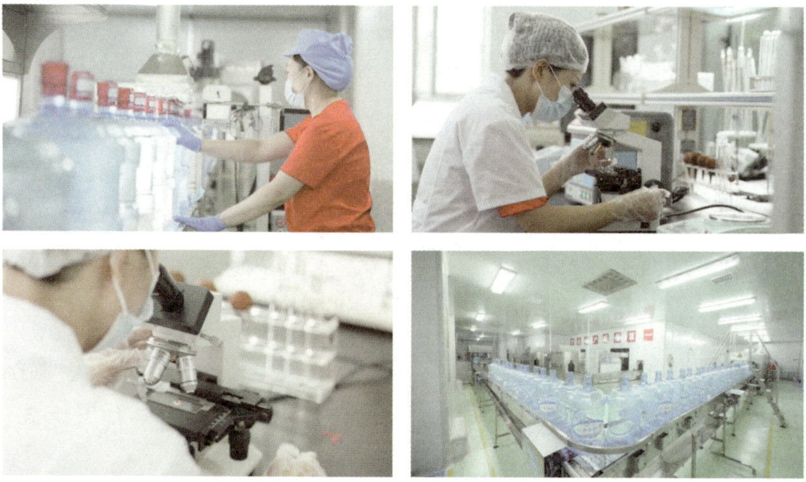

厂区建设：全国桶装水行业最高端化验室。

厂区建设：培训室可同时容纳100人。

厂区建设：喷泉鱼池。

团建：盛夏纳凉烧烤节。

团建：拔河比赛。

2022年，我在沈阳公司。

第四十章　2010年，庆典

1985年，我来到通化市政府驻大连办事处，同来筹建的共五人，正式定编时，只留下我一个人。1986年春，我进入政府编制，正处级别，每月工资是105元。大连市政府给予我们特殊政策，允许带家属落户，这样我们夫妻和女儿张红的户口一起迁至大连西岗区。1986年，西岗区是大连发放身份证的试点区，我们三人都第一时间领取了大连的居民身份证。张红在通化读的是省重点高中，对口调到大连重点高中，在大连顺利地完成了高中学业，如愿考入了大学。

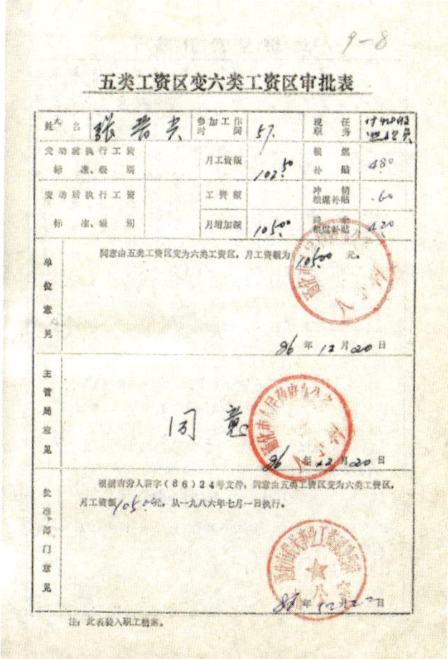

9-8

五类工资区变六类工资区审批表

姓名	[illegible]	参加工作时间	57.	现职任务	[illegible]
变动前执行工资标准、级别		月工资额	102.50	粮煤补贴	4.80
变动后执行工资标准、级别		工资额		冲销粮煤补贴	-.60
		月增加额	105.00	尚余粮煤补贴	4.20

单位意见：同意由五类工资区变为六类工资区，月工资额为105.00元。86年12月20日

主管局意见：同意。86年12月20日

批准部门意见：根据市劳人薪字（86）24号文件，同意由五类工资区变为六类工资区，月工资额105.00元，从一九八六年七月一日执行。86年12月2[illegible]日

注：此表装入职工档案。

1986年，通化市政府批准将我的工资变为六类工资区。

大连与威海老家一海之隔，坐船只需七个小时，每年清明

2022年，祖孙三代在我曾经教书的教室黑板前留念。

节，我都带领全家回山东，上坟祭祖。这样虽然弥补不了当年给父母造成的苦痛，却也能安慰自己，平复自己的思乡之情。2002年，父亲百年诞辰纪念，我给父母在村公墓竖起最好的墓碑，算是略微报答一下父母的养育之情。

我来大连已经三十年了，每年清明祭祖，必回山东，一直坚持到现在。20世纪90年代起，我每年都开着豪华车回山东，每年也必去我任教三年的大英村。当年，我从这里开始逃亡，总感到对不住当年我教过的学生。当年的旧教室，现在已经改为他用，但墙上还是保留着水泥抹成的、染成黑色的黑板。而今，儿孙见到这间逼仄的教室，看到那残破的黑板，他们能想象出我当年手拿教棍讲课、写字的情景吗？

2010年，是我闯关东五十周年，此时我在大连的企业已经蓬勃发展，在全国已有八个独资生产桶装水的企业。此刻，我感到应该是自己衣锦还乡的时刻了。我通知我当年的学生班长于日平，在8

月28日我出走五十周年的那天，召开一个纪念会，题目是：闯关东50年纪念会。

几天以后，于日平告诉我，班级同学听闻此讯，都非常重视这个活动，成立了筹备组，有邹积健、王益永、张锦华，并做好分工，有组织的，有发通知的，有安排会场并准备司仪的，还有安排车辆接送的。我很欣慰，当然我考虑得会更周到，这也是显示我这老师的素养和实力的时候嘛。

安排了会场，找到了司仪，我写下大会题目："五十年的记忆——闯关东"，并配有一首小诗："成年历经悲伤，盛世开创辉煌，半个世纪离别，师生团聚故乡！"由当地书法家执笔书写，庄重地贴在巨幅幕布上。后来，这首小诗由我的学生殷龙会重写，镶嵌在木框内，长年挂在我办公室墙上，以做永远的纪念。

会场设在汪疃镇供销社饭店的宴会厅，朴素而又庄重，摆设了十二桌，一桌是当年与我共事的老师，一桌是我的家人，其余十桌都是我的学生。

2010年8月28日，上午9点，一位漂亮大方、衣着靓丽的美女司仪，在舒缓的音乐声中，宣布大会开始。此刻，正是当年我从大英小学出走整整五十年零一个小时。司仪开场说，张老先生今年71岁，闯关东五十年，从没有忘记他的学生，常年怀着思乡之情，今天盛宴招待他的学生。中国的传统文化讲究尊师重教，学生尊崇老师的传统源远流长，这回是张老师盛情款待学生，这在家乡将会成为永远流传的佳话。接着班长于日平发言，学生张锦华以诗相送，我的长子张伟讲话。学生代表讲话之后，当年的同事姜树森老师讲话，最后是我讲话。

我讲了一下当年遭受挫折的过程，重点是被打成"右派"以后回校受到的凌辱与不公平待遇，中专毕业试用期的工资仅为每月21元钱，不但学校的课程重担全压在我身上，还三年多不调整工资。

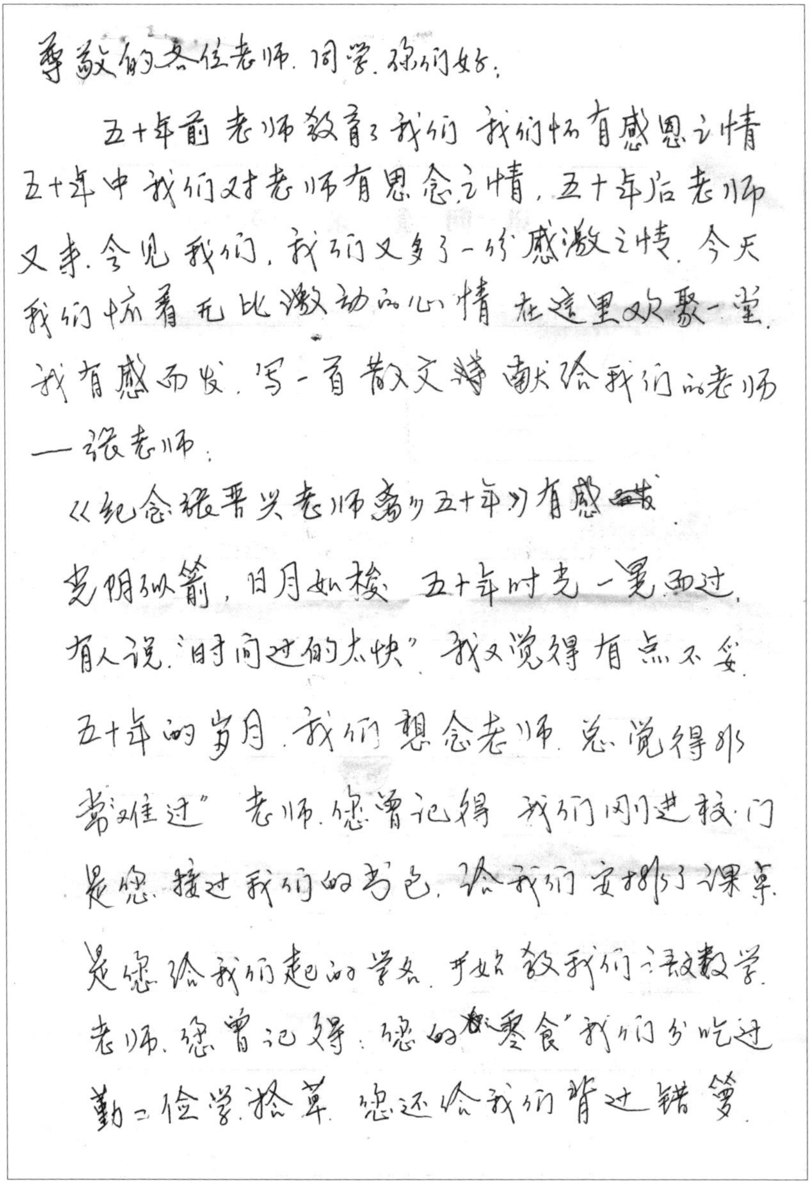

尊敬的各位老师、同学，你们好：

五十年前老师教育了我们，我们怀有感恩之情；五十年中我们对老师有思念之情；五十年后老师又来会见我们，我们又多了一份感激之情。今天我们怀着无比激动的心情在这里欢聚一堂。我有感而发，写一首散文诗献给我们的老师——张老师：

《纪念张晋兴老师离开五十年》有感

光阴似箭，日月如梭，五十年时光一晃而过。有人说"时间过的太快"，我又觉得有点不妥。五十年的岁月，我们想念老师，总觉得那常"难过"。老师，您曾记得：我们刚进校门，是您接过我们的书包，给我们安排了课桌；是您给我们起的学名，开始教我们识数学。老师，您曾记得：您的"零食"我们多吃过；勤工俭学拾草，您还给我们背过错篓。

2010年，“闯关东50年纪念会”上，我的学生的讲话稿。（244—246页）

老师，您曾记得：我们学习好时，您会合不拢嘴；我们考"砸"了，您也对我们"怒吼"过。我们的场院里，曾留下您熟悉的身影，我们家的土炕上，您也常去坐坐。虽然您是我们师长，但又很像我们的大哥哥。

突然，有一天，您的学生还在校园里玩耍，您不知哪儿去了，连个招呼也没打过。我们到处打听，仍然没有着落。老师啊，老师，难道是我们学习不争气？还是我们闯了祸？

老师啊，老师，您在哪儿？快快回来吧！我们再也不调皮，从此好好跟您学。后来，我们终于明白了，不是您的学生犯了错，更不是老师您的"过"，只因您善意的"实话实说"却招了"烧身之火"，是那"特殊"年代跟您开了"玩笑"，使您吃尽苦头，饱受折磨。我们看在眼里，痛在心窝。那些年，您苦苦"挣扎"，到处奔波。

拨乱反正春风吹过 您所谓的"罪名"终于"石出水落" 您没有怨恨"时代" 更没有在乎"对错" 直起腰杆 奋起拼搏 几年"代理批发"干的非常红火 如今又干"实业" 全国已有八户 听到这些喜讯 我们为您高兴 大家互相传说 借着今天吉日 都来 为您祝贺 祝您健康长寿 祝您成就丰硕 但愿再过五十年 大家还来这里坐坐 诉说您我思念 分享彼此成果,

于[illegible]

2010年8月28日

尊敬的长辈，各位兄弟姐妹，大家好！

今天是我老父亲闯关东50周年纪念日，我们在这里举办盛大返乡酒会，承蒙各位来宾赏光，我代表我父亲和我们全家向大家的到来表示衷心的感谢和热烈的欢迎！

作为老父亲的大儿子，此刻我是百感交集，心潮澎湃。踏上祖辈们生活过的这片热土，回到父亲的故乡，也回到我的老家，我倍感新鲜和激动。这里留下来我父亲的青春，还有他的情感，也烙印着祖辈们的足迹。1960年，我父亲怀着悲愤离开了养育他的家乡，几经周转闯到了东北，定居在长白山脚下，先后成家立业。这一别就是50年！五十年弹指一挥间，五十年青山依旧在，几度夕阳红！五十年过去了，归乡的心情尤为迫切！

小时候，父亲就常常和我们提起，“我对北大英村父老乡亲怀有特殊的感情，我刚毕业就在这里教书，任班主任，这里有我很多可爱的学生们，刚工作两年多就遇到反右倾运动，被化成右派。”我父亲当时是年仅20岁的年轻人，对未来的生活充满了向往，怎能忍受如此的侮辱！50年前的今天，我父亲忍痛离开了可爱的家乡，离开了热爱的工作岗位，也离开了可爱的学生们，茫然地踏上了闯关东之路。

时光流逝，日月如梭。转眼老父亲就步入老年。古诗《回乡偶书》中写到“少小离家老大回，乡音无改鬓毛衰，儿童相见不相识，笑问客从何处来。”或许也是老父亲此刻的心境吧！作为儿女，我们更希望看到老人实现衣锦还乡的夙愿。在这里我们还要和众乡亲说明，不是我父亲愿意舍弃同学们，未尽到教师的责任，是那个时代造成的悲剧！今天我非常感谢家乡父老乡亲的宽大胸怀，把我们迎回故里。“倦鸟要归巢，落叶要归根”，我们始终没有忘记，我们的家在山东，我们是文登人！

今天，我们回来了！回到阔别五十年的家乡！天还是那么高，那么蓝；地还是那么宽，那么长；人还是那么善良，那么深情。五十年过去了，天地悠悠花开花落，人生苦短恍然。五十年前，一个朝气蓬勃、满脸稚气的青年人离开了这片生养他的土地。五十年后，他已经是两鬓斑白，携带家眷回来了，五十年，不堪回首！“是非成败转头空，古今多少事都付笑谈中”。看今朝，我们虽然不是大富大贵，却也是事业有成，衣食无忧，有欢有乐。而我可爱的故乡，也发生了天翻地覆的变化，各村各寨的幸福生活，构成了一幅美丽的山乡图画。此刻我禁不住热血沸腾、心潮澎湃；禁不住思绪万千、百感交集；禁不住热泪盈眶、话多语长。我为家乡自豪，为家乡骄傲，为家乡喝彩！

最后，祝我们的家乡北大英村更加兴旺发达！祝北大英村父老乡亲们的日子越过越好！谢谢大家！

2010年，“闯关东50年纪念会”上，长子张伟的讲话稿。

个别老师看到我走到哪里，就让学生唱歌侮辱我。劳累、待遇差加之精神摧残，压迫得我无法生存，于是才有了背井离乡逃亡，拼死抗争。我这五十年来，不论走到哪里，都努力来表现自己，努力工作，证明自己的价值，为社会创造财富。这五十年来，我在哪里工作都是管理干部，平反以后，从国家行政机关下海做生意，建立了八个实体工厂，而且经营效益都很好，解决了几百人的就业问题，为国家和社会贡献了自己的力量。最后，我也介绍了我的全家每一位成员。一句话，我用了五十年，证明我是个好人，我是一个对国家、对社会有贡献的人，而绝不是一个所谓的敌对分子！

会后，在我准备的宴席上，与会者一片欢声笑语。我挨个桌问候，学生都好奇地询问我五十年来的经历。宴会结束，我给每人准备了一个礼品袋，里面装着T恤衫和不锈钢保温壶，分发给每一位参会者。我们拍下全体合影，让时光铭记这难忘的一刻。

2010年，“闯关东50年纪念会”后，与会者合影留念。

这次活动也做了录像，曾在大英完小的七八个村庄放映电影时进行了播放。在当地，被传为佳话。

2020年8月28日，我又一次举办“闯关东”六十年纪念活动。

举办这次纪念活动与十年前相比，我的心情是沉痛的。十年前参会的十名老师，现在只有一人健在，但也瘫痪在床，包括我大姐等八人，已经离世长眠。会上，还是学生班长于日平讲话，然后是已经退休的教师张锦华以诗相送，我的小学同学王景太讲话，最后我讲话：“我用一生的奋斗来证明我是一个好人。我已经81岁了，还正常上下班，正常参与公司的经营管理，我要努力去证明好人常在。我的老年生活是完美的，我要以我的亲身经历验证‘好人常在’的美好祝福。愿中国十几亿人口都能做到好人常在，愿我的子孙后代，都能为国家为人民做出卓越的贡献。”

我举办这样的活动，当然有我衣锦还乡的因素，更重要的是，我曾是一个教师，我要身体力行，我要言传身教，用自己的成功告诉我的学生，人生就是要奋斗，就是要抗争，就是要坚韧不拔，就是要愈挫愈勇！

第四十一章　2023年，传家有道

1979年，我平反了，两年后调入通化糖酒公司。这一年，我的长子张伟正在通化重点高中准备高考，这所学校是通化最好的高中，全市优秀的学生汇聚于此，张伟在这所高中，成绩一直名列前茅。7月高考，学校老师和家人，都对他寄予厚望，认为他一定能考入不错的重点学校。

张伟5岁的时候，住在姥姥家，凭着看墙上糊的报纸，就认识了一千多个汉字。上小学一年级，班级选“红小兵”，全班50多个孩子都选他，但他却因为我这个父亲的历史问题，不能入选。二年级的时候，全班就剩他没有加入“红小兵”了，老师替他写了证明，声明他与父亲划清界限，这样才得以加入“红小兵”。

从小学一年级入学，直到高中，张伟一直是个品学兼优的好学生。他从小就具备非常强的自律能力，对待学业始终如一地认真，从来不用老师和父母操心，家里的墙上贴满了他每学期拿到的学校颁发的奖状。

张伟妈妈在张伟刚上小学时就跟我说过，我的历史问题会影响孩子们的前途，她甚至想把孩子送到孩子的大姑家寄养，把孩子的姓氏都改了，成分也改成贫农。妈妈总是担忧孩子的前途，心里像压着一块沉重的巨石。粉碎“四人帮”，“文化大革命”结束，国家整个形势变了，取消了“以阶级斗争为纲”的路线，没有不平等的阶级歧视，给国家与社会带来了希望，紧接着，代表着平等的高考制度恢复了。

1981年的高考，规定的是考前选报志愿，第一志愿的填报尤为重要。考分必须与录取标准和档次相符，否则好成绩也不一定选到好的学校。填报志愿的半个月时间里，我几乎天天在研究填报事宜，和学校老师频繁沟通交流，听取老师的意见，当然，主要决定权还是在家长。最后我决定填报大连工学院电子系。电子系在当时可是一个热门学科，也是一个竞争特别激烈的专业。

全国统一高考如期进行，7月7—9日，三天时间里，张伟都是骑着自行车独自去考场参加考试的。考场距离我的办公室不远，中午，我准备好可口的午饭和新鲜水果，静静地看着他吃饭，不敢多问，也不多说话，怕影响他的情绪，一切都是为了保证他能正常发挥自己的水平。

当时高考查分，没有现在的互联网查询这般便利，我们都是到学校老师那里查分。记得当时班主任告诉我们，分数是469分，并说张伟发挥得非常好，成绩不错，回家庆祝吧！

当时的469分是什么概念呢，距离清华大学的录取分数线只差11分，是通化专区高考成绩第六名。这个分数，被大连工学院录取是一定没有问题的，我们静候佳音。

可是等来的却是不愉快的录取消息，我们的第一志愿没有实现，录在了大连工学院化工机械系。张伟从学校拿回录取通知书，非常失落，我一边表面上很坦然地安慰他什么专业都一样，心里也一边跟着着急上火，认为这件事不公平，需要找学校理论一下。

我马上动笔，写了同样的三封信，分别寄给大连工学院党委、招生办公室和信访办公室，其道理就是我们是高分考入大连工学院的，其相应的专业学科应是数理化，张伟的数学成绩是98分，物理88分，这个专业在吉林省招生计划里排名12名，大连工学院在吉林省的生源不可能都高于张伟吧，我们第一志愿就是报的电子系，为什么不能满足考生的志愿？我们要是不填写服从调剂这项，你们还不能录取吗？我决定在开学报到的时候，与儿子张伟一起去问个究竟。

1981年9月1日，大连工学院开学的日子，我与张伟如期前来报到。报到处设在新建的9号宿舍楼的门前，摆了两张办公桌，有几位工作人员在接待新生。学生交上录取通知书，就被安排到各个宿舍找床位。张伟到化工机械系宿舍，没有找到自己的床位，回来大声说："化工机械系没有我的名字。"

这时旁边的工作人员问："你们是哪里的？学生名字？"我回答他们以后，工作人员说："张伟的专业改了，学院对张伟的专业做了更改。"就这样，张伟兴奋地去了电子系宿舍，也在最后一个宿舍找到有自己名字的床铺。我完成了送子求学的任务，张伟也如愿

1981年，我送长子张伟上大学。

1981年，一家五口加表妹合影。

去了他心仪的电子系。

1981年是“文革”后恢复高考的第四年，这年全国高考招生总共有27万人，占全国当时适龄考生的2%，张伟优异的高考成绩，给我的家庭带来巨大的欢乐。我1979年3月平反恢复工作，两年后张伟又考上大学，远在山东的大姐邮来200元钱，二姐邮来30元钱，表示庆贺，全家上下，我单位的同事都为我们家这件喜事高兴、庆贺！

四年后，张伟大学本科毕业，他所在的电子系工业自动控制专业只录取一名国家正式的研究生，被他光荣地摘得。据说这一年在全国总共录取了硕士研究生2000名，在这以前，新中国成立后全国只有8000多名硕士生毕业。

1984年，我的次子张辉考入了吉林化工学院，这一年全国共招收34万大学生。长女张红也在1989年考入辽宁师范大学。我的三个子女，全部进入大学接受高等教育，此事在社会上，在我的老家都成为佳话。

二十多年后，我的长孙，张伟的独子，也以高分考入大连理工大学国际土木工程专业，毕业后进入美国麻省大学，先后获得运筹

2012年，与夫人一道送孙子上大学。

专利ID	专利名称	专利类型	申请人
CN115577869A	一种基于遗传算法的地库车位自动排布...	发明公开	上海天华建筑设计有限公司
申请日	申请号	发明人	专利权人
2022-08-29	CN202211041660.5	张文宣; 余忠晟; 齐少华; 王文广	上海天华建筑设计有限公司
当前专利权人	法律状态	第一发明人	第一申请人
上海天华建筑设计有限公司	实质审查	张文宣	上海天华建筑设计有限公司
专利摘要附图	摘要		
	本发明提供了一种基于遗传算法的地库车位自动排布方法，它解决了地库车位排布的问题，其包括如下步骤：S1：输入用户参数以及地库数据；S2：利用区域分割算法对地库进行区域分割，将大区域分割为小区域，并利用遗传算法的大框架基于S3步骤的结果迭代分割线，找到满足最大车位数和车位、分区排布合理的最优解S3：利用贪心算法对小区域进行分区车位排布，并将排布结果反馈至S2步骤，进入遗传算法迭代框架；S4：输出地库车位排布结果。本发明具有车位排布效果好、适用性广等优点。		

2022年，长孙张文宣向国家申请的发明专利。

学和人工智能双硕士学位，回国工作半年，便在上海天华工程设计院研究设计出地下停车场设计新专利，并获国家专利局批准，现在是回国工作的第二年，新的专利也将申报。

我的长孙女，次子张辉的女儿，是大连理工大学与英国曼彻斯特大学联合教学送出去的第一个大学生，理工两年，曼彻斯特两年

2007年3月，孙女张文昭登上《少年大世界》封面。

的大学生活毕业后，她又在英国伦敦大学获得化工工程管理研究生学位，又去美国获得现代艺术硕士学位，也都是具备双学位，回国后在北京从事现代艺术工作。

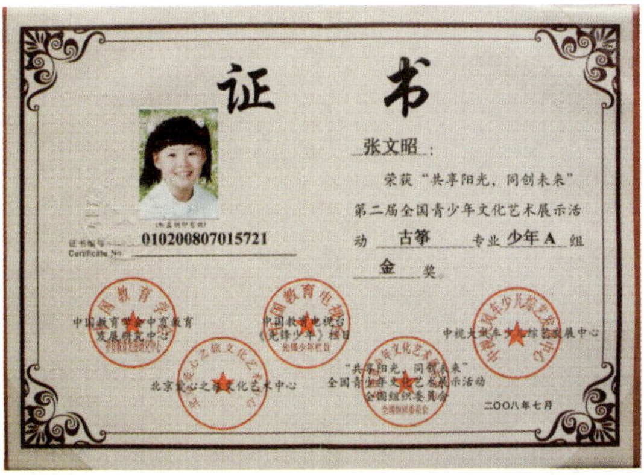

孙女张文昭的古筝获奖证书。

我的外孙，长女张红的独子，在辽宁省顶尖的中学——大连二十四中学高中国际班毕业，直接去了美国罗切斯特求学，并通过自己的努力获得学校每年1万美元的赞助。在求学期间，曾去过英国国家机关随议员实习一年，毕业后回到上海工作。

我的子孙两代人，都效劳于祖国的建设中。一花独放不是春，百花齐放春满园，恰逢盛世，我们家族也随着国家的强盛而发展，在不同的岗位，实现自我价值，贡献民族与社会。

第四十二章　2023年，我想入党

敬爱的中共甘井子区新寨子街道美邻芳庭社区党总支：

我是1939年1月30日生人，当时正值日本帝国主义占领山东，童年的朦胧记忆就是兵荒马乱、民不聊生。1945年抗战胜利，家乡来了共产党和八路军，在胜利的欢呼声和锣鼓声里，我开始接受共产党的教育。我至今还能哼唱出童年的革命歌曲：战斗英雄任常伦，他是黄县孙胡庄的人，十九岁参加了八路军。打仗赛猛虎，冲锋在头阵，完成任务坚决又认真，为人民牺牲也甘心……新旧时代对比，目睹了日本帝国主义的残暴侵略和国民党的腐朽统治，少年的我从心底感激共产党带给我们的幸福生活。

我的父母都是大字不识一个的文盲，新中国，红旗下，我却有条件走进学校。1956年7月，我从山东威海一中毕业后，进入了山东文登师范学校深造——在当年，那可真是深造啊！1957年7月，我中专毕业，被分配到大英完小教学，成为一名光荣的人民教师。尽管之前本人不喜欢教师这个行业——当时社会上流传着“家有半斗粮，不当小孩王”的谚语，可我是师范毕业，享受国家提供的免费吃住，必须无条件服从分配。20世纪50年代的中国，识字的人不多，尤其在农村，几乎遍地文盲啊。我这个年轻的师范学校毕业生，在同龄人中是绝对的佼佼者，是受人尊敬的人民教师。这一切，都使我从心里感谢毛主席和共产党，我发自肺腑地热爱和拥抱新中国、新时代。

但是，明朗的天空偏偏飘来了乌云。就在我走上教学岗位的四个月后，来了一场整风运动。我响应组织号召，积极参与“大鸣大放”。1958年2月，我参加了文登县的整风运动。

我出身农家，所提的意见自然离不开农民。我向组织提出工农差别太大，农村太苦，希望国家能努力缩小这个差别。以我当年的眼界与见识，大概只能提出这样的意见吧。三个月的整风运动结束了，由于后来的运动扩大化倾向，我竟然被定性为了“右派分子”，戴上一顶“右派”帽子。

我觉得自己被社会抛弃了，掉入了无底的深渊。

当时我尚处于试用期，工资每月21元，属于最低工资。组织规定“右派分子”有六类处分方法，其中第六类是降职降薪，可我尚在试用期，无职务，也无工资级别，无法归类。所以我虽然戴上了“帽子”，却也没有被行政处分，继续任职教师。

历史证明了，这场反右扩大化使国家和人民蒙受了巨大损失。尤其是其后的“文化大革命”，更是给党和人民的事业带来了前所未有的浩劫。而在当年，我还没有能力反思这些。我戴上“帽子”后，认为自己犯了错误，于是虚心接受组织的处理，只想着更加努力地工作，争取早日把“帽子”摘掉。

但是，个人的愿望与客观的结果常常是背离的。戴上“帽子”后的我在生活和工作中都遭到很多不公正的待遇。讥讽与嘲弄，漠视与敌视，是我每天都要面对的。其后三年，我的工资依然是试用期的21元。压抑和憋屈之下，我开始了酝酿已久的计划——出走。

那是1960年8月28日，星期日，按照惯例，又是小学教师去乡里集中学习的日子。我走出校门，直奔汪疃村，乘车去文登县城的长途客运站。我的出走路线是从文登直奔桃村火车站，再乘车去济南，而后奔包头找工作。因为我早就听说包头钢铁厂需要大量工人，就业容易。那几年，在我老家，农村青壮年几乎都要外出打工，其中绝大多数都去了东北。

我也想去东北。1959年春节假期，我去了吉林临江我的二伯父那里探亲，那也是在为外出务工做准备吧。我母亲知道我的打算，掉了眼泪。她生气地说："咱家两代人在东北都没混好，咱家在东北没有财运，儿啊，不能去。"当年，年轻的我并不知道我的出走会给母亲造成那么大的伤害。她抑郁成疾，不到60岁就去世了。

母亲说不能去东北，却也暗合了我的想法，我怕我出走后，组织上会去东北把我抓回来，所以我拿定主意，去包头。

我背上一个黄书包，里面装着洗漱用品、一双凉鞋、一条单裤和一件上衣，此外还有一本《新疆民间故事集》和一本地图册，再加上手表、眼镜以及我卖掉自行车换来的220元"巨款"。这些就是我全部的家当了。21岁的我一腔决绝，满怀对命运的反抗和对未来的憧憬，走上了一段全新的未知旅程。

我不得不离开生我养我的故乡，离开我的父亲母亲还有姊妹，离开我心爱的教育事业，离开我天真活泼的学生。我要跟命运搏斗，去开创自己的新生活！明知前途不可预测，但也要勇猛地闯下去！一路上，我心情忐忑不安，我熟读过《牛虻》《钢铁是怎样炼成的》等文学名著，书里主人公勇敢无畏的人生精神激励着我，也陪伴着我，让我度过了出走伊始的漫漫长夜、凄风苦雨。

我先是走西口，去包头，再经兰州，抵达西宁……辗转一圈，居无定所，衣食成忧，工作更是没有着落，最后，我还是从西北折向东北——闯关东。出走两个月后，我终于有了一个落脚的地方——吉林省通化专区。我在大栗子焦化厂找到了一份工作，在一无证件、二无介绍信的情况下，落了户口。

落了户，有了工作，我感到自己获得了新生。生活的大幕为我重新开启。我年轻，有干劲，有文化，在钢厂只干了两个月力工，领导便提拔我为记录员，一个月后，我又成为基建管理员。四个月后，我又被提升为焦化厂炼焦炉炉长。这时我已成为一名基层骨干了，管理一座国内先进的红旗二号炼焦炉和40多名工人。焦化厂有20多座炼焦炉，职工2000多人，我是厂里最年轻、炼焦成绩最好的炉长。这时我虽然只是一名临时工，但是因为出色的表现，引起了组织的关注。领导找我谈话，决定培养我。我知道，培养的意思就是转正、入党与提干。这可是人生的金光大道啊！但是，这条大道对我却无比凶险。我虽然涉世不深，却也知道入党必然要审查历史，其中外调（去原籍调查）是必不可少的一个组织环节。没办法，我只能婉拒组织。为什么不入党？没有理由可提，只是怕牵扯出我的历史问题。为了避免与杜绝其后的种种不测与麻烦，我从焦化厂辞职了，去了机械厂学钳工，宁愿工资从每月50多元降到每月18元。

这是我人生第一次面对入党。

1964年，由于产业政策调整，我被调入泉阳林业局服务站工作。由于工作肯干，我很快被安排管理40多名家属工，后被提升为副站长，不久被提为总务，管理着机关、森铁、储木场三个食堂的700多人就餐。一年之后，我被调入林业局职工商店任采购员。那个年代，采购员在任何单位都是非常吃香的岗位，非德才兼备者不能胜任。服务站归属林业局服务处党总支管理，鉴于我的良好表现，总支会议决定，发展我为入党积极分子。组织决定后，书记并未找我谈话，直接就安排人员去山东威海我的老家进行外调。于是，我的历史问题就被翻了出来，同时翻出的还有我的家庭问题——父亲在土改时被斗。家庭出身问题与逃亡的“右派分子”，两项罪状重重地扣过来，昨天还是前程似锦，今天却走投无路。我被批斗了，接着被开除职工队伍，送回原籍山东农村改造。

这是我第二次面对入党。因为一次外调，我被一脚踢回了老家。我倒霉了，也连累了欣赏我、栽培我的总支书记，就因为要发展我入党，他也遭到了揪斗。

不得已，我回到了老家，在农村改造七个月后，我又逃回到东北。那是1965年，我来到了吉林省浑江市浑江八中，在这里的校办工厂落了脚。我先是当临时工，当钳工，后来做技术员，再后来我为八中创办了翻砂厂，自己出任厂长。在这家校办工厂，我先后工作了七年多，为学校创了收，改善了教学条件。只是，每当我经过书声琅琅的教室时，我的心都是疼的，如果没有命运的作弄，我也应该是一名光荣的人民教师啊！

这时候正值“文革”，我虽然在业务上表现突出，但是政治上却属于逍遥派。一方面，我看不惯极左路线的诸多做法，另一方面，我内心知道，逍遥才是自我保护的最佳选择啊！

1978年，中央发出55号文件，对错划的右派分子给予改正。次年3月份，我终于摘掉了戴了二十一年的“帽子”，恢复了原来的管理干部身份。“无帽”一身轻，“无帽”浑身胆，此时社会上涌动着改革开放的热潮，这股热潮也裹挟着我，改变着我的命运。

1981年，我被调入通化糖酒公司。此时公司常年亏损，我凭借多年在基层摸爬滚打积累的经验，很容易发现公司在经营上的漏洞。当时上级鼓励用承包的方式扭转亏损局面，于是我挺身而出，成为公司第一个承包经营者。机制理顺了，我承包的部门，第一个月就扭亏为盈，大幅提高了业绩。转过一个月，上级决定采购站经理岗位也要竞聘上岗，我很顺利地被选为糖酒公司采购站副经理，三个月后市商业局批准我自行组建领导班子，成为采购站经理。这年年底，糖酒公司评选先进，我有幸成为唯一一名先进生产工作者。这是我人生第一次当选先进啊！1983年，我又被组织提拔为糖酒公司副经理。这时候我的业绩与口碑都是相当优秀的，也是通化市商业改革的标兵，我上了报纸，成了改革的典型。

因为我在糖酒公司的良好表现，公司党委决定吸纳我为入党积极分子，为此我还参加了党校学习。偏偏在这个时候，我的命运又迎来一个转机，1985年，我调入通化市驻大连办事处，离开糖酒公司。到了一个陌生的城市，面对一个陌生的环境，面临一摊陌生的业务，加之主管部门发生了变化，我入党的事情自然被搁置了。

这是我第三次靠近党组织。应该说，这一次我最有希望成为一名光荣的共产党员。

在大连办事处工作期间，1987年、1988年，我连续两年被评为通化市市级先进工作者（我现在还珍藏着证书和档案），在吉林省驻连办事处系统，我的口碑也是不错的。为此，吉林省驻连办党委动员我入党，我也被列在考察范围之内。此时社会上涌动着下海经商的热潮，而我也正全力以赴地投身于我个人的新一次创业，入党的事情便又一次搁置下来了。

回头看，这是我人生第四次错失入党的机会。这一错失，就是三十三年啊！

1988年1月8日，近50岁的我在大连经济技术开发区开始了我的人生创业。当时开发区有着宽松优惠的创业政策，即便无资金无场地，也可在园区注册经销公司。当时大连是全国14个沿海开放城市之一，也是计划单列城市之一，我身为政府干部，响应国家最新政策的号召，兼职办起了公司。虽然年过半百，但我自认创业不晚，尤其是赶上改革开放的大好形势。

当时大连市总人口500多万，可在市内具有经营商业批发权限的企业就有100多家，比较大型的是商委下属的八大国家商业公司，糖业烟酒公司、日用百货公司、蔬菜果品公司、五金交电公司、副食公司等，这些都是规模很大的企业，仅糖酒公司就在市内设有12个独立的批发商店，此外还有各大零售百货等，更有号称中国“第二商业局”的供销社和其下设在各区、各乡镇的零售批发门市等，它们都具有批发零售的功能。我就是在这样的强手如林的背景下，一头扎进了批发零售市场。

公司成立伊始，一穷二白，启动资金一分钱也没有，恰逢1988年春节，我通过原来的关系，请求通化方面发来一车皮共3400箱葡萄酒。春节前葡萄酒畅销，一周即销售一空。于是，我又发了第二车，大年三十到货，仅用半天时间便销售一半，另一半正好应对正月十五的销售高峰。两车皮葡萄酒销售一空，我信心大增。于是，我回到通化，寻找其他地产商品。第二个优选产品是电池，通化当时生产刚刚兴起的铁皮电池，此商品在大连还是独一份。当时市内一些乡村照明设施较差，电池的需求量很大。在我开始经营电池不久，通化电池厂全部的产量都满足不了我的销售。

销售葡萄酒和电池，也让我发现了我的合作伙伴——个体小卖店。当年大连有一万多家小卖店，这些都是20世纪80年代改革开放催生的首批个体户，经营者大都是弱势群体——没有职业的老人或残疾人，经营场所大多是利用路边的铁皮房或者临街的门窗。资金短缺，存货量少，进货能力差，是个体户普遍面临的困境，而国有与集体的批发企业都高高在上，根本瞧不起这些小家小户。但是我知道，麻雀虽小五脏俱全，个体户虽小，却也是一个完整的商业独立体，每个小铺的经营品种不下千种，烟酒糖茶、日用百货、油盐酱醋、食品饮料，商品价格1分钱到几十元，包罗万象 ，应有尽有。我要做的，就是把这星罗棋布的一万多家小卖店作为我们的销售渠道，他们需要什么，我们就送什么。我们把肥皂、洗衣粉、电池、牙膏、牙刷、方便面、火腿肠、饮料、酱油、白酒、啤酒、黄酒、火柴等等，按照小卖店的需要，送货上门。

一手，我们组织优质货源；一手，我们挽起小卖店。这就是我们的经营方向。我们早晨5点开始装货，6点半运输高峰前出城。大连一万多个个体商户，十多家批发市场，上门送货的，当年只有我们一家。在大连甚至于在全国，我们开创了送货上门的先例。我们从自行车、三轮车开始，发展到购买二手汽车——主要是焊上高栏专门运货的轻卡，从买旧车到后来买新车，从20多台发展到50多台。我们的送货车每天穿梭于大连的城市和乡村，风雨无阻，对于个体户来说相当于当天进货当天销售，不占用资金，又解决了他们无仓储能力与运输能力不足的问题，关键是，他们再也不用东奔西走寻求货源了，我们提供的全部是质优价廉的畅销产品。

可以说，我们成全了小卖店，小卖店也成全了我们。

我曾经的企业管理经验派上了用场，对内我们全面推行劳效计酬，加强企业财务管理，对外我们奉行顾客第一的优质与让利服务战略。由此，我们经过几年的努力经营，公司得到了迅猛发展。我们持有优质商品的独家代理权，更因为我们优质的服务，我们的送货对象也开始变化了，大连的各大商场、大型门市都是我们的客户了。就这样，进入20世纪90年代，我们一跃成为大连最知名的副食品批发企业了。

这种经营模式，我们坚持了十八年！

忠厚、诚实、诚信是我的经营理念与信条，也是我人生最重要的法宝。由于我在整个销售过程中讲诚信、守信用，使厂家可以放心发货。采用先货后款的销售模式，我陆续引进了某纯净水品牌系列产品、某果仁味饮料、宁波某电池、康××方便面、冬×洗衣粉等国内知名品牌以及一些大连地产商品。特别在1991年，国家清理企业间三角债，对资金实行管控，我们公司因为一直按时付款，解决了很多企业资金不足的难题，赢得了良好的信用。当时，某果仁味饮料厂一次给我的发货金额便高达50万元。我们的商品库存也始终保持在500万元左右，这些都是厂家的赊账，也是对我们信用的认可。

国内很多名特优商品，在大连市场都是我们公司独家经营，各种商品的购货量、销货量以及我们的销售业绩都是名列前茅的：康××方便面销量全国前十名，东北三省第二名；某纯净水品牌桶装水年销量达到1700万元；哈尔滨冬×洗衣粉年销量27车皮……我们公司经销某果仁味饮料，连续三年销售量都是全国第一，1995年销量更是超过东北三省其他地区的总和，为此某果仁味饮料公司专门奖励给我一台豪华的奔驰轿车。

短短三年，我们公司赶超大连各大商业批发企业，一跃成为大连家喻户晓的集食品、饮料、日用百货批发为一体的最大的食品经销公司。十年里，公司引进了品类繁多、畅销国内外的名优新产品，满足了人民的需求，繁荣了大连市场，同时企业也取得了良好的效益。

1997年春天，著名企业家、某纯净水品牌集团公司董事长祝先生来到大连，在傅家庄财政宾馆召开东北三省经销商会议。会议期间，祝先生对我们公司的经营业绩进行了高度的赞扬，对我们的企业理念有着高度的认同。于是，我的人生迎来了又一次转机：祝先生决定把该品牌桶装水的商标使用权授权给我。

1998年，我毅然离开了已现疲态的批发行业，转入食品生产行业，完成了从批发商到生产商的完美转型。1999年1月，我在大连一手创办的某纯净水品牌桶装水生产企业正式开始投产。其后，在祝先生的支持下，我们先后在长沙、成都、武汉、沈阳、哈尔滨等地建立八家有规模的桶装水生产企业，年收益过千万元。

企业发展了，我们从来不忘回馈社会。桶装水生产，是一个多岗位、多工种的企业，不同岗位对人员素质和体质有不同的要求。我本着回馈社会、奉献爱心的精神，在招聘时吸收了十多位残障人员。残障人员是社会上的弱势群体，党和政府也大力鼓励和提倡企业的助残行为。我主动承担起这一社会责任。我是大连市第一个个人有限公司形式的福利企业，也是当时全国最早一批有限公司性质的福利企业。

企业正式投产后，大连市区领导分别带队来我厂参观指导，对我们引进国内头部饮料品牌和美国先进的生产线以及积极安排残疾人就业的义举，给予了充分的肯定与表扬。2000年，公司被中山区人民政府授予先进企业称号，并在省内福利企业中宣传我们公司的事迹。2004年，我在成都开办了某纯净水品牌桶装水福利型生产企业，又安置了一些残障人员就业，并于2006年正式注册为福利企业。同年，辽宁省民政厅领导考察大连公司，并邀请我去沈阳创办企业。2007年，我在沈阳创办了福利企业，这个福利企业直到现在还是由省民政厅管理，也是一家在省内有规模、有影响力的企业。至此，我们集团下属企业里，共有三家福利企业，安排了近百位残障人员。我们给予残障人员比正常人更高的待遇和更多的照顾，保证了他们的工资收入，让他们能安安稳稳地一直工作到退休。

我知道我创业的成绩离不开党和政府的关怀，离不开改革开放的大好政策，也离不开我在通化糖酒公司学习的商业知识，我深知是时代造就了我，我理所应当地更好地回馈社会。

我知道，我写的不像是一份标准的入党申请书，但是我愿意向党敞开心扉，述说自己的人生经历，汇报自己的创业历程，我想告诉党，是什么使得我在81岁的时候，想起写这样一份入党申请书。

我在逆境中生存，在商海里打拼，深知知识的重要性。我有两个不忘：一不忘为国家为社会服务，二不忘培养人才，报效祖国。教育报国，科学报国，是我带头树立的家风。我的两个儿子、一个女儿都在20世纪80年代考上大学。我的孙辈三人都从大连省级优秀高中考入“985工程”大学，都在国外获得硕士学位并学成回国。这方面，我觉得也算是为国家做了贡献。我弟弟的两个女儿都考入大连理工大学，继续深造后，一个担任某国际公司的亚洲区经理，另一个在高校任教并接受国家科研项目，是国家级科学项目评审专家，现任中国化工学会青年委员、国外知名学术期刊审稿人等。我妹妹的独子博士毕业后，正在开展火星尘暴和光学深度的识别与预测方法的研究，为祖国的“天问一号”探测器成功着陆做出了贡献。

改革开放四十多年，我们家族积累了一定的财富，我一直用自己的经历，感染与告诫家族成员：热爱国家，报效祖国，是人生的信条。为此，我一直关心国家大事，关心民族兴亡，一直用一名合格的共产党员的标准来要求自己。

六十多年来我一直在奋斗，我创立的企业也都在规范运营，我把子孙两代人都培养成对党和国家有用的人才，对党和社会也算是尽到了我应尽的责任，交出了一份不错的答卷。回顾我这一生，身处逆境时，尽管心里有冤有怨，但对党对国家忠心不改。现在，回顾自己的创业经历，心里涌动着对党的无比感激、对改革开放的无比热爱。

没有改革开放，哪里有我们一家人的幸福生活？没有党的英明领导，哪里有我创业的成功？没有国家的强盛，哪里有人民的幸福安康？“老牛亦解韶光贵，不待扬鞭自奋蹄。”现今，我虽年事已高，可我对党的初心不变。我写下这样一份入党申请书，就是要实现我的人生愿望。我更希望借着这样一份入党申请书，把我爱党爱国的精神向我的家族成员和广大员工传递下去。

曾经的错过，希望今天不会再次发生。现在，我向敬爱的党组织写下这份申请书，争取成为一名爱党、爱国、爱社会、爱人民的共产党员，最后用一面鲜艳党旗，为自己的人生做一个盖棺论定。

申请人：张晋兴

2020年6月23日

注：此章节以“我的入党申请书”为题，发表在2020年第八期《鸭绿江》。

后　记

我的自传在我85岁时终于出版了。

我在两年前开始写作，得益于著名作家邓刚的指导与帮助，我的写作能力得以迅速提升。成书之际，邓刚又慷慨为之作序，为本书增光添彩。还要感谢小说家、《鸭绿江》主编陈昌平的关心，也要感谢我的首席秘书倪娜日夜为我整理书稿与插图，正是因为他们的帮助，这部自传才得以问世。

我出生在山东威海一个两山夹一夼的小山村，父母一字不识，我从小学三年级开始就阅读小人画册，上初中更是迷恋小说，我阅读了中国古典四大名著、丁玲的《太阳照在桑干河上》、巴金的爱情三部曲、老舍的《骆驼祥子》、奥斯特洛夫斯基的《钢铁是怎样炼成的》、伏尼契的《牛虻》、歌德的《少年维特之烦恼》，还有雨果、泰戈尔等作家的名著，我还收藏了莎士比亚戏剧全集、安徒生童话全集等世界名著。我在书的海洋中游弋，甚至一度荒废了学业。我对作家这个职业无限崇拜，发奋博览群书，立志也成为一名作家，梦想自己为人类写出流芳百世的著名作品。

然而命运与我开了一个大玩笑，让我坠入了几乎丢了性命的无底深渊。我没有沉沦，开始了努力奋争。人的创造力是难以想象的，人的求生能力更是一种在逆境中永不放弃的英雄精神。有信念就有力量，抛弃一切幻想和杂念，不求天地鬼神，也不做无用的美梦，不想不等，相信幸运不会无故降落自己身上。

最终，我胜利了。在回乡庆祝闯关东五十周年之际，我欣然写下了“成年历经悲伤，盛世开创辉煌，半个世纪离别，师生团聚故乡”。80岁庆寿时，我写下了“五十载阅尽沧桑，三十年勇创辉煌”。这也是我生命的真实写照，事业成功、家庭美满、儿孙成才、完美无瑕！

我的丰富经历、我的奋斗精神以及蒸蒸向上的事业，特别是不论在逆境还是顺境，我都能够不断进取，从而实现四次创业、四次成功，这些经历，我想传承给的我几百名员工，传承给我的儿孙，也传承给还在努力创业的年轻一代。如能对人们有一点启示，也就完成了我的心愿，我也算为社会做了一点贡献吧。

张晋兴

2023年1月19日

附录　张晋兴从业经历

1939年1月30日，出生于山东威海南上夼村。

1953年，考入山东威海中学，当时文登、威海、荣成三个县只有一所中学。

1957年，毕业于山东文登师范学校，进入大英村完全小学任教（工资21元）。

1958年2月，参加整风运动，被打成“右派”。

1960年8月28日，从教三年后开始“逃亡”，先到包头、兰州、西宁，后落脚吉林大栗子钢铁厂。

1961年3月，在钢铁厂工作，四个月后支援浑江焦化厂，被焦化厂任命为国内最先进的红旗二号炼焦炉炉长，是焦化厂50多名炉长中最年轻的一个（工资50元）。

1961年11月，调至浑江市机械厂学钳工（工资18元，粮38斤）。

1962年6月，调入临江林业局，先后当过力工，后又当起了钳工，进林业局机械厂，四级钳工（工资52.85元）。

1964年5月，调入泉阳林业局，先做力工，后担任服务站总务，管机关、森铁、储木场三个食堂。

1966年4月，选调到林业局商业采购供应站，任采购员，干部编制。供应商店下设十几个门市部，供应三万多人的生活用品。

1968年，任林业局商店总务，后管过业务、劳资（身份是以工代干，工资52.85元）。

1969年10月，被揭露出是“逃亡右派”。

1970年2月，被隔离审查。

1972年4月，被林业局开除出职工队伍，被遣送回出生地监督改造（每天挣9工分，约0.35元）。

1972年12月，在改造七个月后请假探家（三个孩子还在林业局），春节过后在白山当地找临时工工作。

1973年2月，开始做临时工，经过半年锻炼，7月以七级钳工身份被招聘进浑江八中校办工厂，月工资150元，身兼厂长，技术员、供销、管理等职务，负责20多人的小翻砂铸造厂的全部业务，每年为工厂创收大约5万元。在这里一直干了六年。

1979年3月，平反，落实改正政策。

1981年1月，在林业局涨了一级工资，调入通化糖酒公司工作，在公司机关做了一年职员，第一次被评为先进工作者。

1982年，写出全国首份糖酒公司批发业务承包方案，同年11月承包了烟酒业务，承包第一个月就由上月（10月）旺季的69万元销售额增至本月107万元，提高到155%，扭亏为盈，因此被提拔为糖酒公司采购站副经理，三个月后又被市商委任命为采购站经理，一年后，经群众三次选举，被市政府任命为糖酒公司业务经理，两年时间，从普通职员提升到公司经理（每月工资86元）。糖酒公司业务经理工作一年以后，因多种原因辞职进入政府机关工作。

1986年5月，调入通化市人民政府驻大连办事处，工资级别为正处级（每月105元），其后两年连续被评为市级先进工作者。

1988年，创办大连黄河商贸有限公司，九年半时间，买下10000平方米的工业用地和厂房，纯盈利1500万元。

1998年，建立某纯净水品牌桶装水有限公司，十年间在全国建成八家分公司，每个企业的用地及房产都是自有资产，银行无贷款、无外债，企业发展以每年10%的速度增长，利润过千万元。

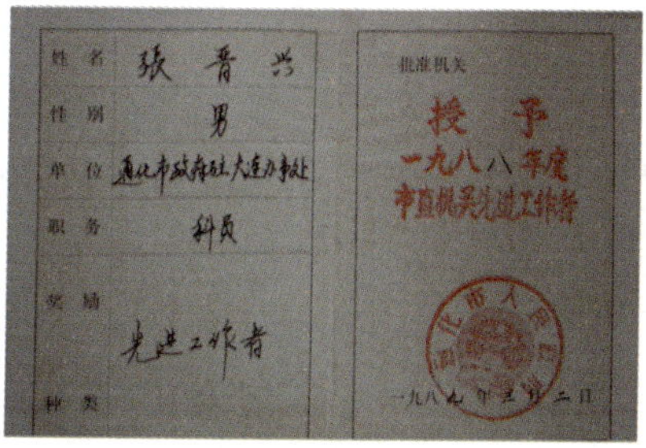

1989年，我被通化市人民政府授予“一九八八年度市直机关先进工作者”称号。

1995年，大连市工商行政管理局授予大连黄河商贸有限公司“重合同守信用单位”称号。

1996年，辽宁省工商行政管理局授予大连黄河商贸有限公司“省级重合同守信用单位”称号。

1997年大连市重合同守信用领导小组办公室授予大连黄河商贸有限公司“市级重合同守信用单位”称号。